A CIRURGIÃ

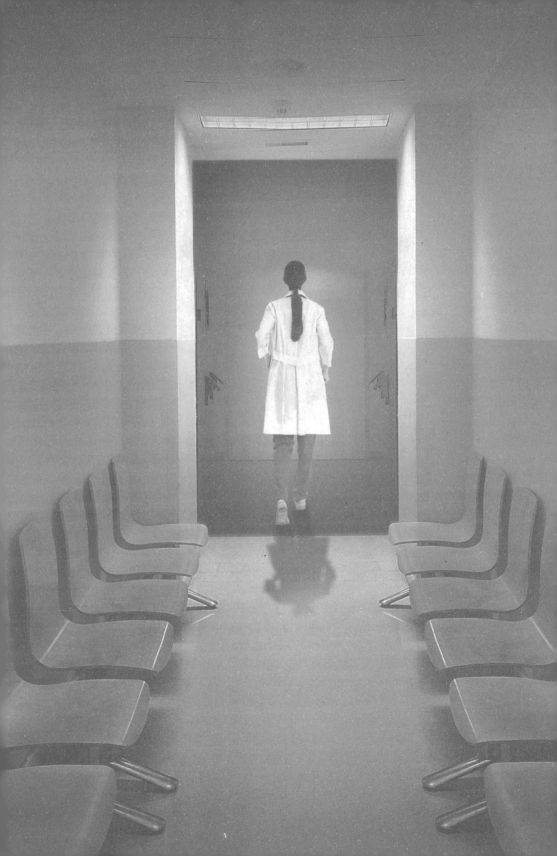

LESLIE WOLFE

Tradução de Nathália Rondan

A CIRURGIÃ

COPYRIGHT © LESLIE WOLFE, 2023
PUBLISHED IN GREAT BRITAIN IN 2023 BY STORYFIRE LTD TRADING AS BOOKOUTURE.
COPYRIGHT © FARO EDITORIAL, 2024

Todos os direitos reservados.
Nenhuma parte deste livro pode ser reproduzida sob quaisquer meios existentes sem autorização por escrito do editor.

Diretor editorial **PEDRO ALMEIDA**
Coordenação editorial **CARLA SACRATO**
Assistente editorial **LETÍCIA CANEVER**
Preparação **FERNANDA BELO**
Revisão **ANA PAULA SANTOS** e **THAIS ENTRIEL**
Diagramação e adaptação de capa **VANESSA S. MARINE**
Imagens de capa e miolo **DEPOSITPHOTO | @NewAfrica @ outsiderzone**

Dados Internacionais de Catalogação na Publicação (CIP)
Jéssica de Oliveira Molinari CRB-8/9852

Wolfe, Leslie
  A cirurgiã / Leslie Wolfe ; tradução de Nathália Rondan. -- São Paulo : Faro Editorial, 2024.
  224 p.

  ISBN 978-65-5957-460-5
  Título original: The surgeon

  1. Ficção norte-americana 2. Mistério 3. Médicos – Ficção I. Título II. Rondan, Nathália

  23-6032   CDD 813

Índices para catálogo sistemático:
1. Ficção norte-americana

1ª edição brasileira: 2024
Direitos de edição em língua portuguesa, para o Brasil, adquiridos por **FARO EDITORIAL**
Avenida Andrômeda, 885 – Sala 310
Alphaville — Barueri — SP — Brasil
CEP: 06473-000
www.faroeditorial.com.br

Agradeço especialmente ao meu amigo e advogado novaiorquino Mark Freyberg, cujo amplo conhecimento me guiou entre os meandros do sistema judiciário.

Um obrigada caloroso à dra. Deborah (Debbi) Joule pela sua amizade e seus conselhos atenciosos. Graças a ela minha pesquisa sobre as complexidades da cirurgia cardiovascular não foi tão assustadora. Toda a sua experiência, paixão pela precisão e pelos detalhes fizeram com que escrever este romance fosse uma experiência fantástica.

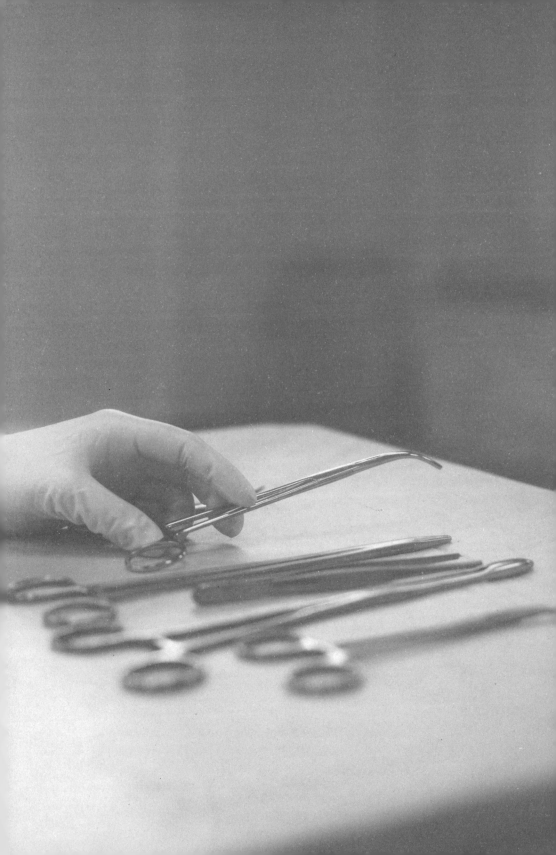

1
O PACIENTE

O QUE FOI QUE EU FIZ?

Esse pensamento permeia minha mente, corroendo e enfraquecendo meu corpo. A descarga de adrenalina preenche meus músculos com um anseio de sair correndo, de fugir, mas não tenho para onde ir. Trêmulo e debilitado, meu corpo desliza até o chão, meu único apoio é a parede de azulejos frios nas minhas costas. Por um instante, encaro as minhas mãos, mal as reconhecendo, como se fosse a primeira vez que as visse com luvas cirúrgicas e cobertas de sangue. Elas me parecem estranhas: as mãos de um desconhecido inseridas no meu corpo por algum erro inexplicável.

Um bipe contínuo ressoa longe junto ao sopro do ar-condicionado. Queria ter forças para pedir que o desligassem. Todos na sala de cirurgia estão imóveis, cada par de olhos grudado em mim, arregalado e tenso acima das máscaras cirúrgicas.

Só um único par de olhos me julga, penetrando os meus a cada oportunidade, a íris de um azul metálico sombriamente gélida atrás de lentes grossas e um escudo facial. O dr. Robert Bolger, ainda sentado ao lado do aparelho de anestesia, nem precisa falar nada. Já dissemos tudo o que tínhamos para dizer. Talvez até demais.

— Desliga isso — Madison sussurra.

Lee Chen aperta um botão e aquele barulho horrível para. Então Madison se aproxima de mim e se agacha ao meu lado. Ela ergue a mão até meu ombro, mas se detém.

— Dra. Wiley? — ela sussurra, a mão ainda estendida. — Anne, vem, vamos.

Balanço a cabeça devagar, encarando fixamente o chão. Lembro em detalhes minuciosos quais as propriedades do revestimento de polímero que aplicam em todos os andares da sala de cirurgia. Informações inúteis que tomam espaço no meu cérebro sem qualquer motivo, já que sou a cirurgiã, a consumidora final desses pisos de azulejo azul, não a pessoa que decide qual deve ser o revestimento.

— Anne? — Madison chama meu nome outra vez, em um tom apaziguador, cheio de ternura.

— Não — sussurro de volta. — Não consigo.

Uma gaze cirúrgica ensanguentada cai da mesa, manchando o piso impecável a poucos centímetros da ponta do meu pé direito. Dobro a perna, olhando para a gaze como se a mancha de sangue nela pudesse vir atrás de mim.

Madison se afasta ao ser fuzilada pelo olhar do dr. Bolger.

Ele suspira e desliga seu equipamento, aprofundando o silêncio repleto de tensão da sala.

— Bom, acho que já terminamos por aqui. — Ele se levanta e solta um gemido de frustração, então lança um olhar significativo para o ecocardiologista dr. Dean. — Vamos tomar um café para esquecer esse desastre.

Dr. Dean relanceia na minha direção como se pedisse meu aval. Deve ter se sentido mal por ter sido o único a ser chamado pelo Bolger. Eu mal noto.

Não reajo. Não consigo.

Minha cabeça está longe, relembrando cada instante de tudo que aconteceu desde essa manhã.

Meu dia começou bem, sem dar qualquer indício do que estava por vir. Uma manhã instável com ventania fez com que minha corrida matutina fosse um esforço mais mental que físico. Chicago é uma cidade que costuma demonstrar afeto aos habitantes de um jeito estranho, com ventos gelados que chegam a doer o osso, metaforicamente falando, não num sentido ortopédico; me refiro ao clima e à nossa percepção dele.

Como nas últimas semanas, corri os mesmos cinco quilômetros em volta do mesmo Lincoln Park, olhando para olmos e espinheiros com uma esperança renovada de que encontraria uma folhinha brotando, por menor que fosse. Estava pronta para a chegada da primavera com seus jardins floridos e um sol mais quente. Não pensava em mais nada; eram seis e meia da manhã, e parecia ser apenas uma quinta-feira comum. Chegava a ser decepcionante.

Por volta das sete e meia entrei com o carro no estacionamento dos funcionários do hospital e parei na minha vaga. Tinha revisado os detalhes da cirurgia do dia uma última vez na noite anterior no conforto do escritório da minha casa, outra parte da minha rotina.

O procedimento agendado era um aneurisma de aorta ascendente. O paciente era um homem de 59 anos chamado Caleb Donaghy. Estávamos programados para começar às dez em ponto.

Antes disso, vi Caleb Donaghy duas vezes. A primeira foi em uma consulta. O cardiologista dele havia encontrado um aneurisma grande e o encaminhou até nós para correção cirúrgica. Eu lembrava bem da consulta. A descoberta tinha assustado, com razão, o paciente, e a cada palavra que eu dizia, ele ficava cada vez mais amedrontado. Manteve os braços cruzados com firmeza como se protegesse o coração do meu bisturi. A barba desgrenhada tinha mechas de um cinza-amarelado, e o mesmo tom se espalhava pelas têmporas, até onde eu conseguia ver por baixo do boné que ele se recusou a tirar e que acabei deixando estar.

Ele estava mal-humorado e ficou reclamando por um tempo, rebatendo tudo o que eu dizia. O que foi que ele fez para merecer um aneurisma? Seus pais tinham morrido havia pouco tempo e não tinha sido de nenhum problema cardíaco. Só depois de passar uns bons quinze minutos tentando acalmá-lo é que consegui examinar o paciente.

Essa foi a primeira vez que nos encontramos.

Depois disso voltei a vê-lo na noite passada, logo depois de terminar a reunião de planejamento cirúrgico com minha equipe. Caleb Donaghy tinha sido internado dois dias antes e refez todos os exames de sangue. Quando entrei, ele estava sentado na cama, usando o boné de beisebol manchado do time Cubs, os braços cruzados, encostado nos travesseiros fazendo absolutamente nada. A TV não foi ligada, não tinha nenhuma revista na cama, a tela de seu celular estava para baixo na mesa de cabeceira. O quarto exalava sutilmente o odor de cigarro velho e suor impregnado. Ele remoía algo, infeliz e sozinho... e estava irritado. Tinha sido informado de que iriam raspar sua barba e seu tórax antes da cirurgia. Para jogar mais sal na ferida, alguém do administrativo do hospital passou para perguntar se ele era doador de órgãos. Por sete minutos intermináveis ele me disse de várias formas que não queria ser desmembrado e vendido por aí. Sabia o que nós, médicos, fazíamos com gente como ele, pessoas sem família para nos processar e sem dinheiro o suficiente para ser considerado importante. Pegávamos os órgãos e os transplantávamos para quem pagasse mais. Por qual outro motivo prédios inteiros do nosso hospital teriam o nome de gente rica de Chicago?

Jurei para ele que não era aquele o motivo. Ele não quis nem me ouvir. Então falei que era só ele recusar e o transplante de órgãos deixava de ser uma alternativa caso a cirurgia desse errado. O que era a linguagem médica para morte na mesa de cirurgia. Isso fez com que ele ficasse quieto.

Mas isso foi ontem.

* * *

Quando cheguei ao consultório nessa manhã, Madison já estava com meu café pronto. Ela é a melhor enfermeira cirúrgica com quem já trabalhei, além de ser também minha assistente fora da sala de cirurgia.

Madison, Lee Chen, o talentoso segundo enfermeiro na minha equipe. Tim Crosley, o perfusionista cardiovascular que opera a máquina coração-pulmão que nós chamamos de ECMO e dr. Francis Dean, o ecocardiologista, essa é minha equipe cirúrgica efetiva.

Então o anestesista é uma questão de sorte, e eu acabei dando um azar gigante com o dr. Bolger. Tem alguma coisa que me incomoda nele. Talvez seja seu machismo descarado. Reza a lenda que ele já tomou duas advertências por falar absurdos como "mulheres deveriam ser apenas enfermeiras em um hospital". A misoginia emana pelos poros dele, embora tenha se segurado mais ultimamente. Ele é um babaca arrogante, mas um excelente anestesista. O fato de ser um ótimo profissional aumenta a soberba dele e diminui a vontade da administração do hospital de lidar com seus problemas de comportamento. Esse é dr. Bolger.

Quando caímos juntos em uma cirurgia, sempre tento lidar com ele da melhor maneira possível pelo bem do paciente e da equipe cirúrgica.

Mas nunca dá certo. Ele simplesmente não coopera.

Eu me lembro de ter soltado um palavrão baixinho quando vi o nome dele na agenda, mas então não pensei mais no assunto.

O dr. Bolger já estava na sala de cirurgia quando entrei.

— Bom dia — disse embora não esperasse uma resposta.

Ele de fato não respondeu, só acenou com a cabeça e me lançou um olhar de soslaio por trás da cortina cirúrgica que separa o mundo dele do meu, e então voltou a prestar atenção no equipamento à sua direita. O aparelho ajuda a determinar a dosagem da anestesia. Ele controla as vias respiratórias do paciente atrás da cortina de proteção. Durante a cirurgia eu raramente, se é que alguma vez, chego a ver o rosto dos meus pacientes.

Meu foco é o coração deles.

Tenho 41 anos e faço isso há doze, desde que terminei minha residência em cirurgia geral. Resolvi ser cirurgiã cardiotorácica depois disso e nunca me arrependi. É o que eu sempre quis. Nunca perdi um paciente na mesa.

Até hoje.

Pensar nisso faz meu estômago se revirar.

Por um instante, sou arrastada de volta para o presente desagradável, então observo ao meu redor e tento processar o que vejo. A iluminação cirúrgica foi desligada. Madison continua ali, me encarando com preocupação. Lee Chen está sentado em um banquinho, pronto para pular dali quando for preciso. Tim Crosley se mantém ao lado do ECMO, as costas curvadas, a cabeça pendendo para frente. Se pudesse, ele apoiaria a testa nas mãos, mas ainda está trabalhando, ainda mantém o corpo esterilizado. Enquanto o aparelho estiver funcionando, ele continua em serviço.

Meus pensamentos voltam para a cirurgia. A sala cirúrgica preenchida por uma conversa animada, como sempre. Virginia Gonzalez, a auxiliar de enfermagem que vai de um lado para o outro, nos mantendo organizados e trazendo o que for preciso, contava suas experiências com aplicativos de relacionamento. Ela tinha acabado de sair de um divórcio horrível. Decidiu há pouco tempo dar a cara a tapa e conhecer gente nova. Eu admirava a resiliência dela e lá no fundo torcia para não ser por medo de ficar sozinha. O primeiro *match* dela no Tinder acabou sendo um cara cujo perfil era bastante exagerado e todo mundo ria enquanto ela contava os detalhes. Ele havia dito que era um empreendedor no ramo de transporte, quando na verdade era motorista de caminhão. Nada contra, Ginny logo disse, mas o cara nunca tinha encostado um fio dental na boca, e nos 25 minutos do primeiro encontro ele tinha deixado escapar que tinha o hábito de transar com prostitutas pela estrada. Das mais baratas, ele garantiu para a atordoada Ginny.

Ao ouvir aquela história, não tinha como não ficar grata pelo meu marido e meu casamento. É provável que eu virasse uma ermitã se tivesse que ir a encontros outra vez.

Uma nova rodada de risos ecoou pela sala de cirurgia quando ela acrescentou:

— Saí correndo de lá.

O dr. Bolger a fuzilou com os olhos:

— Seria pedir muito mantermos o mínimo de profissionalismo aqui? — ele disse devagar e enfático.

Eu me controlei para não discutir com ele. Todo mundo estava trabalhando, fazendo a sua parte. Equipes cirúrgicas rendem mais quando têm uma válvula de escape. Se a sala fica em silêncio absoluto, com ninguém contando nada, sem nenhuma música tocando, então algo está muito errado.

Prefiro que fiquem rindo o dia todo. É assim que espantamos a morte. Funcionou para mim, pelo menos. Até então...

— O que quer ouvir? — Madison me perguntou ao lado do aparelho de som.

— Hum, deixa eu pensar. — A corrida matinal me fez pensar nos Beatles. — Tem *Here Comes the Sun*?

Madison abriu um sorriso por trás da máscara, pude ver pelos seus olhos. Ela adorava Beatles.

— Tenho a coleção inteira das melhores músicas deles aqui.

— Manda bala — disse caminhando do equipamento até meu lugar na mesa cirúrgica, ao lado do peitoral do paciente. A música preencheu a sala.

Enquanto cantarolava, estendi a mão e o bisturi me foi entregue com firmeza. Não precisava nem pedir, Madison sabia como eu trabalhava. Tenho certeza de que ela consegue ler minha mente, ainda que isso não tenha sido cientificamente comprovado.

Desde a primeira incisão — uma linha vertical no centro do esterno — cada passo da operação já era rotina.

A esternotomia para expor o coração.

Abrir o pericárdio, o fino envoltório ao redor do coração e expor o aneurisma.

Era grande, um dos maiores que já vi. Mas já sabia disso pelas imagens de exames anteriores. Estávamos preparados para isso.

— Iniciar ECMO — disse instruindo Tim para começar a circular o sangue do paciente pela máquina coração-pulmão.

— Posicionar pinça cruzada — declarei. — Solução cardioplégica — pedi.

Uma solução fria de potássio foi administrada nas cavidades do coração. Banhei a parte externa do órgão com uma quantidade generosa da solução já que o fluido frio preservava o miocárdio enquanto trabalhávamos. Numa questão de segundos, o coração parou, sua imobilidade de quase-morte anunciada pelo som monótono aguardado por nós. O som da ausência de batimentos cardíacos.

Com o coração completamente parado comecei o trabalho de substituir o aneurisma da aorta por um enxerto. Levei quase um álbum inteiro dos Beatles para terminar de costurar.

Parece estranho me lembrar do frio mais que qualquer outra coisa. Sempre faz frio na sala de cirurgia. O ar-condicionado sopra sempre a dezesseis graus. A solução cardioplégica que resfria o coração e o imobiliza é inserida a quatro graus, pouco acima do ponto de congelamento. Meus dedos ficam dormentes com o tempo, mas faço tudo o mais rápido possível. Só que hoje parecia estar mais frio, foi minha única premonição.

Não que acredite nisso. Tenho meus motivos.

Quando terminei de costurar o enxerto, analisei meu trabalho com cuidado, verificando se a sutura estava bem firme. O teste final seria quando o sangue começasse a circular pelo enxerto. Então eu saberia se tinha algum vazamento e consertaria. Geralmente não havia nenhum. Por ora estava satisfeita.

— Solução salina aquecida — pedi. Essas três palavras indicavam o final da etapa de cardioplegia da cirurgia, quando o coração fica completamente parado. Encharquei o órgão com a solução salina aquecida, agradecendo a sensação quente nos meus dedos gelados, então usei a sucção para retirar o excesso. — Vou soltar a pinça.

Um barulho metálico ecoou quando a pinça foi deixada na pilha de instrumentos cirúrgicos já usados. Prendi a respiração, sabia que aquela era a hora da verdade.

O coração continuou completamente parado.

Não fibrilava, não tinha batimentos fracos. Nada. Estava completamente parado.

E isso quase nunca acontece.

— Iniciando reanimação — anunciei. Madison gesticulou para o aparelho de som e Ginny o desligou, então ligou um segundo cronômetro com números digitais grandes e vermelhos. O silêncio inundou a sala, sinistro, indesejável, junto do som monótono e ininterrupto do monitor cardíaco. — Epinefrina, agora.

— Epinefrina inserida — confirmou o dr. Bolger.

A injeção de epinefrina deveria ter dado alguma resposta. Mas não fez nada. Comecei a massagear o coração rápido, sentindo que não reagia sob minhas mãos.

— Desfibrilador — pedi, minha voz tensa, impaciente. Madison o colocou nas minhas mãos. Ajeitei com cuidado um de cada lado do coração e disse: — Se afastem! — E apertei o botão. Uma curta interrupção no som monótono e então tudo voltou a ficar como antes.

Insisti mais algumas vezes e voltei a massagear o coração com as mãos.

— Preciso de mais uma dose de epinefrina. Tempo?

— Dezessete minutos — Madison informou, em tom sombrio.

— Que inferno — resmunguei baixinho. — Vai, Caleb, reage.

Por mais alguns minutos continuei a massagem, sem nenhum resultado. O ECMO ainda mantinha o sangue oxigenado e fluindo até seus órgãos, mas o coração era outro caso. O miocárdio já não estava mais sendo preservado pela solução fria de potássio. Estava deteriorando a cada minuto que passava, e as chances de voltar a bater eram cada vez menores.

— Vamos lá! Viva! — gritei. — Volte.

Tive um anseio de ver o rosto do paciente, como se pudesse obter alguma resposta. Dei um passo para trás da cortina cirúrgica e... paralisei, com a boca aberta embaixo da máscara, a mão parada na metade do movimento. Talvez tenha arfado, mas acho que ninguém percebeu por causa do barulho do ar-condicionado, o zunido do ECMO e o ressoar agudo do monitor.

Reconheci o homem.

Meu sangue congelou.

O rosto que vi ontem, mas não tinha reconhecido, estava agora barbeado. Sem o boné de beisebol, sua testa calva mostrava uma marca de nascença do lado direito. Era uma mancha irregular que dava a impressão de ser um respingo vermelho como se alguém tivesse derramado vinho na cabeça dele.

Juntei toda a minha força de vontade para sair de trás da cortina. Com a respiração pesada, grata pelo ar gelado que mantinha minha cabeça fria, deixei o desfibrilador na mesa e olhei fixamente o coração que se recusava a bater.

— Tempo? — perguntei de novo, dessa vez minha voz saiu engasgada.

— Vinte e um minutos — Madison respondeu.

Coloquei as mãos sobre o peito e massageei o coração, sabendo muito bem que as compressões que eu fazia não funcionariam.

Forcei o ar para fora dos meus pulmões e então disse:

— Vou declarar a hora.

— O quê? — O dr. Bolger se levantou num pulo. — Tá ficando louca? Continua.

Já esperava que ele dissesse isso.

— Mesmo que fizesse isso ele não vai voltar, Robert. Tentamos de tudo. O coração não está tendo nem uma mísera palpitação.

Ele voltou seus olhos metálicos para mim como se me lançasse dardos envenenados:

— Vai desistir já? Por quê? Sua mãozinha delicada tá cansada, querida?

Deixei passar. Não adiantaria nada ficar brigando com o peito aberto de Caleb Donaghy ao meu lado. — O paciente é meu, a decisão é minha. — Encarei os olhos irritados dele por um instante.

— Hora da morte, uma e quarenta e sete da tarde.

Um silêncio opressivo tomou conta da sala. E então as pessoas começaram a se movimentar, pegando instrumentos, tirando luvas, desligando equipamentos. Apenas Tim ficou no mesmo lugar, o ECMO ainda funcionando na preservação dos órgãos de Caleb.

— Inacreditável o que aconteceu aqui hoje — o dr. Bolger disse. — Não dá para acreditar no que você fez. Chega a ser patético. Você não perdeu o cabaço, jogou ele fora, isso sim.

A referência de cunho sexual ao fato de eu nunca ter perdido um paciente me fez questionar o quanto do desdém dele vinha da inveja. Mas esse pensamento passou rápido.

A realidade me atropelou feito um trem de carga.

O que foi que eu fiz? Acabei de matar alguém?

2
O JANTAR

Paula Fuselier quase saiu correndo da porta do táxi até a entrada do Hotel Langham, seus saltos estalando contra o piso liso e escorregadio. Ela diminuiu quando entrou no lobby para evitar colidir com uma idosa que puxava uma mala Louis Vuitton de rodinhas, então voltou a correr depois de lançar um olhar preocupado à tela do celular para consultar as horas.

Ela já estava dois minutos atrasada. Seu chefe disse quatro horas em ponto. Ele tinha usado as palavras "em ponto" duas vezes. Para enfatizar o quanto era importante ela chegar na hora.

O estalar dos saltos chamou a atenção do recepcionista quando ela ainda estava a alguns metros do balcão da recepção. Ele sorriu paciente como se dissesse que não havia motivo para pressa. Ela parou, pronta para sair correndo dali.

— Travelle? — ela perguntou gritando o nome do restaurante para ser ouvida no lobby movimentado.

O sorriso do recepcionista se ampliou.

— Segundo andar.

Ele apontou para os elevadores. Os saltos dela voltaram a estalar no piso brilhante de mármore, ecoando com indecência pelo lobby enorme. Quando alcançou os elevadores, apertou o botão algumas vezes, o sapato direito tocando o chão no mesmo ritmo das batidas fortes e ansiosas do seu coração.

— Desculpe estar atrasado — ela ouviu uma voz que reconheceu de cara. Assim que as portas do elevador se abriram, ela se virou e viu Mitch Hobbs ao seu lado, com um sorriso austero. Um sorriso que não chegava aos seus olhos.

— Por sorte quase nunca acontece quando tenho que ir ao tribunal.

As bochechas dela esquentaram embaixo da maquiagem. Não tinha como não sacar a indireta. O chefe dela sempre percebia atrasos, mesmo que fossem só de alguns minutos. Ou qualquer outro deslize, por mais inocente que fosse. O procurador-geral de Justiça do Condado de Cook não tolerava falhas.

Ainda assim ela respirou aliviada. Essa alternativa era melhor do que o pesadelo de ver o chefe no restaurante mais chique de um hotel cinco estrelas, batendo os dedos contra uma toalha alvíssima enquanto esperava sua subordinada mostrar um pouco de respeito e chegar na hora marcada.

Ela conseguiu abrir um sorriso amarelo e sussurrar um pedido de desculpas ao entrar no elevador. Então hesitou por um instante antes de apertar o botão, ao notar que sua mão estava trêmula.

Enquanto o elevador se movia, ela deu uma olhada rápida no espelho. Apesar do convite inesperado e em cima da hora, seu cabelo castanho comprido estava perfeito, como se tivesse acabado de sair do salão, preso de um jeito despojado por um grampo dourado com pérolas, que deixava alguns fios livres emoldurando seu rosto. Sua maquiagem estava impecável depois de retocá-la no táxi. O terninho de alfaiataria era de um perfeito azul-marinho que combinava com sua blusa de cetim. A gola da blusa, ajustada com esmero para que formasse um laço com pontas longas, estava um pouco sem forma e meio torta. Nervosa, ela logo refez o laço, com movimentos furtivos para que o chefe não visse, enquanto esperava que as pontas escorregadias e rebeldes do tecido não acabassem dentro de um prato de sopa.

Ela não fazia ideia do motivo daquele convite inesperado.

Seu chefe só pensava em trabalho. Trabalhava para ele havia oito anos e antes de Mitchell Dwight Hobbs ser eleito procurador-geral do Estado do segundo condado mais populoso dos Estados Unidos, ela tinha trabalhado para seu antecessor. Sua carreira inteira foi dedicada a levar justiça para as ruas de Chicago. Desde o dia em que passou no exame da Ordem dos Advogados e recusou várias ofertas de escritórios privados de advocacia preferindo o Ministério Público, ela dedicou sua vida a algo que realmente importava: justiça para todos, para os menos privilegiados, para aqueles que quase nunca encontravam alguém que os ouvisse.

E o que ela mais queria era ser esse alguém a lhes dar voz. Essa paixão é o que movia seu histórico de condenações, que só perdia para o do próprio procurador-geral. Tinham até lhe dado um apelido no mundo do crime de Chicago. Era chamada de Víbora — mortal para qualquer um que entrasse em seu caminho. No fundo ela amava ser chamada assim. Era sinal de que estava fazendo um bom trabalho.

O restaurante chique tinha uma reserva no nome do seu chefe. Ele era bem conhecido lá. Sentindo-se à vontade no espaço amplo, Hobbs a guiou até uma mesa perto da janela, gesticulou em um convite silencioso e então se sentou diante dela. Não havia a toalha branquíssima que ela imaginou. O verniz impecável deixava a madeira aparente e combinava até o último detalhe com o resto da decoração.

Um garçom apareceu logo em seguida trazendo uma bandeja com água gelada Pellegrino e dois copos altos. Outro colocou dois menus compridos sobre os pratos com um gesto suave.

Por um instante, Paula ficou grata por poder esconder sua expressão confusa do olhar analítico do chefe. Todas as opções pareciam deliciosas, mas ela não achava que conseguiria comer nada; sentia um nó aflitivo no estômago, como se tivesse engolido uma pedra.

Hobbs não precisou mais do que alguns segundos para se decidir. Ele colocou o menu de volta na mesa e o garçom logo apareceu com um bloquinho nas mãos.

— Vou querer arrachera, Willie — Hobbs disse, então olhou para ela. — E você?

Paula engoliu em seco.

— Só uma salada. Não estou com muita fome.

Hobbs colocou a mão na superfície brilhante da mesa e deu uma batida seca, um gesto que ela conhecia bem das reuniões de estratégia de processo e das intermináveis análises de caso.

— De jeito nenhum. — Ele ergueu rápido os olhos para o garçom. — Ela vai de arrachera também. É o que caçadores comem.

— Sim, senhor — o garçom respondeu. — Qual o ponto da carne?

— Ao ponto, com um pouco de sangue — ele disse, um sorriso se desenhando em seus lábios. Aquele sorriso junto de um brilho no olhar que o acompanhava todas as vezes que mencionava caçadores, e carne, e sangue tiravam toda a banalidade da sua aparência, o ar de bondade conferido pelos óculos prateados e o sorriso quase permanente, mostrando a face verdadeira num mero segundo. Quando seus olhos se fixaram no dela ainda brilhavam.

— Porque é isso que caçadores fazem. Arrancam sangue.

Paula sentiu um arrepio pelo corpo. Um desconforto se retorceu no seu estômago. Ela colocou as mãos com cuidado no colo, uma sobre a outra e respondeu sem piscar.

— É verdade.

Willie sumiu tão furtivamente quanto chegou, fazendo um instante de silêncio desconfortável cair entre eles. Paula evitou dar um gole na água, sabendo que Hobbs estaria analisando cada movimento seu. Tentando fingir estar o mais tranquila e descontraída possível, esperou como se tivesse todo tempo do mundo.

— Bom, vou direto ao ponto — Hobbs disse enfim com um suspiro. — Já que começamos atrasados.

Paula forçou um sorriso tímido em vez de bufar e revirar os olhos. Quatro minutos. Só. Mesmo assim, ele estava certo.

— Tenho observado você, srta. Fuselier — Hobbs disse, pegando o copo d'água e girando com movimentos precisos como se estivesse tentando tirar o gás. — Você não sabe perder. — Ele sorriu para ela por um breve instante, então ficou sério. — Gosto de ver isso nos meus promotores. Queria ver em todos, mas só vejo em alguns.

Paula conseguiu respirar de novo, soltou devagar o ar preso dos pulmões, então inspirou outra vez.

— Mas tem uma coisa que não entendo em você.

Ela arqueou as sobrancelhas:

— Talvez eu consiga explicar.

Ele gesticulou com a mão para que ela esperasse.

— Alguns casos você leva para o tribunal para ganhar, conseguir as condenações de um jeito elegante, sem muito esforço. Mas outros, como o do roubo Kestner mês passado, você os pega com sede de vingança, com sangue nos olhos.

Paula engoliu em seco, os olhos fixos no rosto do chefe. O que significava aquilo? Por que ele estava perguntando essas coisas ali, e não no escritório? Ela se conteve, deixando que ele continuasse.

— O que tinha de diferente no caso Kestner? — Mitch Hobbs mantinha os olhos atentos nela, como um predador prestes a dar o bote. — Era pessoal?

Um instante de silêncio seguiu.

— A diferença era a vítima, senhor — ela respondeu, tranquila. — Quando a vítima é desprivilegiada, como nesse caso, um órfão que atingiu a maioridade no abrigo sem um centavo, então quero que o criminoso pague pelo que fez. — Ela se inclinou na direção dele, colocando as mãos na borda da mesa. — Dá para imaginar como foi difícil para aquele jovem juntar dinheiro para comprar um carro usado? O que aquela lata-velha significava para ele? Significava um emprego um pouco melhor ou até mesmo um lugar para dormir se acabasse na rua. Hoje em dia não está fácil para ninguém. — Seus dedos finos, de unhas feitas, encontraram a borda do guardanapo e Paula ficou mexendo nele imersa em pensamentos. — Aquele carro significava para ele muito mais do que o roubo de meio milhão de dólares em criptomoedas de um empresário rico que saiu em todos os jornais no mês passado.

— Ah, entendi — Hobbs disse. — Sabe o que isso quer dizer?

Um pouco surpresa, Paula balançou a cabeça.

— Que tem talento. Isso aí é capital político bruto. É como um minério de ouro, bruto, belo, não lapidado. Ouro verdadeiro em vez de falso. Bastante raro de se encontrar.

Ela o observou, sem saber aonde aquela conversa estava indo. Ele não pareceu incomodado com o silêncio dela.

— Acho que você poderia ser o futuro do ministério, Paula. Começando hoje, com sua promoção para procuradora de Justiça. Vou preparar você para que um dia fique no meu lugar.

Boquiaberta, Paula encarou Hobbs por um instante. Ela mal podia acreditar, mas Mitchell Hobbs não era do tipo que brincaria com o cargo que ocupava com tanto orgulho.

— Nem sei o que dizer — ela se esforçou para falar, envergonhada por estar franzindo o cenho, uma resposta nada propícia a uma promoção.

— Um *obrigada* seria ótimo.

Ela abriu um sorriso nervoso:

— Obrigada, senhor. Agradeço por acreditar em mim. Não esperava. Eu sou...

— A procuradora de Justiça mais jovem da história?

Ela acenou com a cabeça, vendo o garçom se aproximar equilibrando dois pratos no braço. O momento mais inoportuno para interromper a conversa deles.

— Só uns dois anos, Paula. Eu verifiquei. — Ele se afastou da mesa para que Willie colocasse o prato diante dele, então desdobrou o guardanapo e o colocou no colo. — Tenho certeza de que vai se sair bem. Claro, vamos ouvir algumas reclamações e é bem provável que Parsons se ofenda e acabe indo para um escritório de advocacia privado por um salário de sete dígitos, mas você o enfrentará no tribunal e o jantará vivo toda vez. — Ele cravou o garfo na carne e cortou um pedaço generoso. O suco fluiu pelo prato tingindo-o da cor de sangue. — Não vai?

Ela colocou na boca uma garfada de purê de batata. Estava delicioso, amanteigado, cremoso e suave como se estivesse aerado.

— Com certeza.

Pensar em ter que lidar com Parsons frustrado, motivado e movido a dinheiro no tribunal a assustou por um instante, logo depois um sorriso preencheu seus lábios. Ele era só um babaca arrogante, a terceira geração de advogados de sua família, com um diploma de Harvard, e que ficava mais presunçoso a cada ano que passava. Ele não tinha sua garra.

— Ele que venha. — Seja lá o que fosse acontecer com aquele imbecil metido seria bem feito para ele. Ela teve vontade de pular da cadeira e sair dançando em volta da mesa.

Hobbs olhou as horas e resmungou baixo, então gesticulou para o prato de Paula.

— Coma logo. Tem exatos oito minutos para terminar.

Ela franziu o cenho outra vez.

— O que acontece em oito minutos?

Hobbs abriu um meio-sorriso:

— Sua festa. — Ele chamou o garçom. — Traga uma garrafa de champanhe às quatro e meia em ponto. Quatro taças. Se nossos convidados chegarem antes, leve-os para o lounge até terminarmos.

Willie curvou a cabeça e então sumiu. O restaurante estava começando a encher, mas ele parecia estar ali só para servir a mesa deles, sempre por perto.

Paula cortou a carne e mastigou devagar, saboreando o pedaço apetitoso. *Oito minutos? E quem viria?* Por um instante, ela quase perguntou, mas se deteve e resolveu esperar. Com Hobbs a entrevista de emprego nunca terminava. Ela ainda podia estragar tudo.

— Você começa em maio. Tannehill vai se aposentar mês que vem. — Hobbs deu uma última garfada e terminou seu prato, mastigando com vontade.

— Não sabia — Paula respondeu sem pensar. Ela se arrependeu logo em seguida. Não podia se dar ao luxo de parecer que não sabia de algo.

Hobbs empurrou o prato para o lado. Willie apareceu e o levou.

— Agora vamos falar de assuntos a longo prazo.

A mão de Paula parou em meio ao movimento, seu garfo a alguns centímetros da boca. Ela o abaixou devagar, ouvindo.

— Terá três meses para pegar no tranco, três meses de treinamento se quiser chamar assim, seguidos de um ano de período de experiência. Vou esperar de você muito mais do que espero dos seus colegas. Espero que seja a melhor, a mais rápida, e muito mais acima da média que qualquer outro procurador de Justiça desse Estado.

Ela deu um gole na água:

— Entendido.

— Se tiver alguma dificuldade não guarde para si. Peça ajuda. Foi assim que eu comecei. Não é um cargo fácil.

Ela acenou com a cabeça.

— Obrigada, pode deixar. — Ela fez uma pausa, em dúvida se deveria ou não perguntar. — E quanto a minha equipe, senhor?

Ele apenas assentiu em vez de responder.

— Pode me chamar de Mitch. — Seus olhos brilharam outra vez, feito um raio, então seu olhar voltou à frieza habitual. — Agora não. Em maio.

Ela riu, então pegou o último pedaço suculento de carne e o colocou na boca.

— Obrigada — ela disse quando terminou de comer. — Por tudo. Principalmente por acreditar em mim.

— Me deixe orgulhoso, Paula. — Ele olhou as horas, então gesticulou para Willie. Já eram quatro e meia.

Willie sumiu, então voltou com um balde prateado, contendo um champanhe imerso em gelo envolto com um guardanapo branco, e o colocou na mesa. O gargalo dourado espreitava para fora. Acima da ponta do guardanapo, no balde, o nome do hotel estava entalhado em uma letra elegante.

Instantes depois um homem e uma mulher se aproximaram da mesa deles com sorrisos tímidos no rosto.

Paula se levantou e os recebeu. A mulher, Marie Eckley, era sua assistente havia sete anos. Era uma ótima advogada, muito inteligente e cujos filhos, que tinha criado sozinha, haviam acabado de sair de casa. O homem era Adam Costilla, um ex-detetive da polícia de Chicago que entrou para a procuradoria como investigador principal. Cerca de cinco anos antes, quando Adam, um policial musculoso e cínico que falava um dialeto próprio ininteligível com sotaque italiano começou a trabalhar lá, ela soube dar valor a esse especialista no mundo do crime. Ela direcionava para ele os casos mais desafiadores, os noticiados pela mídia, e as investigações mais complexas. Adam era grato por ela tê-lo impedido de "morrer devagar e dolorosamente de tédio", segundo suas próprias palavras.

— Obrigada por virem — disse Paula, respondendo ao abraço caloroso e animado de Marie. — Espera até ouvir as boas-novas. Vai amar.

Hobbs observava tudo com atenção sem se levantar da cadeira, seus gestos deixando transparecer certa impaciência.

— Sr. Hobbs — Adam Costilla disse, apertando a mão do procurador do Estado —, obrigado pelo convite. Vamos brindar a quê?

— A quem, não a que — Hobbs respondeu acenando com a cabeça em direção à Paula. Era um incentivo para que ela mesma contasse.

— A partir de maio, estarei à frente da Procuradoria Criminal — Paula anunciou, sua voz um pouco trêmula pelo entusiasmo. Ainda era difícil acreditar, parecia bom demais para ser verdade. — E vocês me ajudaram a chegar até aqui — ela ergueu um pouco o tom de voz para ser ouvida em meio aos parabéns de Marie e à risada alta e as interjeições animadas de Adam. — Então virão comigo para o quinto andar.

— Pegando o elevador para subir, aí sim — Adam comemorou erguendo um punho. — Isso! — Marie encostou no braço dele e ele silenciou, lançando um olhar envergonhado para Hobbs, mas ainda sorria quando puxou uma cadeira para se sentar.

Willie se aproximou e abriu o champanhe, o barulho da rolha arrancando mais uma rodada de parabenizações. Dessa vez Paula entrou na festa, sob o olhar sério do procurador do Estado. As taças compridas foram servidas até a metade e todos brindaram no ar.

— Parabéns — Hobbs disse, levando a taça aos lábios, mas mal tocando o líquido. — E não pensem que vou pegar leve com vocês.

O celular de Paula tocou e seu sorriso diminuiu por um instante antes de ver quem era. Então ela voltou a sorrir, e o sorriso se ampliou enquanto lia a mensagem.

Está jantando com outro homem e estou morrendo de ciúmes. Posso me juntar a vocês?

Foi a mensagem. O nome de quem mandou era sr. Prefeito, conforme ela tinha gravado no celular. Ela sabia quem era... ninguém mais precisava saber. Mesmo que ele não fosse o prefeito ainda.

Franzindo a testa um pouco sem perceber, ela digitou uma resposta rápida.

Sei que não queria estar aqui. Para que perguntar?

A mão pesada de Adam no seu ombro a assustou e ela quase deixou o aparelho cair.

— Isso que dá todas aquelas noites em claro de trabalho árduo. Mas nem todo mundo se lembra da equipe quando consegue uma promoção.

Ela colocou o celular de volta no bolso. Quando ergueu os olhos, encontrou o olhar inflexível, indecifrável de Hobbs.

Seu chefe se levantou da mesa, erguendo a mão para evitar que Adam fizesse o mesmo. Ajeitou rapidamente a gravata Armani como se quisesse ter certeza de que ainda estava no lugar, então abotoou o paletó.

— Preciso ir, mas por favor, continuem. Tenho certeza de que vocês têm muito o que conversar.

Paula se levantou e apertou a mão dele.

— Obrigada, senhor. Por tudo. Prometo que não vai se arrepender.

Ele não respondeu, só a olhou fixamente como se quisesse ter certeza de que ela estava sendo sincera. Então se virou e saiu do restaurante a passos largos.

— Ufa! O cara é intenso — Adam disse erguendo o copo e convidando as colegas a se juntarem a ele. A taças tilintaram em comemoração mais uma vez. — Para a mulher, a lenda, a melhor e única Víbora.

Marie engasgou e cobriu a boca com a mão:

— Adam!

Paula sorriu.

— Tá tudo bem. Nós é que fizemos esse apelido acontecer.

— Continuo detestando ele — Marie respondeu. — Não é muito legal chamar alguém assim.

O celular de Paula vibrou. Outra mensagem do sr. Prefeito — curta, enigmática, promissora: *HL, 1098.*

Ela olhou para o balde de gelo, onde as letras HOTEL LANGHAM estavam gravadas abaixo de gotículas d'água. Ela sorriu, um gesto satisfeito que encheu seu peito de expectativa. Em algum lugar daquele hotel, no décimo andar, o futuro prefeito de Chicago estava prestes a ficar nu e esperar por ela na cama, duro, contando cada minuto até que ela aparecesse. O final perfeito para um dia perfeito.

Ela pegou a taça e a estendeu para Adam completar.

Ele obedeceu rápido.

— O gato comeu sua língua, é? — ele brincou, lançando para ela um olhar significativo, cheio de curiosidade.

Ela nem piscou.

— Eu? — Ela colocou a taça na mesa. Uma gota de Krug Grande Cuvée respingou no verniz brilhante. Ela se conteve para não limpar. — Estou com tempo, gente. Vamos pedir alguma coisa. — Ela estava sorrindo por dentro, um pequeno sorriso ao lembrar do amante que a esperava, ansiando por ela mais e mais a cada minuto.

3
INTROSPECÇÃO

A sala de cirurgia parece mais fria ainda agora que a maioria das pessoas que deixam o lugar aconchegante haviam ido embora. Só restou Madison, agachada ao meu lado, e Tim Crosley, olhando fixamente para os pés.

Começo a bater os dentes, tento me levantar, mas não consigo. Uma fraqueza se espalhou pelo meu corpo feito cola, me mantendo ali, paralisada. Mesmo assim, não consigo desviar o olhar da cabeça do paciente, um formato que mal consigo distinguir atrás da cortina. Sinto como se algo me atraísse até ele, a vontade de ver seu rosto outra vez tomando conta de mim, mais forte que a vontade de me encolher no chão azul, gelado.

A sala de cirurgia parece diferente com a iluminação cirúrgica desligada. Com as mesmas luzes no teto das outras salas de operações que dão um tom azulado em tudo, ela parece sem vida, um desfecho inevitável de uma falha, uma derrota.

Assim como Caleb Donaghy.

Nunca perdi um paciente antes.

O vazio que me preenche é avassalador. Meus pensamentos estão desconexos, tentando dar sentido ao que aconteceu. Eu me esforço para alcançar a beirada de um carrinho, me apoiando nele para me erguer. Em vez disso, encontro o braço de Madison. Me agarro nele com a mão trêmula, ainda envolta na luva ensanguentada, grata por ela estar ali, mas ainda sem conseguir olhá-la nos olhos.

Tim sai do seu lugar ao lado do ECMO e corre para me ajudar também. Quando consigo ficar em pé, nenhum dos dois me solta até eu sussurrar:

— Estou bem. De verdade.

Mas é mentira. Mal consigo me manter em pé, minhas pernas bambas e trêmulas feito um náufrago carregado pelo vento.

O esforço de me levantar força minha cabeça a ter foco. Lembro-me de coisas que preciso fazer, pacientes que preciso ver.

— Hum, a ponte de safena do Williamson? — pergunto, a voz rouca, minha garganta apertada e seca feito um pergaminho.

— Foi reagendada — Madison sussurra. — O dr. Seldon pegou. Não precisa se preocupar, querida.

Balanço a cabeça. O dr. Seldon não vai me julgar. Ele foi meu orientador no estágio. Aprendi quase tudo que sei com ele. Meu paciente está em boas mãos. *Meu outro paciente... o que está vivo.*

Olho fixamente para o corpo de Caleb Donaghy, com receio de olhá-lo, mas ainda mais receosa de encarar a mim mesma.

Madison toca meu braço de leve:

— Vem, vamos levar você para casa.

Balanço a cabeça, ainda olhando para o corpo do paciente, algo mais forte do que eu me levando até ele.

Dando pequenos passos, um de cada vez, eu chego mais perto, o ar preso nos meus pulmões, sem conseguir sair. Contrariando todas as evidências, espero que ele acorde e aponte seu dedo manchado de nicotina para mim, em acusações, ameaças.

Mas ele continua parado sob as várias mantas térmicas e gazes manchadas de sangue, o coração parado em seu peito aberto. Minhas mãos estavam ali minutos atrás, tentando fazer com que voltasse a bater, ansiando para que voltasse ao ritmo sinusal, fazendo o melhor possível.

Até ver seu rosto.

Relembrando tudo o que fiz numa espécie de transe, vou para trás da cortina cirúrgica que separa a cabeça do resto do corpo.

O respingo vermelho na testa pálida atrai meus olhos feito um ímã. Uma marca de nascença tão única que reconheci logo que a vi, quando esperava conseguir fazer Caleb Donaghy viver. Aquela marca que parecia feita de vinho tinto e que tinha me assombrado em pesadelos havia tantos anos.

Como pude ver esse paciente duas vezes sem o reconhecer?

Fecho os olhos com força e agarro a lateral da mesa de cirurgia com ambas as mãos. A sala começa a girar, cada vez mais rápido, enquanto me esforço ao máximo para tentar me equilibrar. Percebo que estava prendendo a respiração, mantendo o ar dentro dos pulmões sem deixar que fluísse, ficando completamente sem fôlego.

Com toda a minha força de vontade, forço o ar para dentro e para fora algumas vezes até que a sala pare de rodar, e algum vigor volte aos meus membros. Quando abro os olhos, a primeira coisa que vejo é a marca de nascença que parece vinho tinto na testa do paciente. Seu efeito sobre mim é o mesmo.

Ela me paralisa. Preenche meu coração com pavor. Faz meu sangue gelar. Não que isso seja clinicamente possível, mas tenho a sensação de que cristais metálicos gélidos e pontiagudos me perfuram de dentro para fora.

Como eu não o reconheci?

Ele usou aquele maldito boné de beisebol todas as vezes que nos encontramos. Não pedi para que tirasse, não tinha porquê. E a barba, que escondia o rosto do homem que eu tinha visto só uma vez e esperava ver de novo, pelo menos mais uma vez.

Muitos pacientes usam barba e não há nada de errado nisso.

Até que ela seja um problema.

Eu me aproximo e analiso a marca de nascença mais de perto. *Será que me enganei quanto à identidade de Caleb Donaghy?*

Sem perceber, balanço a cabeça devagar, os olhos ainda pregados na pele manchada de vermelho.

— Vamos sair daqui — Madison sussurra.

Ergo minha mão, um pedido taciturno para ficar ali só mais um pouco. Do outro lado da mesa de cirurgia, Tim está desligando o ECMO, e o barulho esvaecendo é o último som que escuto além da batida forte do meu coração. Seus órgãos não seriam doados, o paciente não havia consentido.

Mas isso parece que havia sido anos atrás.

Não estou errada. Reconheceria aquela mancha de vinho até mesmo em cem anos. Já a tinha visto tantas vezes nos meus pensamentos, com precisão, seu formato fixado na minha memória: uma forma grande, irregular, parecida com um R florido escrito à mão com três pontos menores, como se a mancha de vinho respingasse das bordas da letra, quase alcançando a sobrancelha.

Volto a fechar os olhos e vejo a imagem dele nítida na cabeça. Ontem ele usava seu boné abaixado sobre o rosto, a aba cobrindo os olhos, como se estivesse sob o sol forte de primavera e não em um quarto pouco iluminado de um hospital.

Precisava perguntar para mim mesma enquanto inspirava o ar frio mais uma vez: *saber quem ele era mudou alguma coisa durante a cirurgia?*

A resposta, com uma sinceridade brutal ressoa em alto e bom som na minha mente. De súbito, me viro preocupada para Madison como se ela pudesse ouvir meus pensamentos e me julgar. Ou se assustar com eles. Mas no olhar que ela me devolve não há nada além de carinho, seus olhos cheios de compreensão.

Se eu soubesse quem Caleb Donaghy era antes da cirurgia, teria pedido para um colega me substituir. Não há julgamento quando isso acontece; faz parte do protocolo não operar amigos, parentes ou qualquer pessoa que possa comprometer o desempenho do cirurgião. Teria sido fácil. E caso Caleb tivesse sobrevivido, eu teria...

Não sei o que teria feito.

Mas eu não sabia quem ele era antes de abrir seu peito e segurar seu coração nas mãos.

Será que hesitei? Cometi algum erro?

Franzo o cenho nervosa, tiro as luvas e as jogo na lixeira hospitalar, então me viro para Madison:

— Luvas novas, por favor.

Ela não se mexe:

— Anne, vamos só...

— Por favor — repeti com um tom mais determinado.

Ela me traz um novo par de luvas depois de trocar as dela, seguindo o procedimento à risca, como se o paciente ainda estivesse vivo. Então me ajuda a colocar as minhas enquanto encaro fixamente o peito do paciente.

Com rapidez, verifico meu trabalho, procurando cortes, tecidos lesionados, qualquer coisa que pudesse explicar porque o coração dele não voltou a bater. Não encontro nada. Permaneço imóvel, as mãos paradas acima do peito aberto, sem conseguir obter nenhuma resposta decisiva.

O coração dele ainda estava viável depois da cirurgia? Fiz meu trabalho depois do golpe final, depois de saber quem ele era?

Deixo minha cabeça pender sob o peso das repercussões.

Antes de ver seu rosto, depois de terminar de costurar e enxaguar seu coração com solução salina aquecida, tentei ressuscitá-lo por quinze minutos.

Isso era um fato documentado.

Lanço um olhar significativo para as câmeras acima de mim. Todas as operações são gravadas hoje em dia, de vários ângulos, as gravações sincronizadas com estatísticas importantes, como hora e sinais vitais do paciente. Caso tenha alguma dúvida, posso assistir à gravação.

Mas isso não muda o fato de que, assim que descobri quem era meu paciente, eu queria que ele morresse.

4
PASSEIO DE CARRO

Assisto impotente quando dois auxiliares empurram a mesa de rodinhas com o corpo de Caleb Donaghy escondido embaixo de uma capa azul nova que Madison tinha acabado de desdobrar. Carontes jovens e despreocupados em seus uniformes azul-escuros se apressam para fazer seu trabalho; eles não se dirigem a mim, só me lançam um olhar de pena e logo desviam os olhos. Um deles está de fones de ouvido, deve estar escutando música, talvez ouvindo um jogo. Para ele é só um dia normal de trabalho.

Não sou a primeira cirurgiã cujo trabalho vieram coletar para levar para o necrotério. Nem serei a última. Será um milagre se for a última hoje. O hospital onde trabalho é um dos maiores do país e tem uma ótima reputação, mas pessoas ainda morrem nele. Um sorriso amargo escapa de meus lábios quando lembro que até bem pouco tempo atrás eu era reconhecida como chave para manter esta reputação, meu histórico perfeito agregando ao prestígio do hospital como uma razão para fazer uma cirurgia de coração.

A menor taxa de mortalidade em operações cardiotorácicas do estado, e entre as dez mais baixas do país, depois de Stanford, do Hospital de Massachusetts e da Clínica Mayo.

Eu fazia parte desse sucesso. Agora encaro os Carontes levando meu paciente morto para o elevador de serviço e de lá para o necrotério no subsolo do prédio. Um serviço de limpeza rápido, já que não é desejo de ninguém que muitas pessoas vejam o pobre coitado. Nada de bom pode advir disso.

Uma morte entre tantas histórias de sucesso, de famílias reunidas outra vez e sonhos realizados graças ao meu trabalho.

Foi só uma morte. Mesmo assim, pesa como um fardo na minha consciência.

— Você vai para a casa agora — Madison diz em tom firme, me pegando pelo cotovelo e me guiando para fora da sala de cirurgia.

Eu a sigo sem reclamar. Depois de levarem o corpo de Caleb Donaghy, não existe mais motivo para ficar naquela sala fria e vazia, que exala morte, sangue e plástico novo. Começo a tirar as luvas e a máscara e em seguida o avental descartável com um único movimento rápido, enrolando tudo em uma bola que jogo na lixeira grande perto da porta. É um gesto corriqueiro, impregnado em mim como o cheiro de sabonete antisséptico e a sensação de luvas nitrílicas na minha pele. Coisas que me reequilibram, me ajudam a seguir em frente, vagando mecanicamente por uma sequência de gestos bem ensaiados.

— Vamos chamar um Uber para você — Madison oferece, assim que chegamos no meu consultório.

Era exatamente o que eu precisava, a paz de um ambiente tão familiar como aquele, com suas estantes cheias de revistas médicas e artigos cirúrgicos, a mesa grande perto da janela, a cadeira de couro que havia me recebido tantas vezes depois de extensas cirurgias e o sofá onde eu havia cochilado algumas vezes após um plantão de 72 horas. Vou cambaleando até o sofá, meus olhos entreabertos, exausta até meu último fio de cabelo. Anseio pelo cobertor macio que está atrás dele, bem dobrado, pronto para ser usado. É estampado de filhotes de labradores, amarelo e aconchegante. Quero me enrolar nele, cobrir meu rosto e esquecer tudo por alguns instantes de misericórdia.

Madison me segura firme.

— Nem pensar. Você vai pra casa. Vai me agradecer amanhã.

Teimo dessa vez, isto é, tento. Puxo meu braço com uma careta. Até mesmo esse gesto simples suga minhas energias.

— Só um pouquinho, Maddie, por favor. Se eu pudesse deitar só um pouco...

De alguma maneira, ela virou o adulto e eu a criança mimada, e me sinto bem nesse papel só por hoje, quando preciso ter outra pessoa me guiando, sabendo que se eu falar com firmeza e a fuzilar com os olhos ela sairia daqui correndo e me deixaria em paz, caso eu confiasse em mim mesma para tomar essa decisão.

Só por hoje, tudo bem deixar que outra pessoa decida.

Ela balança a cabeça.

— Sabe qual é o procedimento, Anne. Ele existe para o seu bem. Você vai para a casa e não vai vir amanhã. São as regras.

Pensar em ter que lidar com a administradora do hospital, a muito exigente e obstinada dra. Jody Meriwether, ou apenas M, como todos a chamam, me causa uma pontada de dor bem no meio da testa. Não me lembro de onde surgiu esse apelido, mas foi durante a minha residência, e ela já tinha uma reputação e tanto. O apelido M acabou pegando, inspirado pelos filmes do James Bond onde M era a única pessoa que conseguia controlar o 007.

Até os recém-formados sabiam quem ela era e a temiam mais que aos próprios supervisores.

Eu não sou exceção, mesmo depois de catorze anos trabalhando no hospital que ela administra como um general de barba branca administraria um navio de guerra, ainda tenho medo dela. Bastaria um olhar e ela saberia que algo está errado comigo. Bem, digo, além de um paciente ter morrido na minha mesa.

Graças a Madison não preciso pensar nisso hoje. De repente tomada pelo medo de M entrar na sala e me interrogar até que eu dissesse o que eu fiz, pego minha bolsa e casaco e saio andando na frente da minha assistente. Ela me observa um pouco boquiaberta e com os olhos arregalados, provavelmente incerta de como conseguiu ganhar aquela discussão tão rápido. Não é comum eu ceder logo.

Como se não confiasse em mim ela me acompanha até o elevador.

— Está bem para dirigir? — ela pergunta, me analisando como se eu estivesse bêbada.

Não estou bem. Não estou nem um pouco bem desde que vi aquela mancha avermelhada no rosto do meu paciente, aquela marca inconfundível na testa dele. Mas entrar em um carro com um estranho por cerca de 25 minutos parece insuportável. Assim como tirar meu avental cirúrgico virou algo que consigo fazer até dormindo, espero que dirigir até minha casa seja a mesma coisa. Rotina. Fácil. Percorro o mesmo caminho há mais tempo do que gostaria de admitir, desde que me formei em medicina. Então aceno com a cabeça, invocando toda a minha determinação para lançar um olhar confiante e que pareça genuíno para Madison. Ela me abraça assim que a porta do elevador se abre.

Então fico por minha conta. Finalmente.

O estacionamento está vazio e quase um breu, as poucas luzes distantes umas das outras fracas demais para vencer a escuridão de um anoitecer de março. Poucos plantões terminam nesse horário; por sorte, não tenho que bater papo com ninguém enquanto caminho até meu carro.

Porém, eu mal consigo respirar até entrar no carro, me fechando na minha bolha e deixando o mundo para trás. Dou partida e em seguida ligo o aquecedor no máximo, abrindo as ventoinhas do painel com dedos trêmulos e gelados.

Enfim sozinha. Posso deixar a máscara cair. Lágrimas fluem pelos meus olhos e minha boca se contorce em um grito silencioso. Começo a esfregar as mãos na frente do ar para aquecê-las, mas então o gesto se torna um compulsivo apertar e contrair enquanto sou tomada por um choro incontrolável no silêncio do veículo.

Por quê?

Essa pergunta simples assola minha mente. Não há resposta, só agonia e dor.

Por que ele tinha que acabar na minha mesa de cirurgia? Por que fui ver o rosto dele? Nunca olho atrás da cortina. Nunca. Mas dessa vez olhei. Por quê? Foi destino? Não acredito nessas coisas. Nunca acreditei. Talvez passe a acreditar amanhã, depois do que aconteceu. Por que justo eu e não qualquer outro cirurgião cardiotorácico da cidade?

Escuto uma conversa animada chegando cada vez mais perto. Duas enfermeiras que não reconheço de imediato se aproximam vindo do elevador. Talvez me conheçam, me vejam chorando no carro e amanhã o hospital inteiro, desde o faxineiro da noite até M vão ficar sabendo. Troco a marcha e saio antes que vejam meu rosto molhado de lágrimas.

Quando paro na saída do estacionamento para olhar o tráfego, aproveito para enxugar os olhos com as costas da mão enquanto espero. Está chovendo e ventando, o clima em um ataque de cólera lançando gotas densas no meu para-brisa com furor. O segundo dia de março não passa de uma foto primaveril nos calendários; vai demorar mais umas três semanas até ser realmente primavera. Esse tempo implacável age como se quisesse mostrar quem é que manda.

O trânsito dá uma trégua e faço a curva, o limpador de para-brisa em um ritmo hipnotizante. Minha visão já turva pelas lágrimas fica ainda mais embaçada com as gotículas de chuva nos faróis. Mas eu continuo, a poucos minutos de casa. Mesmo com o aquecedor no máximo não consigo sentir o calor. É como se a imagem do rosto barbeado de Caleb tivesse congelado meu sangue para todo o sempre.

O coração dele deveria ter voltado a bater, mas não voltou. Por quê?

Eu deveria ter sido poupada da decisão que precisei tomar, mas não fui. Não parece justo, mas a vida quase nunca é.

Isso não muda o fato de que um coração saudável se recusou a voltar bater depois de um procedimento em que tudo parecia ter corrido bem.

Sou meticulosa, sei que sou. Não pulo etapas. Não faço minhas operações correndo, mesmo que meus dedos estejam dormentes de tanto costurar, ou se minhas costas doerem de ficar curvada na mesa de cirurgia por horas.

Fiz mais que isso... verifiquei o meu trabalho, bem antes de levarem o corpo de Caleb Donaghy para o necrotério. Não encontrei nenhum motivo aparente para a imobilidade do coração depois de ter sido aquecido pela solução salina e o fluxo sanguíneo ter sido retomado. Na maioria das vezes isso basta. O coração fica aquecido, se enche de sangue e volta a funcionar. Faz o que tem que fazer.

Esse não. Nem sequer palpitou e não havia sinal de fibrilação ventricular. Nada. Imóvel, como se ainda estivesse paralisado pela solução fria de potássio. Mas eu o tinha enxaguado com solução salina aquecida até que a temperatura ficasse na faixa normal para o ritmo sinusal. Até que estivesse aquecido o suficiente para bater.

Então, mais uma vez insisto em me perguntar, por quê?

Meu paciente não era diabético. Pedi os exames de sangue pré-operatórios duas vezes. A última vez havia sido ontem, quando observei com cuidado se alguma coisa tinha mudado em relação ao de alguns dias atrás. O exame de sangue classificava essa cirurgia como sendo de risco baixo.

Sim, ele bebia e o fígado dele já dava sinais de que estava sobrecarregado, mas o coração estava bem, exceto pelo aneurisma que retirei e por uma válvula aórtica de um diâmetro um pouco maior que o normal. Sem histórico de arritmia, síncope, nada que desse qualquer aviso de que o órgão pudesse não voltar a bater.

Enquanto dirijo, relembro a cirurgia, passo a passo, pela quarta ou quinta vez desde que terminou. Nem que fizesse isso mais cinquenta vezes, o resultado seria diferente. Nenhum sinal de alerta. Nada deu errado durante a operação.

Não até eu olhar atrás da cortina e o reconhecer. Então tudo mudou.

Mas ninguém pode saber que eu conhecia Caleb Donaghy.

Faço uma última curva e já posso ver minha casa. Na verdade é a casa da minha mãe, mas é o lugar que sempre amei e foi meu lar. Poderia morar em qualquer lugar que quisesse, e meu marido talvez preferisse, mas não conseguia sair de lá.

Não com tantas lembranças contidas por aqueles tijolos vermelhos. Não quando ainda escuto a risada de Melanie toda vez que vou ao quintal e o sol acaricia meu rosto.

É uma casa grande, segundo as noções de conforto do meu falecido pai para toda a família, construída na época em que ele ainda era um cirurgião em ascensão no mesmo hospital em que trabalho hoje. Ele sonhava em encher aquela casa de netos e até bisnetos se tivesse a sorte de viver tanto. Não teve. Morreu quando eu estava prestes a começar meu primeiro ano na faculdade de medicina. Às vezes, quando a saudade aperta, coloco a mão no vidro da janela da sala, onde ele costumava encostar a testa e ficar olhando lá fora. Juro que, de alguma maneira, consigo sentir o espírito dele me tocar, pelas paredes, pelas vidraças, como se ele ainda estivesse ali, ao meu lado.

Da casa, seguindo sempre reto, fica o conservatório Lincoln Park, três andares em um terreno apertado, provavelmente um dos últimos disponíveis no bairro centro-norte na época do meu pai. Um prédio incomum para aquele bairro, uma garagem com portas duplas que se abrem com o toque de um botão.

Entro na garagem e aperto o botão outra vez antes de desligar o carro. A escuridão vem aos poucos conforme a porta desce. Poderia espantá-la acendendo os faróis, poderia ter deixado a porta da garagem aberta, mas a penumbra e o silêncio que ela traz são bem-vindos, já que combinam com meu estado de espírito. Fecho os olhos e convido a escuridão a preencher minha mente, a silenciar as memórias horríveis daquele dia, a apagar e me fazer esquecê-las.

Estou em casa. Sã e salva.

Por enquanto.

Até virem me pegar para que eu pague pelo que fiz.

Uma lágrima flui pela minha bochecha, então mais uma, naturalmente. Em algum lugar, a alguns quilômetros ao sul dali, o corpo de um homem está em uma maca no necrotério.

Fui eu que o coloquei lá?

5
QUARTO DE HOTEL

Ele adorava ser montado.

Um pouco estranho para um candidato a prefeito com sede de poder. Paula esperava que ele fosse controlador, talvez até um pouco violento ou dominador, mas ele preferia ficar deitado, as mãos entrelaçadas na nuca, deixando que ela usasse seu corpo como bem entendesse.

Não que ele fosse totalmente passivo e não fizesse nada. De jeito nenhum. Ele a observava com olhos entreabertos e a sombra de um sorriso enigmático nos lábios, sua íris azul seguindo cada movimento que ela fazia com uma excitação desinibida. E ele, o futuro prefeito de Chicago, era paciente, de um jeito altruísta que ela se esforçava para não achar cativante. Esperava até que ela estivesse pronta, se deixava guiar por Paula, ajustando seu clímax para ser exatamente junto com o dela.

Quase bom demais para ser verdade. E de algumas maneiras, era mesmo.

A aliança dourada no dedo dele a lembrava da natureza sórdida daquele relacionamento. Que ele não era realmente seu; que pertencia a outra.

Por enquanto.

Ela afastou esse pensamento incômodo e começou a se mover cada vez mais rápido, apoiando as mãos sobre o peitoral esculpido. Se os cidadãos de Chicago pudessem vê-lo sem roupas, votariam nele sem nem piscar. A maioria deles, pelo menos.

Paula cravou as unhas na pele dele e gemeu. Ele endureceu embaixo dela, todos seus músculos tensionados, cheio de desejo. Segundos depois ela caiu ao seu lado, sem ar, ofegando com a boca aberta enquanto sorria.

— Você é bom nisso, sr. Prefeito. Muito bom. — Ela riu.

Ele deu um beijo suave e satisfeito nos lábios dela e a envolveu nos braços. Parecia prestes a cair no sono, mas ela tinha outros planos.

Por cerca de trinta minutos ela se permitiu ficar imersa em uma maravilhosa sonolência, fingindo que aquilo era real, acreditando que pudesse se tornar realidade. Acordar daquele jeito todas as manhãs... devia ser ótimo.

Então ela se moveu nos braços dele e olhou para seu rosto. Um maxilar firme, o cabelo ameaçando a ficar grisalho, mas com poucos fios brancos e olhos azuis perfeitos que a lembravam do Oceano Pacífico antes do anoitecer. Um nariz firme, reto e elegante, lábios sensuais e covinhas discretas que apareciam quando ele sorria. Ele era promissor. Para ambos.

Ao estender o braço sobre ele até o balde com champanhe com gelo derretido na mesinha de cabeceira, ela se esfregou contra o corpo dele devagar, mordendo o lábio inferior.

— Estou com sede — ela sussurrou, mesmo que não aguentasse pensar em beber mais champanhe. — E você?

Sorrindo, ele se recostou nos travesseiros e pegou as duas taças quase vazias da mesa, que encheu com Veuve Clicquot Brut. O líquido borbulhou nos recipientes.

— A comemoração é sua, srta. procuradora do Estado. Você é que manda.

Ela pegou a taça da mão dele e ergueu a alguns centímetros até que se encontrassem com um tintilar.

— Pois é! Parabéns para mim. — Ela riu e ele se juntou a ela. — Agora tenho mais poder — ela acrescentou, lambendo os lábios. O champanhe estava esplêndido, mas um pouco forte. Ou talvez ela já tivesse bebido demais. — Vou saber de todas as prisões penais, quando vão acontecer e onde. — Ela deu um gole e deixou a taça na mesinha. — E se eu sei, você também vai saber. — Ela deu ênfase à sua fala colocando o dedo indicador no peito dele, então traçou as linhas dos seus músculos até embaixo, onde os lençóis de cetim impediam que prosseguisse.

— Interessante — ele respondeu, colocando a taça ao lado da dela e entrelaçando as mãos na nuca com os olhos azuis cheios de expectativa. — E por que eu me importaria? — Ele a provocou com um tom pausado e sensual.

Ela deu um soquinho no ombro dele e se atirou nos travesseiros.

— Pense só no que podemos conseguir juntos. — Seu tom agora era profissional, talvez soando pouco mais ríspido do que gostaria. — Posso fazer com que você esteja no local de todos os grandes casos, pronto para contar à imprensa o quanto você é firme ao combater o crime nessa cidade. Até porque, a criminalidade é o que mais preocupa seus eleitores.

— Eles não são seus eleitores também?

Ela riu.

— Ainda não. Vão ser depois de alguns anos de processos penais. Mas até lá você vai ser prefeito e pode me apoiar para o cargo de procuradora-geral do Estado nas próximas eleições.

— Você já pensou em tudo, né? — Ele ainda estava sorrindo, mas uma sombra de preocupação começava a desenhar linhas verticais entre as suas sobrancelhas.

— E você não?

Ele não respondeu de imediato. Paula lhe deu tempo, sabendo o quão importante era não o pressionar, deixar que pensasse que era ele, não ela, quem tinha todas as ideias brilhantes. Talvez algumas até fossem dele: esse era o valor da cooperação entre os dois, afinal. Era uma aliança que ela estava firmando, não um caso extraconjugal, é o que se obrigava a lembrar toda vez que se pegava sentindo algo a mais pelo homem lindo deitado na cama ao seu lado. Mas Paula não tinha como saber se não estava mentindo para si mesma. Seria tão fácil se permitir apaixonar por ele. Tão fácil. Talvez já estivesse apaixonada, só um pouco. Só que amor era complicado e ela não podia se dar ao luxo de lidar com isso.

Com a cabeça longe enquanto circulava o peito dele com dedos macios e unhas bem-feitas, Paula olhou ao redor, reparando no quarto luxuoso de hotel. Ela poderia se acostumar com aquilo.

As janelas que iam do chão até o teto eram voltadas para o que de dia deveria ser uma vista de tirar o fôlego do lago Michigan e do rio Chicago. Mesmo agora ela tinha um vislumbre da paisagem noturna da cidade com seu emaranhado de luzes e os feixes vermelhos e brancos do tráfego intenso nas ruas do centro nove andares abaixo de seus pés. Uma poltrona reclinável de couro ao lado da janela parecia convidá-la a se sentar e ler um livro, mesmo sabendo que não teria tempo para fazer isso. A cama em si já era de outro mundo, os lençóis frios de cetim, um edredom levinho e travesseiros fofos de plumas.

Sentia-se tentada a ir nua até a janela e ficar ali, à vista de todos que estivessem nos arranha-céus do outro lado da rua, observando o trânsito caótico abaixo e sentindo a cortina na sua pele morna. Talvez um dia ela mesma alugasse um quarto para aproveitar. Ou, dali a poucos anos, ela ficaria no lugar de Mitchell Hobbs como procuradora-geral do Condado de Cook e seria a pessoa em cujo nome a reserva no Travelle estaria, com um garçom só para atendê-la. Talvez ainda fosse Willie, quem sabe ele ainda se lembraria dela.

— Sabia que tem uma história por trás desse champanhe? — A voz dele a arrancou do devaneio. Ele percebeu e a envolveu com um dos braços, puxando-a para mais perto e acariciando suas costas sob os lençóis. — Escolhi por um motivo. — Ele riu. — Não pedi um champanhe caro só para te impressionar.

Ela sorriu duvidando daquela alegação.

— Qual o motivo então? Ostentar seu bom gosto em vinho francês?

Ele riu, visivelmente lisonjeado.

— Bom, parece que havia uma vinícola francesa, se for isso mesmo que li, e o vinho era mediano, nada demais, porque o dono também tinha uma indústria têxtil e outras coisas com que se preocupar. O nome do vinicultor você vai adivinhar fácil, era Clicquot. O filho assumiu quando se casou e fez da vinícola o que ela é hoje. Ele acabou morrendo de repente por alguma febre, não lembro o que era. Era muito jovem, então todos acharam que a vinícola seria vendida, mas a viúva a manteve. Ela mudou a gestão do negócio, virando uma das primeiras mulheres à frente de uma empresa internacional. Isso foi no século XIX, dá para acreditar? — Ele soltou um assovio de admiração. — Ela não tinha nem trinta anos quando o marido morreu. *Veuve* quer dizer viúva em francês e foi essa marca que a tornou famosa por séculos.

Ele pegou a taça dela e a encheu outra vez, então a estendeu para ela. Paula a pegou enquanto se sentava apoiada nos travesseiros.

— A jovens mulheres subindo na vida — ele disse, erguendo sua taça e olhando fixamente para ela. — O mundo ficará aos seus pés, Paula. Basta querer.

Impressionada, ela tomou um gole do vinho borbulhante envolta em pensamentos e o deixou um pouco na boca antes de engolir. Era fino e requintado.

— Obrigada. Você nunca para de me surpreender, sr. Prefeito. Tem uma lábia e tanto.

Por um instante, ela caiu na armadilha de querer que ele ficasse, querer que a aliança entre eles virasse algo mais.

— Qual o seu champanhe favorito? — ele perguntou e ela agradeceu a distração daqueles pensamentos proibidos e absurdos. — Acertei na escolha?

Ela riu, aliviada por ser salva de si mesma.

— Não, meu chefe também não acertou com o Krug Grande Cuvée.

— Bom, é claro que o limite de gastos da procuradoria para ele é bem alto — ele rebateu. — Então qual é?

— Promete que não vai rir?

Ele assentiu e pequenas covinhas apareceram nas suas bochechas outra vez. — Prometo.

— É um espumante barato chamado Martini Asti. Custa doze ou quinze pratas no mercadinho. É mais doce que esses chiques, mais leve. Eu gosto de chamar de champanhe, mesmo que não seja.

Ele arregalou os olhos, surpreso:

— Sério?

Ela ajeitou o lençol para esconder seus seios, sentindo-se envergonhada. Talvez não devesse ter contado aquilo.

— Sou de família pobre, sabe? Mas não é tão ruim assim. Devia experimentar.

— Tá bom, vamos experimentar — ele respondeu, alcançando o telefone. — Aposto que tem aqui, ou então podem pedir para alguém ir comprar.

Ela se aproximou e deu um beijo demorado na boca dele.

— Hoje não. Já tomei champanhe suficiente. Outro dia, combinado?

Uma sombra de decepção encobriu o rosto dele e quase a fez mudar de ideia. Não podia deixar isso acontecer, se começasse a mudar seus planos para agradá-lo a aliança entre eles corria o risco de virar outra coisa. Por que estragar o que estava perfeito?

Eles se encontravam algumas vezes na semana, sempre em hotéis, cada vez num hotel diferente, sendo discretos pelo bem dos dois. Ela também não poderia ser vista tendo um caso, agora que sua carreira estava deslanchando e era provável que começasse a receber atenção da mídia. Seu novo cargo a permitiria escolher os melhores casos, os que mais lhe dariam destaque, e deixar os mais comuns para os promotores, como ela tinha feito com seu chefe, o procurador-geral Mitchell Hobbs.

Mitch. Mas ainda não, só a partir de maio. Lembrar aquele comentário a fez rir. O homem era um pouco estranho.

— Me pergunto o que Hobbs está pensando.

Paula estranhou a pergunta. Era como se ele tivesse lido seus pensamentos.

— Ele está com alguma doença terminal, será? Querendo acabar com a carreira?

— Por que a pergunta?

— Se ele gosta de ser o procurador-geral de Cook, ele deveria ter te enchido de trabalho burocrático e nunca deixar você sair de lá. Ele deve saber que você estava de olho no cargo dele.

— Ele não liga — ela respondeu enquanto se perguntava se isso era mesmo verdade. — Pelo menos foi o que ele disse.

— Eu tomaria cuidado com ele se fosse você. — Ele se virou para servir o resto do champanhe, mas Paula declinou com um gesto de mão. — Caso o plano dele seja algo do tipo "mantenha seus inimigos por perto".

— É, mas se fosse isso, por que ele me promoveria? Ele está praticamente abrindo as portas para mim. — Ela ficou pensativa por alguns instantes. — Não, acredito nele. Ele deve estar querendo virar governador e quer alguém em quem confie à frente da procuradoria.

Ele hesitou por alguns segundos antes de falar.

— De qualquer jeito, sou grato a ele e sei que vai ser uma baita procuradora-geral algum dia. Vou te apoiar com orgulho até que chegue lá. Como prefeito da nossa linda cidade.

Ela balançou a cabeça:

— *Quid pro quo*, né?

— *Quid pro quo*, srta. procuradora-geral — ele respondeu com uma voz suave, deslizando pelos travesseiros e tirando os lençóis do corpo. — Vamos selar esse acordo.

Estava ficando cada vez mais difícil resistir a ele.

— Adoraria, mas tenho que ir. — Ela se afastou, virando as costas para ele, com medo de ceder caso ele insistisse, andou rápido até o banheiro, sem parar nem um segundo para admirar os pisos de mármore branco brilhante e a ducha convidativa.

O jeito dele de fazer amor era viciante, perigoso. Ela precisava escapar antes que fosse tarde demais.

Um pouco de água fria no rosto a ajudou a manter o controle dos seus desejos tórridos. Ela se sentou na beira da banheira até conseguir esfriar a cabeça, para lembrar quais eram as suas prioridades.

Instantes depois já estava vestida, pronta para ir embora. Ele continuava na cama, os lençóis finos deixando seu corpo à vista.

— Tem certeza de que não vai mudar de ideia? — A voz dele estava carregada de desejo, ardente, urgente.

Ela colocou seus sapatos de salto alto.

— Não posso. Depois te mando mensagem.

Ele a olhou com curiosidade enquanto ela colocava o blazer.

— Já vi essa roupa antes, não vi?

É claro que ele não se esqueceria.

— Na noite em que nos conhecemos, na festa beneficente. — Ela foi até o lado dele da cama e se curvou para que seus lábios encostassem nos dele.

O laço de seda da blusa dela roçou na pele dele. Ele gemeu durante o beijo.

— Fui inesquecível, não fui? — As mãos dele seguraram firmemente seu quadril.

Ela se remexeu para se soltar e andou até a porta, pegando a bolsa no caminho.

— Me mande mensagem — ela disse, antes de sair e fechar a porta.

Sempre os deixe querendo mais. Essa era a regra. Se aplicava a tudo e a todos. De jurados e chefes até amantes. Ela não pretendia quebrá-la, mas dessa vez foi difícil.

6
CASA

O barulho da porta do carro sendo aberta me acorda. Acorda não, afinal, não estava dormindo. Me permiti recair em uma espécie de torpor confortável, dissociando da realidade com a qual não estou pronta para lidar.

A garagem ainda está escura, exceto por uma luz fraca que vem da porta entreaberta da lavanderia. Não sei há quanto tempo cheguei. Não me lembro. Não quero lembrar.

— Ah, querida — minha mãe diz, se agachando ao meu lado e pegando minha mão. Ela a aperta firme. Sua pele é quente e seca, o carinho e amor em seu coração transbordando através do gesto. — Está congelando — ela esfrega minha mão entre as delas e então me puxa de um jeito gentil. — Vem, vamos entrar.

Não quero ir, mas vou pelo bem dela. Está com quase setenta anos e sofre de artrite. Mal consegue se apoiar no pé esquerdo depois da cirurgia da artroplastia de quadril da qual nunca se recuperou de fato. Se agachar no frio e na umidade só para segurar minha mão não é algo que ela deveria fazer.

Ofereço meu braço e ela atravessa devagar a garagem, então sobe os dois degraus até a lavanderia se apoiando no batente. Preciso conversar com Derreck para instalar algumas barras de apoio. Aqui e talvez no banheiro dela também. Pensar que minha mãe está envelhecendo, precisando dessas barras, parte meu coração. Uma vontade de chorar aperta minha garganta, me sufocando.

Ela percebe e me lança um olhar rápido.

— Sinto muito, querida — ela sussurra enquanto passamos pela cozinha.

Ainda apoiada no meu braço, ela me guia até meu lugar favorito no sofá, perto da lareira, onde um fogo vívido queima. A lenha está lá já faz alguns dias, desde quando eu e meu marido, Derreck, revolvemos passar um domingo aconchegante em casa. Até que um dos meus pacientes teve uma parada cardíaca e eu precisei largar tudo e correr para o hospital.

Ao contrário de Caleb Donaghy, esse paciente sobreviveu.

As toras ficaram na lareira, intocadas até hoje. Não é algo que minha mãe faria, acender a lareira só para ela. Seu olhar gentil e triste me diz que ela sabe como foi meu dia.

— Sinto muito, querida — ela repete. — Ginny me ligou — ela fala sem que eu nem precise perguntar. — Ela disse que você perdeu um paciente hoje. Vem, senta aqui e vou fazer uma xícara de chá para você.

Eu tiro meus sapatos e deito no sofá, me apoiando contra o braço, ainda me sentindo gélida e trêmula. Devia ter previsto que Ginny ligaria para minha mãe. Minha enfermeira cirúrgica que acabou de sair de um divórcio complicado trabalhou na mesma equipe da minha mãe antes de ela se aposentar. Minha mãe também foi uma enfermeira cirúrgica, foi assim que conheceu meu pai. Eles formavam uma dupla e tanto, no trabalho e melhor ainda na vida.

Ginny era uma protegida da minha mãe. Eu sabia que elas ainda se falavam. Quando era mais jovem, me perguntava se falavam de mim, sobre como eu trabalhava. Era como ir a uma excursão acompanhada dos pais... humilhante. Assim como muitos médicos jovens recém-saídos da faculdade, eu era insegura. Isso passou logo no primeiro ano de residência, quando fiquei ocupada demais para me preocupar com esse tipo de bobagem.

Mas hoje parece ser diferente, uma pontada daquela velha ansiedade ressurgindo.

— O que ela disse? — pergunto, erguendo minha cabeça do braço só o suficiente para ver o rosto dela.

— Só que perdeu um paciente e que está chateada. Então acendi a lareira. Não sabia o que mais podia fazer. — Ela coloca um pouco de mel no meu chá e mexe, então traz para mim em um pequeno pires.

Meu coração se enche de amor pela minha mãe. Tenho sorte de tê-la. Sempre soube o quanto era sortuda por ter genitores como ela e meu pai. Envolvo a xícara com os dedos, aproveitando o calor.

— Obrigada.

Ela se senta ao meu lado com um resmungo baixo. O inverno frio de Chicago castiga suas articulações. Ficamos olhando a lareira em silêncio enquanto tomo meu chá. A camomila queima minha língua e garganta, mas anseio pelo calor que preenche meu estômago e se espalha pelo meu corpo.

— Pessoas morrem, Anne. Tem corações que voltam a bater. Você sabe os riscos — ela diz em um tom suave, sua mão apertando com carinho meu antebraço.

— Não era para ter acontecido, mãe. E você não sabe o pior. Esse paciente, esse homem era... — Eu paro, minha garganta fecha, engasgando com as palavras que não tenho forças para dizer. Como posso contar para minha mãe?

Os olhos dela perscrutam os meus, e a preocupação toma conta de seu olhar carinhoso.

— Você faz cirurgia de coração sem perder ninguém há anos. É um milagre, um erro estatístico. Qual a taxa de mortalidade de operações de aneurismas da aorta hoje em dia? Ainda é quinze por cento? — Eu a encaro, incrédula. — No meu tempo era isso. Seu pai era mais obcecado com essas estatísticas do que você. "Cada número significa que o filho de alguém não vai voltar para casa", ele dizia.

Sem palavras, dou outro gole no chá de camomila. Achava que ela tinha se esquecido do hospital, do trabalho, depois de seis anos aposentada. Não sabia que ela se interessava por essas estatísticas.

Lanço um olhar alarmado para suas mãos onde as juntas estão inchadas. Talvez devêssemos ir morar em um lugar mais quente, onde ela ficasse confortável. Esse fraco pensamento se esvai quando percebo que teria que deixar tudo isso para trás, a casa, meu emprego, o de Derreck também.

Ela percebe para onde estou olhando e esfrega as mãos, seus dedos visivelmente rijos. — É isso que a sala de cirurgia faz, se você deixar — ela diz com uma tristeza na voz. — Cuide das suas mãos, Anne. Deixe-as sempre aquecidas.

Preciso contar para ela o que fiz. Se não desabafar, isso vai me corroer por dentro. Vai mudar quem eu sou. Já mudou. Mas falar do paciente significa falar de Melanie e isso vai abrir velhas feridas. Respiro fundo. — Mãe, eu...

— Aconteceria um dia — ela diz, arrumando o cabelo como se estivesse se preparasse para receber visitas ou sair. Seu cabelo continua comprido, pintado de loiro. O tom natural é escuro, mas agora está quase todo branco e ela gosta dele loiro. Ilumina sua pele, a deixa mais jovial. — Você tem um grande talento. Eu sabia que seria cirurgiã desde que nasceu. — Ela abre um sorriso ao se lembrar de algo e seu olhar vaga para longe. — Lembra o que fez com aquela boneca grande que ganhou no seu aniversário de seis anos?

As lembranças me invadem e abro um sorriso, sem conseguir resistir.

— Aquela alta de cabelo castanho cacheado?

— Sim, a princesa. — Ela ri e dá um tapinha no joelho. — Ela era tão linda.

Meu sorriso se apaga.

— Alguns pacientes são. — O comentário era para ser uma brincadeira, mas soa estranho saindo da minha boca. Penso em Caleb Donaghy outra vez. E em Melanie.

Minha mãe me lança um olhar perscrutador por alguns instantes como se soubesse que algo está errado. Ela pode ser inquietante.

— Você abriu ela, lembra?

Abaixo a cabeça, escondendo minha tristeza.

— Em minha defesa, não me lembro disso. — Lanço um olhar rápido para ela e então dou outra gole no chá. — Mas me lembro de tentar costurar ela de volta. Acho que isso conta. — Deixo a xícara vazia na mesa e suspiro. Ela não vai me deixar dizer o que fiz. Ela é especialista em mudar de assunto na hora certa.

Ela está rindo tanto que seus olhos chegam a marejar. Como se soubesse o que quero dizer, mas não quisesse me deixar falar, assim, aquilo não seria real. Como se quisesse que seu riso e as boas lembranças lavassem os horrores daquele dia.

— É claro que se lembra disso. Nós chegamos do hospital e encontramos você com os dedos sangrando da agulha, sangue para todo lado, no seu rosto e nas roupas. Sua babá estava horrorizada. Você tentou costurar a barriga da princesa com meu kit de costura.

Meu queixo treme e eu me controlo para as lágrimas não fluírem.

— Então o papai…

Ela coloca a mão sobre a boca por um instante, para reprimir o soluço, talvez. Nós sentimos muito a falta dele. Eu já tinha ouvido aquela história tantas vezes, em jantares e em reuniões de família. Mesmo assim, cada vez que ela a conta parece ser diferente.

— Ele desceu as escadas, voltou com o kit cirúrgico dele e te ensinou a costurar a barriga do jeito certo.

Aquela lembrança aquece meu coração.

— Pena que não consigo lembrar o diagnóstico da princesa.

— Ah, eu lembro! — Ela aperta meu braço com carinho. — Alguma coisa solta dentro dela, o aparelho que fazia ela chorar e dizer "mamãe". Você queria consertar ela.

— Que ótimo! — disse com uma ponta de sarcasmo, desfrutando daquela lembrança de uma época sem preocupações quando eu achava que tudo era possível. — Ela foi a única boneca que abri, né?

— Sim. Você perdeu o interesse por bonecas depois que seu pai te ensinou a costurar pele de verdade e isso foi depois de algumas semanas, no dia…

— Dia de Ação de Graças — falamos em uníssono. — Eu lembro.

A risada dela preenche o cômodo mais uma vez. Por um curto instante, parece de mau gosto, logo depois da morte de Caleb Donaghy. Como se eu devesse estar de luto por ele.

Mas nunca estarei.

— Dá para acreditar? Desci as escadas na manhã do Dia de Ação de Graças, pronta para passar horas cozinhando, porque teríamos convidados. Seus primos viriam de Seattle, e o dr. Seldon com a esposa e quem mais…? — Ela franze a testa tentando se lembrar. — Não me lembro agora. Mas tudo tinha que estar perfeito.

Escuto como se fosse a primeira vez. O rosto dela se ilumina enquanto conta a história, o que acontece sempre que menciona o papai. Ou eu.

— E lá estavam vocês dois, até os cotovelos dentro do meu peru, costurando. Músculos, ligamentos, pele... ele te mostrou tudo e você aprendeu rápido. O kit médico dele estava na mesa, e você segurava o porta agulha feito uma profissional.

Ela encara as chamas por um tempo em um devaneio, como se o rosto do meu pai voltasse à vida naquela lareira que ele tinha construído há quase cinquenta anos. Ele adorava se sentar ali, bem onde eu estava agora. O cheiro de pinho queimando me lembra dele, de nós juntos. De nós quatro juntos.

— Eu queria tirar as suturas antes de colocar o peru para assar. Lembro de ter praguejado. Sim... soltei alguns palavrões naquele dia, algo que nunca faço. Ameacei seu pai que, se ele não me arrumasse um peru novo, ia passar o Dia de Ação de Graças sozinho. Ele não deu para trás. Disse que a alta temperatura do forno estimularia o processo de cura, juntando as pontas dos ferimentos, e que assim que o peru estivesse assado, ele verificaria se a sutura tinha sido bem-feita. Você estava tão orgulhosa que fiquei contente de te ver daquele jeito. E ele... os olhos dele brilhavam. — Ela balança a cabeça e limpa uma lágrima do canto do olho. — Não consegui mais brigar. Não depois de perceber o que eu senti naquele momento: felicidade completa, intensa. Deixei de lado a vergonha que seria servir um peru remendado, ou oferecer tesouras para as pessoas tirarem as suturas de um pedaço de peru de festa. No final nada disso importava. Mas minha garota aprendendo com o melhor cirurgião que eu conhecia, isso era felicidade pura.

Um pensamento surge e corta meu coração. *O que meu pai diria se soubesse o que aconteceu hoje?* Ele se envergonharia de mim? Se ele estivesse vivo, ele ainda me olharia nos olhos? Ou ficaria tão decepcionado que se arrependeria por ter me ensinado a suturar a pele, os músculos e os tendões de um peru?

Não consigo respirar por um instante, não até juntar toda a minha força de vontade. Não posso nem sequer suportar a ideia de que meu pai soubesse o que fiz.

Pela primeira vez na vida, fico aliviada por ele não estar mais ali.

Minha mãe me lança outro olhar preocupado, mas não pergunta nada. Ela só continua a história que já ouvi tantas vezes.

— Sua tia Millie nem encostou no peru. Ela sempre odiou que alguém falasse de trabalho na mesa, lembra?

Eu aceno e sorrio, entendendo o propósito da minha mãe. Ela está me lembrando de quem eu sou, do meu legado, da força que tenho dentro de mim. Está falando sobre família, carinho e amor, para que eu não me esqueça disso diante da minha dor e tristeza.

— Amo você, mãe. — Aperto a mão dela e me deixo afundar mais nas almofadas do sofá, fechando os olhos por um minuto, para ficar a sós com meus monstros sem que ela veja.

Mesmo que o coração de Caleb Donaghy se recusasse a voltar a bater, mesmo que não voltasse a bater depois dos primeiros quinze minutos de reanimação, a morte dele foi culpa minha. Eu poderia ter continuado. Ele estava no ECMO; poderia ter continuado por horas. Poderia ter aplicado uma dose de epinefrina direto no seu coração. Existem várias formas pelas quais eu poderia ter tentado mantê-lo vivo, formas que ignorei.

De propósito. Depois de ver seu rosto.

Todo o desprezo do dr. Bolger por eu ter desistido cedo demais tinha fundamento. E posso apostar que ele já fez alguma denúncia contra minha conduta.

O som estridente de uma sirene policial se aproximando rompe o silêncio da sala. Assustada, me levanto num pulo e corro até a janela. Meu coração bate forte no peito enquanto o sangue some do meu rosto, sintomas do medo paralisante que sinto. Na expectativa de que o carro da polícia faça uma parada repentina na frente da casa. Espero que policiais me escoltem porta afora algemada. Prendo a respiração e arregalo os olhos para a rua vazia enquanto aguardo pelo inevitável.

Minha mãe me olha apreensiva, mas não diz nada. A sirene fica cada vez mais alta, então o som diminui quando o carro da polícia segue seu caminho sem nem entrar na nossa rua. Exausta até o último fio de cabelo, volto para o sofá e me deito.

Logo virão me buscar. Não foi dessa vez, mas *virão*. Em breve.

Porque eu matei um homem.

7
CONFISSÃO

Só há três pessoas para se sentar à mesa de jantar. As cadeiras vazias me assombram esta noite mais do que nunca enquanto coloco a mesa. Mamãe está fazendo frango assado com purê de batata, uma das minhas comidas favoritas, com molho e tudo, como se fosse algum dia especial.

Minha mãe faz o melhor que pode na preparação, e eu não fui de grande ajuda. O cheiro de dar água na boca de assado temperado preenche o ambiente assim que o forno é aberto e o aroma ziguezagueia pelo ar, invisível, despertando apetite por onde passa. Essa sensação acaba levando a outra, mais urgente. Saio correndo para o banheiro e esvazio meu estômago, me segurando na beira da privada. Minha mãe chega enquanto tenho ânsia de vômito, e ela segura meu cabelo e coloca a mão na minha testa, como fazia quando eu era criança.

Ela não diz nem uma palavra depois, só faz outra xícara de chá de camomila para mim e deixa na mesinha ao meu lado, colocando algumas bolachas de água e sal no pires. Em poucos minutos elas desaparecem e meu estômago se acalma, pelo menos por enquanto.

Ajudo minha mãe a terminar de colocar a mesa, ainda tonta e fraca, mas sabendo que é bom me movimentar, me inserir em algo rotineiro. Não estamos com pressa, meu marido ainda não chegou.

Derreck.

Pensar em ter que encará-lo dá uma pontada de ansiedade no meu estômago. O que vou dizer a ele? O que *deveria* dizer?

Não me casei com um médico, como meus pais previram, como a maioria dos médicos. Me apaixonei por um jovem estudante de direito que apareceu no nosso campus em uma festa quando eu estava no segundo ano da faculdade, e ele no quarto. Ainda não consigo acreditar que ele passou no Exame da Ordem dos Advogados. Derreck não é nada como eu imaginava que advogados seriam. Não há nele aquela agressividade nata que advogados precisam para discutir o dia todo no tribunal, para interrogar testemunhas hostis até que desmoronem. Ele não é combativo estilo advogado criminal, mas também não é molenga. Sua determinação e vontade de ganhar têm alvos e métodos diferentes. Por um tempo, ele flertou com a ideia de ir para direito ambiental; queria estar do lado de quem faz o bem, porque é um cara legal e bom. Até o último fio de cabelo.

Mas não foi sua inteligência que chamou minha atenção naquela noite. Seu sorriso hipnotizante e o brilho nos seus olhos foram o que me atraíram até ele, me fizeram querer conhecê-lo melhor. Fiquei bem decepcionada quando soube que era estudante de direito e não de medicina, mas algumas danças lentas depois eu estava na dele, já apaixonada, surpresa que tinha acontecido comigo e tão rápido.

Sempre fui cética em relação ao amor, fria até, sabendo o que estava por trás de todo o mecanismo — hormônios e o impulso genético de garantir a sobrevivência da espécie pela procriação. Poderia ficar horas falando sobre o que desperta essa química, um vício de um pelo outro como o que nós tínhamos.

Nada disso importava depois que o conheci.

Estava eufórica, o termo científico para alguém cheio de dopamina e oxitocina, incapaz de pensar em qualquer coisa ou qualquer outra pessoa que não fosse Derreck. Por meses, me joguei de cabeça sabendo que acabaria logo. Por que duraria? Era bom demais para ser verdade, afinal.

Seis meses depois, quando ele me pediu em casamento, eu disse um não, curto e grosso. Médicos têm carreiras que exigem demais. Nunca estão em casa, passam 72 horas em plantões até aprender a dormir andando e perder o interesse em tudo que não seja o trabalho. Acabaria partindo o coração dele, porque eu nunca conseguiria estar presente na vida dele como ele merecia que uma esposa estivesse. Ele aceitou minha resposta com olhos tristes e um aceno de cabeça resignado, então foi embora.

Chorei a noite toda achando que estava tudo acabado. Mas não estava.

Nós voltamos no dia seguinte como se nada tivesse acontecido. Quando perguntei para Derreck por que ele não me deixou depois de eu ter dito "não" ele só disse:

— Amo você, Anne. Não vou deixar de te amar só porque você não acredita em nós dois. Vou provar para você que seus plantões de três dias combinam, sim, com minhas jornadas de oitenta horas por semana. — Ele beijou meus lábios e continuou: — Mas vamos precisar de uma empregada. Tenho alguém em mente. — Então ele me ofereceu as chaves do seu apartamento.

Três dias depois ele estava indo morar comigo e com minha mãe. Era um desafio e tanto, concordar em morar com minha mãe e conseguir se adaptar.

Não acho que muitos homens concordariam com isso, mesmo minha mãe sendo sempre doce e agradável. A maioria dos homens colocaria sua privacidade acima de tudo, sem ver motivos para fazer esse tipo de concessão.

Ficamos no quarto de hóspedes no andar de baixo, reticentes em ir para o andar de cima. Ficava um pouco apreensiva com as paredes finas da casa e não me sentia confortável de fazermos amor estando a poucos metros do quarto da minha mãe. Essa inquietação logo passou assim que Derreck se acomodou, e minha mãe passou a gostar dele como seu próprio filho. Continuamos no quarto do andar de baixo; nos dezesseis anos que estamos juntos, nunca passou pela minha cabeça irmos para o quarto principal no andar de cima.

Aquele vai sempre ser o quarto dos meus pais, por mais que minha mãe o ofereça incontáveis vezes.

O quarto de visitas no andar de baixo tem várias vantagens além da privacidade. É grande, tem uma suíte com chuveiro e banheira e um closet para mim e outro para meu marido. Fica perto da sala, o que é conveniente caso eu tenha insônia e queira ver TV, o que acontece, às vezes. Também consigo sair de fininho caso aconteça uma emergência no hospital no meio da noite.

Estou cortando o pão quando escuto sua BMW entrando na garagem. Solto a faca e vou até a janela, de onde assisto ele pegando o paletó e a maleta do banco de trás. Aceno para ele quando me vê — pequenos gestos carinhosos que já foram incorporados à malha da nossa vida de casal.

Dessa vez, um fio de ansiedade me percorre. *Vou ter que contar para ele o que eu fiz.*

Vou ao encontro dele na porta e fico na ponta dos pés para beijá-lo. Ele me envolve em seus braços por um instante, então sussurra no meu ouvido:

— Oi, querida.

Queria ficar em seus braços para sempre. Ele cheira a desodorante e sabonete líquido, exalando um frescor como se não tivesse passado o dia todo naquela roupa desde as sete da manhã.

— Oi. — Sorrio enquanto me afasto dele. — Lave as mãos, o jantar está pronto. — E assim voltamos à rotina. Ele desfaz a gravata e a deixa atrás do sofá, em cima do paletó. Arregaça as mangas e lava as mãos na pia da cozinha, enquanto minha mãe espera com calma a sua vez. Então ele lava algumas vasilhas para ela, enquanto puxa assunto.

Ajudo minha mãe a encher as tigelas de sopa e a colocá-las na mesa. Quando finalmente me sento, é como se tivesse ficado de pé por séculos. Dou um suspiro profundo, que chama a atenção de Derreck.

— O que foi?

Balanço a cabeça.

— É que... nada. Só estou cansada. Foi um dia cheio. Espero que goste da sopa. — Ele estranha. Não costumo dar respostas curtas e diretas. Ele sabe que tem alguma coisa errada. Desvio os olhos e termino minha sopa, então ajudo mamãe a servir o frango assado, enquanto Derreck abre uma garrafa de Pinot Gris.

Lembranças rodopiam pela minha cabeça, algumas boas, como o dia do nosso casamento, cerca de um ano e meio depois que Derreck veio morar com a gente. Outras dolorosas, tão dolorosas que me fazem estremecer, minha cabeça bem distante da conversa baixa da mesa. Empurro pedaços de frango de um lado para o outro do prato, sabendo que não conseguiria comer muito. Pego um pouco do purê, misturo com molho e deixo que derreta na minha boca. À minha direita, Derreck come feito um campeão depois de um jogo importante, com garfadas famintas, engolindo com entusiasmo enquanto conversa descontraído. Sem perceber, olho fixamente para o lugar na minha frente, onde Melanie se sentava.

Melanie.

Empurro minha cadeira e me levanto, ainda um pouco tonta.

— Podem continuar — sussurro. — Já volto. — Minha voz sai entrecortada, e eu me viro rápido para esconder minhas lágrimas.

Subo as escadas, agarrada no corrimão brilhante de carvalho, pisando em cada degrau devagar, pressionando uma mão contra o peito. Estranho como sentimos as coisas no coração. Mas será que sentimos mesmo? O coração é só um músculo que bombeia o sangue. Já segurei vários corações nas mãos e é isso que eles são, músculo, nervos, tecido fibroso e terminações elétricas responsáveis por informar quando e como devem bater. Sabemos que a dor é algo que vem do cérebro, mas culpamos nosso coração, porque é onde *sentimos* a dor. Tem uma explicação científica para isso, relacionada com cortisol, norepinefrina e como esses hormônios influenciam a função do músculo cardíaco, mas não é algo que as pessoas queiram ouvir quando sofrem. Elas não querem saber o *porquê* de seu coração estar doendo; apenas sentem que está.

Eu também não quero ouvir isso.

Quero ouvir que a dor vai passar. Mas não vai. Só vou aprender a conviver com ela. É só o que posso esperar.

Alcanço o segundo andar e caminho devagar até o segundo quarto à direita. A porta grande de carvalho está fechada. Passo a mão pela madeira envernizada enquanto um soluço emerge do meu peito. Fecho os olhos e presto atenção até conseguir ouvir a risada de Melanie atrás da porta. Mas não é real; é só uma lembrança que revivi com esforço e força de vontade.

Estou mentindo para mim mesma. Melanie nunca mais vai rir.

A dor que rasga meu peito deixa espaço para a raiva crescer ao longo do seu rastro. Estranho como mesmo depois de tantos anos ainda luto contra esse mesmo estágio do meu luto. Saber o que é e como funciona não torna nada mais fácil.

Melanie era só uma garotinha que não teve a chance de crescer, de se apaixonar, de viver. Minha querida irmãzinha.

Seguro a maçaneta e tento girá-la, mas minha mão não me obedece. Não consigo movê-la para abrir. Ainda não consigo entrar ali. Nem mesmo hoje, quando preciso tanto. Em um ataque de fúria desencadeado pela minha própria fraqueza, bato a mão contra a madeira. *Maldição!*

— Tá tudo bem aí? — Derreck chama da sala de jantar.

Forço o ar para fora dos meus pulmões.

— Sim, já vou descer.

Seco meus olhos com a manga da blusa e desço as escadas. Volto para o meu lugar à mesa e encaro fixamente meu prato. Pego uma porção de purê com o garfo, misturo com molho, como fiz antes. Não consigo nem encostar no pedaço de frango. Ele me lembra do peru do Dia de Ação de Graças quando era pequena, do meu pai, da minha primeira sutura em pele de verdade. De tórax abertos e de esternos quebrados. De Caleb Donaghy.

Minha mãe me lança um olhar inquisitivo que mais sinto do que vejo, mas ela não me pergunta nada. Ela sabe aonde fui, o que eu tentei fazer e sabe que mais uma vez não consegui.

Não vamos falar sobre isso, nem hoje nem nunca.

Ela se levanta da mesa e Derreck faz o mesmo.

— Eu coloco a louça na máquina — Derreck diz, beijando a mão dela feito um cavaleiro medieval. — Obrigado pelo jantar maravilhoso.

Ela abre um sorriso breve para ele, então, ao passar por mim, faz carinho no meu cabelo e na minha bochecha. Deixo minha cabeça pender na mão dela e fecho os olhos. Uma lágrima escorre pelo meu rosto. Então ela vai até as escadas e as sobe com dificuldade.

— Certo, o que está acontecendo? — Derreck pergunta assim que ouvimos o barulho da porta se fechando. Ele vira a cadeira na minha direção para poder olhar para mim e pega a minha mão. Os pés da cadeira protestam ao serem arrastados pelo piso, mas o som me parece distante de tão irreal. — Anne? O que aconteceu? — Em um gesto carinhoso, ele limpa uma lágrima do meu rosto com o polegar.

Por onde eu começo?

— Perdi um paciente hoje. Eu... hum, ele era... — Engasgo, não consigo respirar, não consigo falar.

— Sinto muito — ele sussurra, apertando minha mão entre as dele. — Sei que já está cansada de ouvir isso, mas as pessoas morrem, Anne. As cirurgias que você faz têm um risco. Sabe disso.

Balanço a cabeça devagar, querendo que ele me deixe falar.

— Você não entende, Derreck. Ele não era um paciente como os outros. Esse homem era... eu conhecia ele.

Ele franze as sobrancelhas.

— Como assim? Ele era... um amigo? Achei que cirurgiões não podiam operar conhecidos.

— É verdade — logo asseguro, segurando a manga dobrada dele como se ele fosse fugir. — Não sabia quem ele era, não antes da cirurgia. Então, quando eu o vi, já era tarde demais. Talvez... eu não sei.

Ele me encara por alguns instantes, visivelmente confuso. Nada do que eu disse fez sentido. As palavras saltam da minha boca em um ritmo frenético, meus segredos ansiando por serem revelados. Quero contar para ele, mas ao mesmo tempo tenho medo. Estou apavorada de que isso mude algo entre nós para sempre, que ele deixe de me amar. Mas o momento certo para contar tudo é agora, não quando a polícia estiver batendo na porta para me prender.

Ele dá uma gole no Pinot, então me lança um olhar apaziguador.

— Tá, então perdeu um paciente, certo?

Aceno com a cabeça, sem conseguir dizer nada. Minha garganta seca. Minhas mãos tremem tanto que não ouso tentar segurar o copo.

— Você fez alguma coisa errada?

— Bom, eu... — Balanço a cabeça outra vez, deixando-a pender até que alguns fios do meu cabelo comprido caiam soltos sobre meu rosto. Então olho para ele em uma súplica silenciosa. — Eu não sei, Derreck. O coração dele não voltou a bater, nem depois da cirurgia, nem depois de tentar a reanimação.

Ele abaixa a cabeça, parecendo aliviado.

— Parece que não foi culpa sua. Não importa quem ele era...

— Eu declarei a morte dele antes. Eu me apressei para dar ele como morto, admito, mas o coração dele não voltou a bater. Mas parei de tentar... depois que eu o reconheci.

Ele se afasta um pouco, cada centímetro de distância fazendo meu sangue congelar.

— Você quer dizer que poderia ter salvado esse homem, mas não salvou?

Sim.

Tenho vontade de gritar essa palavra, mas não consigo. Abro a boca, mas a única coisa que sai dela é um pranto amargo de soluçar. Ele aperta meu rosto contra seu peito e me segura firme enquanto eu choro, acariciando meu cabelo. Minhas lágrimas não são por Caleb Donaghy. Choro por Melanie, e pela nossa vida que nunca mais será a mesma depois de hoje.

Depois de um tempo, quando recupero o fôlego, eu me afasto, dolorosamente consciente de não ter contado toda a verdade para ele. Mas algo no olhar de Derreck me diz que ele já sabe. Ele deve ter chegado à conclusão sozinho. Do contrário, teria me perguntado. Está em choque. Posso ver isso nos olhos arregalados dele, nos cantos tensos dos seus lábios. Saber que eu o decepcionei me dói.

— Isso pode acabar com nós dois. Nossas carreiras, nossa vida. Quem mais sabe disso? — ele fala baixo, mas em um tom frio, racional, a versão de um advogado do que chamamos de clínico. Um calafrio me faz estremecer.

Balanço a cabeça com veemência:

— Ninguém.

— E as pessoas que trabalham com você? Eles não são idiotas… eles suspeitam de alguma coisa?

Cubro a boca com a mão num gesto rápido antes que consiga falar. Penso no anestesista, dr. Bolger, e em seu ódio por mim.

— Pode ser que me façam algumas perguntas, mas…mas… — gaguejo vergonhosamente. — Meu histórico é impecável.

— Mas você disse que conhecia esse homem, o paciente? — A voz dele está ríspida, profissional, como se estivesse me preparando para testemunhar no tribunal. Fico grata por isso, pela lucidez dele. — Alguém pode ligar os pontos?

— Não.

— Que bom. — Ele se levanta e começa andar pela sala. — Vamos manter assim. Não desabafe com ninguém. Não faça comentários aleatórios na cafeteria. Não responda às perguntas de ninguém a não ser que esteja em um tribunal acompanhada de um advogado. — Ele anda por mais um minuto enquanto prendo minha respiração, com medo do que está por vir. Então ele para atrás da minha cadeira, toca meus ombros doloridos e os massageia. O calor de suas mãos reconforta meu corpo.

— Vamos para a cama, querida.

8
SEIS

Derreck me deu bons conselhos. Nada práticos para quem trabalha em um hospital, mas bons.

Pelo menos eu estava preparada para minha volta ao trabalho na segunda-feira. Não é como se eu pudesse me recusar a discutir o caso se alguém o mencionasse. Hospitais não são delegacias, onde é normal não responder algo antes que um advogado compareça numa sala minúscula, escura e fedida, com paredes descascadas, móveis tortos e manchados.

Nunca fui a uma delegacia; só vi pela TV. Espero nunca ir. Minha mente tece monstros e pesadelos com meus medos enquanto observo do sofá as chamas da lareira diminuírem, esperando Derreck terminar de colocar a louça na máquina.

O tilintar dos pratos é insuportável, irritante, mas não posso reclamar para ele. Sinto apenas gratidão pelo amor e pela compreensão do meu marido, mas queria que ele já tivesse terminado a bagunça, ou que ele tivesse me deixado fazer isso. Talvez se pudesse controlar o barulho eu me incomodaria menos.

Me levanto e vou até a cozinha descalça no piso frio.

— Deixa eu fazer isso, por favor. — Olho para ele, mas logo desvio os olhos, ainda receosa de encará-lo, pela dor que causei, o estrago que causei.

— Não precisa, estou terminando — ele responde, dando um beijo na minha testa. — Por que não toma um banho? Um banho demorado, na banheira? Faz isso enquanto acabo aqui. Hein? O que acha?

Pego a taça de vinho que deixei na mesa. Ainda tem uns dois dedos de bebida nela. Viro de uma vez. Está gelada. O gosto está estranho, amargo, azedo. Por que as pessoas enchem a cara com isso? Até ontem eu gostava de Pinot Gris. Talvez essa safra esteja diferente.

— Pode ir primeiro — sussurro, sabendo que não posso discutir com ele e esperando que ele não insista. Ele não insiste. Depois de um instante em silêncio, interrompido apenas pelo ruído de talheres sendo colocados sem cerimônia na lava-louça, respiro mais aliviada e volto para o sofá.

Paro diante da lareira, ansiando pelo calor na minha pele gelada. As chamas se apagaram, deixando só cinzas fumegantes para trás, as brasas dando um tom alaranjado ao piso, às paredes brancas e minhas mãos quando as estendo.

Não há mais lenha na fogueira. Sei que há mais na garagem, mas não estou com vontade de ir lá pegar, e não quero pedir para Derreck. Não quero que ele precise fazer nada para mim hoje. Pego o atiçador do suporte e mexo nas brasas até que uma pequena chama se acende, então outra. Me encolho no sofá e desfruto do barulho da lava-louça correndo água com um suspiro aliviado.

Logo tudo vai ficar em silêncio.

— Não demora muito, tá? — Derreck diz, indo para o quarto. Ele abre um sorriso carinhoso para mim, mas a tensão permanece nas duas linhas verticais no topo do seu nariz, na mandíbula e nos ombros. Espero que o banho leve embora um pouco dessa tensão. Talvez o tempo também ajude.

Por que contei para ele? Eu me senti melhor por um minuto ou dois, por ter alguém com quem desabafar, por me sentir amparada e amada, mas a que preço?

Concordo acenando com a cabeça e lançando um olhar breve para ele, então volto a observar as chamas. Estranho como continuam queimando, frágeis mas persistentes, de poucos centímetros de altura, quando não há mais nada para ser queimado. O fogo continua, crepitando, chiando e aquecendo. Talvez não foram as pessoas que inventaram a esperança e a perseverança, mas o fogo que as descobriu antes dos mortais.

Decepcionei todo mundo. Minha família. Minha equipe. Meus pacientes — os que eu ia operar hoje e amanhã, mas em vez disso estarei em casa, por ordem direta de M. Meus pacientes de ontem e do dia anterior, dos quais deveria cuidar enquanto se recuperam. O que eles vão pensar? Que eu os abandonei quando mais precisavam. Mesmo assim, me sinto melhor por pensar nisso, e ter raiva de mim mesma como consequência, do que ser lembrada que pessoas podem morrer na minha mesa de cirurgia, sob o meu bisturi. É algo que acabei de ser lembrada e ainda não consigo lidar com isso. Pior ainda, tenho medo de que chegue uma hora em que isso não soe tão assustador, quando eu me acostumar com a ideia, como dr. Seldom disse que aconteceria, depois de mais dez, quinze anos como cirurgiã. Como posso pensar em um mundo onde estarei acostumada a pessoas morrendo? A dar a notícia para as famílias arrasadas, estilhaçando suas esperanças com uma única palavra? Espero nunca me acostumar, não eu. A morte não pode virar uma mera estatística. Não na minha mesa de cirurgia.

Porque hoje foi uma exceção. É o que chamamos de casos fora da curva, que fogem à regra; casos que desafiam a lógica, os padrões e as expectativas. A morte rindo na minha cara para me lembrar quem é que manda. Quão rápido posso mudar de lado.

Escuto a porta do banheiro se abrir na suíte do quarto de hóspedes, seguido do roçar de lençóis. Derreck deixou a porta entreaberta e uma luz aconchegante me alcança, a promessa de calor, conforto e paz.

Mas ainda não estou pronta para isso. Agitada e tensa, com a mandíbula tão contraída que chega a doer, caminho até o quarto e vou direto para o banheiro, sem dizer uma única palavra. Pelo canto do olho, visualizo Derreck, seu peitoral largo nu acima do edredom, seus óculos de aro fino na ponta do nariz. Está sentado com as costas apoiadas em travesseiros enquanto lê uma revista com uma expressão de desgosto. Não paro para perguntar qual jornalista o ofendeu nem como. Corro para o banheiro cheio de vapor, fecho a porta e me encosto nela por um instante. Só respirando.

Meus olhos enchem de lágrimas e soluços assolam meu peito. Pressiono a boca com a mão e consigo abafar o som, então ligo o chuveiro para fazer barulho. Em um estado quase de choque, meus ombros se movem com esforço e minhas mãos geladas tremem enquanto deixo minhas roupas caírem no chão antes de entrar no banho. Embaixo dos jatos d'água, ninguém consegue distinguir doce de salgado, água de lágrimas.

Agradeço a sensação de calor na minha pele na esperança que acalme minha mente assim como faz com meu corpo, mas não funciona. Uma tensão volta a crescer, intensa, carregada de sentimentos que não consigo descrever. Quando fecho os olhos, vejo flashes de Melanie, do seu rosto, ela rindo de mim, mostrando a língua. Do seu corpo magro, fraco, tremendo e se encolhendo aquele dia no parque. Dos seus hematomas e cortes ainda não cicatrizados. Da sua vergonha chorosa, amedrontada.

Como se cumprindo uma tarefa difícil de trabalho compulsório, me lavo com movimentos rápidos, mas débeis, torcendo para conseguir terminar antes que toda minha energia escorra pelo ralo. Ainda estou tremendo ao sair do banho.

Eu me observo no espelho como se visse uma estranha. O corpo nu no espelho embaçado não parece o meu. Como se estivesse distante, alheio, dormente. Eu o enrolo numa toalha grande enquanto o encaro, então começo a secar o cabelo.

Quando saio do banheiro minutos depois, meus dentes estão escovados, o cabelo está seco e preso em uma trança frouxa para dormir. Uma camisola sem mangas de seda branca é a única coisa que estou usando. Ainda estou tensa, o calor do banho dissipando rápido e me enfraquecendo.

Paro ao pé da cama e olho para Derreck. Ele mal se dá conta de que estou ali. O edredom o cobre até a barriga magra e suas pernas estão cruzadas na altura dos calcanhares sob o tecido. Ele segura a revista reta acima da cintura, os dedos abertos segurando a capa. Está lendo a edição da *Time* desse mês e ainda parece insatisfeito com o conteúdo.

— Me pergunto de quem é preciso puxar o saco para sair na capa dessa revista — ele diz em um tom irritado, batendo a ponta das unha contra a capa vermelha.

Fico grata por um momento pela mente dele estar num lugar diferente da minha. Continuo ao pé da cama, esperando, sem saber pelo quê.

A tensão em meu corpo começa a se desfazer, exigente, desejosa. Devagar, receosa, com dedos trêmulos, baixo uma alça da camisola pelo ombro.

Provavelmente intrigado pelo silêncio, Derreck olha para mim. Um lampejo de algo indecifrável brilha em suas pupilas. A revista cai no chão com um farfalhar breve e ele coloca os óculos na mesinha de cabeceira.

A segunda alça desce pelo meu ombro esquerdo, deslizando devagar, enquanto analiso meu marido, pronta para parar caso ele não me queira. Mas ele não hesita. Ele espera por mim, paciente, seus olhos ardendo com desejo. A camisola de seda cai aos meus pés enquanto continuo parada, nua, imóvel e em silêncio. Preciso muito disso. Preciso me sentir viva, imersa naquele momento, esquecer dos meus pensamentos aterrorizadores e apenas viver.

Ele inclina a cabeça um pouco e então afasta os lençóis, me convidando para deitar na cama. Balanço a cabeça devagar, olhando para baixo, para os meus pés, para a seda amontoada no chão. Sei que ele está franzindo o cenho sem nem precisar olhá-lo, porque ele já sabe do que eu preciso.

Olho para a cadeira onde ele deixou suas roupas. Meu olhar repousa no cinto que ainda está na calça, a fivela elegante prateada pendendo para o lado. Como posso pedir para ele, o homem mais gentil que já conheci, para fazer o que preciso que faça? Como dizer que quando o comprei, eu sabia que algum dia iria querer senti-lo batendo contra minha pele e machucando minhas coxas? É o que preciso, a dor intensa, a sensação de ser dominada, para nunca mais me esquecer disso. Hoje, mais do que nunca.

Engulo em seco, então pego o cinto com hesitação, tirando-o da calça e o dobro nos dedos. Então o coloco com cuidado do lado dele e volto de costas para o pé da cama. Espero, a tensão tomando conta do meu corpo, insustentável.

Uma escuridão encobre seus olhos. Ele não me pergunta o motivo, e sei que não gosta do que peço dele, mas ele faz, mesmo assim. Quando enfim segura o cinto, respiro fundo e me aproximo dele, ansiosa, ávida e desejosa pelo que está por vir.

— Quantas? — ele sussurra.

— Seis.

9
A VISITA

Voltei a trabalhar já faz alguns dias. Fui tragada desde a manhã de segunda para o ritmo implacável do hospital. Não tenho muito tempo para pensar e fico grata por isso.

Mas os pesadelos continuam e o calafrio toda vez que vejo um carro de polícia, a sensação da qual não consigo me livrar, de que em breve tudo vai acabar para mim. De início, me esforcei para me lembrar de cada detalhe do que aconteceu, obsessiva com a morte de Caleb Donaghy. Enquanto isso, M, a administradora do hospital, me colocou como cirurgiã secundária em várias operações, "para depois voltar ao jogo", foram as palavras dela. Ela me colocou junto com o dr. Seldon para duas cirurgias de ponte de safena e com o chefe do departamento de cirurgia cardiotorácica, dr. Fitzpatrick, para uma plastia de valva mitral.

Por incrível que pareça, os dois cirurgiões seniores deixaram que eu fizesse as cirurgias. Acho que eu estava sendo supervisionada; na verdade, ambos devem ter pedido para verificar em quanto tempo eu conseguiria voltar a trabalhar depois do incidente com Caleb Donaghy.

O *incidente*... era como todo mundo se referia ao que aconteceu. Não tinha sido um incidente, com toda a certeza. Um incidente é quando alguém tem um ataque do coração no cinema no meio de um filme. Incidente é quando acaba a luz no meio de uma chuva forte. Mas eu não os corrijo; não faria sentido e seria desnecessário, uma omissão estratégica. Se eu falasse algo, eles desconfiariam.

Os dois médicos devem ter assinado meu atestado de prontidão profissional, porque hoje, perto das oito da manhã de uma quarta-feira, Madison me traz uma caneca de café quente e a agenda do dia, na qual consta uma cirurgia marcada.

Pego a caneca de café da mão dela com um olhar agradecido e a coloco na mesa, em um porta-copo térmico que sempre fica ligado.

— Obrigada, Maddie.

Ela parece um pouco cansada, a maquiagem aparenta ter sido feita às pressas, falhando em cobrir sua palidez. Não pergunto nada; não quero forçá-la a me contar algo que não deseja.

Em vez disso, foco as impressões coloridas que ela abre feito um leque na minha frente.

— Ontem não deu tempo de nos reunirmos, então hoje você só tem uma cirurgia: uma angioplastia coronária em um homem de quarenta anos, não fumante. Ele é paciente do dr. Seldon. Isso é às duas. Três consultas seguidas a partir das nove, e depois tem a reunião com a equipe para a cirurgia de amanhã.

Franzo o cenho ao reconhecer os nomes na agenda. Conheci ambos os pacientes ontem. Um deles vai passar pela mesma operação que Caleb Donaghy.

— Amanhã temos a sra. Heimbach para uma plastia mitral — ela continua, impassível; verificar a agenda com ela é como sempre começamos o dia. — Depois sr. Molinari para um triplo A.

Ah. Olho rapidamente para ela e recebo um sorriso envergonhado em resposta. Ela não diz "aneurisma de aorta ascendente", e sim "triplo A". Mas estou sensível demais, pensando excessivamente no assunto, ainda era tudo muito recente. Apostaria alto que ela já tinha usado aquele termo antes. Todos nós usamos, mesmo se eu não conseguisse lembrar exatamente quando. É mais fácil, prático.

— Preciso de meia hora a mais para a reunião do triplo A, tendo em conta o que aconteceu da última vez. Precisamos discutir quaisquer ressalvas que qualquer um possa ter. — Dou um gole no café, grata por estar forte e amargo, para dar uma boa acordada. — Quem é o anestesista?

Estremeço, enquanto ela folheia os papéis para encontrar a informação.

— Dr. Barrymore.

Fico tão aliviada que sinto vontade de abraçá-la. Ela sorri, e é incrível como sempre consegue ler minha mente. Então seu sorriso tímido se esvai, substituído por um olhar preocupado.

— Talvez não devesse te dizer isso, mas estão falando que dr. Bolger foi falar com M e pediu para nunca mais ser seu anestesista.

Pediu, é? Não esperava menos vindo dele. Mesmo assim, aquela notícia volta a me deixar agitada, ansiosa, a sensação de que uma desgraça se aproxima ardendo dentro de mim feito lenha em uma fogueira. Vai saber o que ele contou para M. Respiro fundo e devagar para me acalmar, lembrando que eu também não gostava de trabalhar com ele, então talvez algo de bom tenha vindo daquele desastre.

— Sinto muito, Anne — Madison sussurra, lançando um olhar para a porta aberta do consultório. — Sabe como ele pode ser um babaca, sem nem precisar se esforçar muito.

Abro um sorriso trêmulo.

— Estou bem. Não se preocupe. — Mordo meu lábio inferior, pensando rápido, me sentindo pressionada a tomar uma decisão, desesperada para ser a certa. — Talvez devesse ligar para o dr. Seldon e pedir para ele operar o sr. Molinari amanhã. Talvez seja muito cedo para a equipe pegar um aneurisma de aorta ascendente depois do... — As palavras ficam presas na minha garganta.

Madison coloca a mão no meu antebraço.

— Não vamos tomar uma decisão precipitada — ela diz, abaixando o tom de voz. Meu consultório ainda está aberto e o corredor fica a poucos metros dali. — E se eu ligar para a assistente dele e ver se ele consegue antes de pedir? Então posso tentar reorganizar as agendas com ela.

Madison é incrível. Muito mais sábia do que achava possível alguém de 34 anos ser.

— Tá bem, faz isso. — Olho para o relógio digital na parede. Faltam quase quarenta minutos até minha primeira consulta. — Onde está... hum... Caleb Donaghy? Alguém veio buscar ele?

Ela estranha a pergunta e aperta os lábios em reprovação, provavelmente descontente com minha crescente obsessão, que ela não compreende.

— Ainda não — ela responde com um suspiro demorado, desconfortável. — Ainda está no necrotério. Ouvi dizer que vão fazer uma autópsia.

Eu me levanto, olhando para o relógio outra vez, e considero o que estou prestes a fazer. Sei que é errado, mas não consigo me controlar. Preciso ver Caleb de novo, ter certeza que vi o que eu vi. Só mais uma vez.

— Estarei lá embaixo.

— Anne...

Saio correndo para evitar que ela faça algum comentário, porque sei o que ela vai dizer. E o pior, ela estaria coberta de razão.

Pego o elevador para o subsolo. Depois de parar em alguns andares, onde outras pessoas entram, ele volta a esvaziar na recepção. Fico com o rosto virado caso encontre algum conhecido, mas todos são desconhecidos. *O universo conspirando ao meu favor.*

O subsolo está imerso em silêncio e a iluminação é escassa. Sempre me perguntei porque subsolos são mal iluminados em comparação aos outros andares, quando deveria ser o contrário. Talvez tenha a ver com orçamento e o custo das lâmpadas.

O necrotério está praticamente vazio, há apenas um jovem assistente lavando provetas em uma pia ao fundo. O ar está gelado e seco; o ruído de várias unidades de refrigeração é tão alto que abafa o som da torneira ligada. Mesmo assim, o assistente percebe quando entro no necrotério pelas portas vaivém e se vira na minha direção.

Ele desliga a torneira, seca as mãos rápido em uma toalhinha pendurada na parede. Então vem na minha direção, com um sorriso hesitante, e percebo quão despreparada estou. O que vou dizer? Como vou explicar o que vim fazer aqui?

— Ah, é você — ele diz por fim. — "A garota do coração." — Ele faz aspas com os dedos e seus olhos brilham.

Não esperando o comentário, pergunto:

— O quê?

Ele abre um sorriso amplo, mostrando dentes tortos que precisam de aparelho e tira o celular do bolso.

— Aqui, vou te mostrar. — Ele passa por várias imagens então me mostra a tela, segurando um pouco perto demais do meu rosto. — O outdoor na avenida. Já tinha visto?

Claro que sim. Tinha orgulho dele, estava feliz porque eu, uma cirurgiã de 39 anos, tinha sido escolhida para ser a garota-propaganda em outdoors do departamento de cirurgia cardiotorácica de um hospital renomado. Fiquei tão lisonjeada quanto honrada. O dr. Seldon ou até o dr. Fitzpatrick, chefe do departamento, mereciam aquilo mais do que eu, e, mesmo assim, foi a mim que escolheram. *Talvez por eu ser mulher*, pensei na época, *e os tempos estarem mudando*. Derreck tinha dito: "Sejam carros, cirurgias ou rosquinhas, colocar uma mulher bonita vende mais." Eu me lembro de ter dado um soquinho brincalhão nele pelo comentário, enquanto teimava em acreditar que era só o meu talento profissional que me proporcionou aquela honra. Até cheguei a perguntar para M, confiante nesse nível. Ela abaixou os óculos e me encarou, provavelmente se perguntando como uma idiota feito eu podia ser uma boa cirurgiã e disse: "Seu histórico impecável é uma grande contribuição para essa organização. E também ajuda muito o fato de que você é uma loira bonita, de olhos azuis, maxilar marcado e um corpão." Não me lembro qual foi minha reação, só que no dia seguinte eu aceitei o negócio maravilhada. Derreck tinha me dito "eu te avisei" algumas vezes, mas depois passou a falar para eu ver pelo lado positivo, o reconhecimento, o valor. A oportunidade.

Os outdoors foram colocados havia um ano e meio. Cinco deles, enormes, visíveis das avenidas mais movimentadas e da rodovia interestadual. Mostravam um paciente, um homem de cabelos brancos sorrindo em uma maca de hospital ligado a aparelhos e eu ao lado, também sorrindo, usando um imaculado jaleco branco, formando um coração com as mãos no meu peito. O slogan em letras azuis em negrito era "Vida. Do nosso coração para o seu".

Embaixo, em letras menores: "Conheça a dra. Anne Wiley, cirurgiã cardiotorácica no Hospital Universitário Joseph Lister."

Depois do primeiro ano, a agência de publicidade resolveu manter os outdoors por mais doze meses, já que tinham dado bons resultados. As pessoas aparentemente gostaram deles, da minha imagem, da mensagem. Estaria mentindo se dissesse que não me senti enaltecida com isso. Eu era uma estrela... fiquei empolgada por um tempo, depois esqueci sobre o assunto por completo.

Mas ninguém havia me chamado de "a garota do coração". *Não na minha cara, pelo menos. Essa foi a primeira vez.*

Abro um sorriso para o atendente do necrotério e dou um passo para trás.

— É mesmo, tinha me esquecido disso.

— Vou contar para todo mundo que te conheci pessoalmente. — Ele começa a andar de um lado para o outro, animado. — Posso te ajudar em alguma coisa?

Meu sorriso vacila. Enfio as mãos nos bolsos e me aproximo das câmaras de refrigeração, onde ficam os corpos.

— Um paciente meu morreu durante a cirurgia semana passada. Queria saber se posso ver...

— Nem precisa pedir — ele diz, enérgico, seu entusiasmo não combinando com o lugar. Ele abre uma porta sem hesitar, puxa uma gaveta e aperta os olhos para uma etiqueta. — Caleb Donaghy, certo? — Ele deve saber de cor onde cada um dos seus hóspedes estão, sem precisar de consulta. Ou talvez seu hotel esteja quase vazio.

Confirmo com a cabeça, me aproximando devagar enquanto ele tira o lençol da cabeça e do peito. Estremeço ao reconhecer aquele rosto em processo de descoloração pelo livor mortis, a mancha que lembra vinho tinto mais chamativa do que em minhas lembranças.

— Vou te dar um tempinho — ele diz, voltando de costas para a pia. — Mas não se sinta mal. Não foi culpa sua. Você é a nossa garota do coração e nós te amamos. — Ele dá dois tapinhas no peito com a mão aberta, abre um sorriso desajeitado e volta a lavar as provetas com um jato de água quente, que solta um leve vapor no ar.

Espero até que ele fique absorto a ponto de não prestar mais atenção em mim, então pego meu celular e fotografo o rosto do homem. A iluminação está ruim e minhas mãos um pouco trêmulas, mas depois de duas ou três fotos borradas consigo uma nítida. Donaghy não vai ficar no necrotério para sempre, disponível para que eu o visite toda vez que duvidar da minha própria sanidade. Ou da minha memória.

Guardo o celular de volta no bolso e me aproximo, analisando o formato da marca de nascença. Sim, é a mesma que vi no parque naquele dia. Tenho certeza absoluta. O rosto que encaro começa a trazer de volta uma lembrança de quando eu tinha catorze anos, atravessando o Lincoln Park com minha irmãzinha de apenas nove indo para o zoológico. Estava tão orgulhosa dela e tão feliz, parece irreal agora. Ainda me lembro de observar os transeuntes para ver se eles viam como Melanie estava bonitinha, como estava fofa naquele vestido de babado cor-de-rosa e com lacinhos azuis no seu rabo de cavalo. Ela cantava desafinada alguma música infantil sobre zoológicos, animada, rindo. Ela nunca tinha ido ao zoológico. E eu estava cheia de orgulho por me deixarem levar ela sozinha, como uma adulta.

Estávamos quase na entrada quando a voz dela falhou e ela apertou forte a minha mão. Melanie começou a choramingar quando se escondeu atrás das minhas pernas, segurando o tecido do meu jeans com a outra mão, se agarrando firmemente nele. Eu me virei, tentando ver seu rosto, chamando seu nome, querendo entender o que tinha acontecido. Ela tinha torcido o pé? Mas ela escondeu o rosto, implorando, chorando e se lamentando.

— Vamos para a casa — ela chorou com o rosto enterrado na minha perna, sendo que havia poucos segundos ela estava gritando uma letra improvisada de "vamos ao zoológico". É claro que reclamei. De repente ela tinha ficado com medo dos animais que nunca vira do zoológico? Eu cuidaria dela, não deixaria que a machucassem.

Eu me agachei ao lado dela e a abracei. Seu corpinho magro tremia nos meus braços, seus olhos estavam estatelados de medo, fixos em um homem sentado no parque a alguns metros de nós. Na testa suada dele havia uma mancha de algo vermelho que, naquela época, eu não sabia ser uma marca de nascença, encoberta em parte pelo cabelo bem na linha onde começava o couro cabeludo já retrocedendo. Não tinha como esquecer aquela mancha vermelha, tão diferente e reconhecível que seu formato ficou cravado para sempre na minha memória. O homem tinha cerca de 35 anos, estava lendo um jornal, sem saber da nossa presença. Usava um jeans sujo e uma camisa xadrez, os dois primeiros botões abertos, deixando um pouco do seu peito cabeludo à mostra.

— Não deixa ele me machucar de novo — Melanie sussurrou enquanto ainda chorava de soluçar. — Por favor, não deixa ele me levar.

Prometi que não deixaria que aquele homem chegasse perto dela outra vez e nós corremos para casa; uma das coisas mais difíceis que já fiz na vida. Ainda lembro do quanto queria ir até ele e dar um soco bem na cara dele — eu, uma adolescente sem noção e cheia de ousadia inconsequente —, exigindo saber o que ele tinha feito com a minha irmãzinha.

Mas eu já sabia... tinha visto os sinais no corpo dela, no primeiro dia em que ela veio conosco para casa.

Não precisava mais perguntar o que ele havia feito com Melanie. Só precisava dizer a ele:

— Você matou ela, seu desgraçado, filho da puta — sussurro entre os dentes perto do ouvido dele, sem conseguir me controlar. — E agora vai pagar por isso. Espero que apodreça no inferno.

— Eu converso com eles também, sabe. — A voz do assistente me assusta. Dou um passo para trás e o olho. Ele parece tão jovial quanto antes e está a alguns metros, então não deve ter ouvido nada. — Não o tempo todo, mas às vezes, quando fico entediado... — Ele dá de ombros e abre um meio-sorriso. — Vai precisar dele por mais tempo? É que temos que manter eles resfriados, sabe?

Balanço a cabeça, pronta para sair correndo de lá. Meu coração bate com uma fúria intensa no meu peito, dilacerado, dolorido, ainda relembrando flashes penosos daquele dia no parque.

Do que eu deveria ter feito em vez de ter ido para a casa. Do que eu deveria ter dito.

Talvez ela ainda estivesse viva hoje.

10
PERGUNTAS

As três consultas agendadas da manhã demoram mais do que o previsto. Duas delas são de pacientes idosos, que, além de lidar com um medo paralisador, ainda têm seus respectivos sintomas de problemas cardíacos. A terceira, um homem mais jovem com um problema mais sério: é um negacionista cínico, que faz piadas com tudo relacionado à morte e afirma já ter vivido tempo suficiente de qualquer forma.

Mas, mesmo assim, ele esperou mais de uma hora pela consulta da qual bravamente disse que não precisava.

Quando volto para a minha sala, encontro uma xícara de chá de camomila no porta-copos térmico. Ao lado está o arquivo que pedi para Madison compilar, mas sem o *post-it* de sempre, com detalhes do paciente, como data e número da sala de cirurgia. Dessa vez, não preciso disso.

Eu me sento e abro a pasta vermelha, já sabendo o que me aguarda. Pedi para ela juntar tudo o que pudesse sobre Caleb Donaghy. Resultados de exames, raios X, diagnósticos, o arquivo inteiro. Quero ter uma cópia para mim, algo que eu possa rever quando as coisas se acalmarem um pouco. Mas há algo faltando. Pego meu celular, escolho a melhor entre as fotos que tirei no necrotério e mando imprimir com um clique na tela.

Madison chega na impressora antes de mim. Ela pega a folha da bandeja e a observa por algum tempo, depois me lança um olhar analítico, de reprovação. Não tenho como dar a ela qualquer explicação. É melhor que pense que minha reação à morte do paciente é exagerada.

Assim que volto para minha cadeira, ela deixa a impressão sobre a pasta aberta. Então espalma as mãos na mesa e me olha no fundo dos olhos.

— Acontece com todo mundo, Anne. Por que não deixa isso pra lá? Não vai te fazer bem.

Encaro o rosto dele e um calafrio percorre minhas espinha. *Donaghy está morto. O que está feito, está feito.* Devagar, fecho a pasta vermelha, a foto sobre os exames laboratoriais.

Madison estende a mão para pegar a pasta vermelha. É trabalho dela arquivá-las depois que os pacientes têm alta, ou, nesse caso, depois que morrem.

Mas não consigo soltar. Ainda não.

Coloco minha mão sobre a pasta, como se a protegesse.

— Vou precisar para a avaliação formal.

Ela me encara com a sobrancelha arqueada, se controlando para não dizer que estou mentindo. Então, leva as mãos para a cintura e suspira.

— Você tem pacientes vivos com que se preocupar. Vai voltar para a sala de cirurgia às duas, e mal vai ter tempo de almoçar e se preparar para a operação. — Ela olha com desdém para a pasta vermelha. — Preciso falar mais alguma coisa?

Não preciso almoçar e estou pronta para entrar na sala de cirurgia na hora. Uma pontada de raiva acelera meu coração. Só preciso de um pouco de paz, não que alguém fale comigo feito uma criança.

Ela percebe que não é mais bem-vinda ali e sai da sala. Aliviada, mas ainda um pouco irritada por ter alguém no meu pé, abro o arquivo de novo, me permitindo obcecar pelo rosto daquele homem e mal escuto um telefone tocando a distância.

Um instante depois, Madison volta, com uma batidinha rápida na porta de vidro que separa nossas salas.

Mal tenho tempo de fechar a pasta. Aquele gesto apressado e furtivo me irrita ainda mais. Por que estou me escondendo dela? Ou é meu subconsciente me dizendo que não deveria estar olhando para o rosto morto de Caleb? Posiciono as mãos em cima do arquivo e aperto os olhos para ela:

— Sim, Madison?

— M quer falar com você.

É claro. Ranjo os dentes mesmo sabendo que mais cedo ou mais tarde isso aconteceria.

— Quando?

— Agora. Ela acabou de ligar. — Sem dizer nem mais nenhuma palavra, ela volta para sua sala. Lanço um olhar breve para a pasta, me perguntando se deveria levá-la comigo, mas decido que não. Quando passo, Madison está na própria mesa digitando anotações sobre pacientes na velocidade de sempre de cinquenta palavras por minuto.

No horário do almoço, o hospital costuma ficar uma loucura. Nem se compara ao que é às oito da manhã, no começo do dia quando novos pacientes passam aos bandos pelas portas giratórias, embora os corredores continuem cheios ao meio-dia. Passo entre as pessoas me esgueirando e espero o elevador por alguns minutos, então desço até o segundo andar, onde fica o escritório da M, do lado do departamento financeiro.

Ao contrário de como estava antes, ando agora com a cabeça erguida e as mãos nos bolsos do meu jaleco.

A sala de gerência da M tem uma placa que apenas diz "Administração". É bem maior que a minha, mas parecida no layout, e preciso passar pela assistente de M antes de vê-la. A assistente gesticula para eu entrar direto, mas eu paro por um instante, olhando para o interior da sala pelas paredes de vidro cobertas por persianas marrons abertas.

M gesticula em pé conversando acaloradamente com o dr. Fitzpatrick, o responsável pelo departamento de cirurgia cardiotorácica, ou seja, meu chefe. Todos os médicos do departamento são responsabilidade dele. Se eu estiver certa ao interpretar a linguagem corporal dele, está se desculpando com M por alguma coisa. Já ela parece estar soltando fogo pelas ventas. M anda de um lado para o outro nos seus sapatos de salto e seu terninho justo, o blazer abotoado mostrando uma pontinha do decote, mas não demais. Seu cabelo escuro encaracolado ricocheteia até o ombro, seus movimentos enérgicos e entusiásticos pelos quais é conhecida.

As paredes de vidro são grossas, então não consigo ouvir nada do que estão discutindo. Consciente de que a assistente de M deve estar me observando, bato duas vezes, abro a porta e entro no escritório.

— Queria me ver?

— Sim — ela responde se virando na hora para mim. — Entre e junte-se a nós. — Ela gesticula para a mesa de café envolta por várias poltronas, então vai na frente e se senta, cruzando as pernas. Seu pé esquerdo balança um pouco, o único sinal de impaciência que ela demonstra.

O dr. Fitzpatrick me lança um olhar breve, então se senta. Eu me sento na frente de M, com um pressentimento desconfortável tomando conta de mim.

— Vai ter uma audiência do caso Donaghy — M diz. Sua voz é firme como sempre. As palavras são ditas com rapidez e veemência. — Tenho certeza de que já esperava que isso acontecesse, dra. Wiley.

— Sim — dou uma resposta curta, como costumo fazer quando estou incerta do que dizer. Do jeito que Derreck me ensinou.

— Faz parte — M acrescenta em um tom tranquilizador. Isso me deixa mais receosa do que se ela tivesse começado a gritar comigo. — Sabe como é.

Franzo a sobrancelha, um pouco confusa, sem ter certeza de nada quando se trata de M. O pé dela balança com impaciência.

— Talvez não saiba, já que é o primeiro paciente que perdeu.

Ela diz aquilo como se fosse ruim meu estranhamento em perder pacientes. Ignoro o comentário e espero, resignada.

— Me permita refrescar sua memória — ela diz. — Não fale com ninguém sobre o caso. Não fale com a imprensa, com a sua família, com ninguém, exceto as pessoas que estão aqui neste escritório. — Ela deixa as mãos no colo enquanto fala e faz as contas nos dedos. — Se alguém perguntar alguma coisa, diga para procurar o departamento jurídico do hospital.

Aceno com a cabeça em concordância e penso que aquela é a última coisa de que eu precisava: o jurídico do hospital me enchendo de perguntas que não quero responder.

— Entendido.

— Tá bom. É só isso — ela diz e se levanta de repente. O dr. Fitzpatrick faz o mesmo, então eu. Ele me lança um breve sorriso, apaziguador. O fato de ele achar que preciso daquilo é aterrorizador.

O que estão escondendo de mim?

O que o dr. Bolger disse a eles? Madison me contou da conversa dele com M, que ele pediu para nunca mais trabalhar comigo. Isso deve afetar minha carreira de algum modo. Com certeza não é algo que um chefe de departamento médico ou a administradora de um hospital querem ouvir de um de seus cirurgiões: que um anestesista renomado não quer trabalhar com ela de novo. *Mas qual a gravidade disso?*

Em um instante todos os meus medos voltam à tona. Passei o final de semana trabalhando minha autoconfiança, em grande parte tranquilizada por Derreck, que me dizia que tudo ficaria bem se eu desse boas cartadas e ficasse quieta. Mas agora, não tenho mais tanta certeza. Talvez tenham me contado da audiência para me manter ocupada e calma até decidirem o que vão fazer comigo. Será que vão tentar se livrar de mim? Ou... vão denunciar o "incidente" para as autoridades? Estão pensando em como vão me mandar para a cadeia sem manchar a reputação do hospital?

Porque é só com isso que M se importa: seu hospital. Já a ouvi dizer isso várias vezes. Médicos vão e voltam, assim como pacientes, mas o hospital dela vai continuar sendo o melhor, e qualquer pessoa que estragar isso vai se arrepender de não ter escolhido trabalhar em um fast food.

— Alguma pergunta, dra. Wiley? — ela me pergunta.

Não tinha percebido que estava paralisada ali, tentando processar tudo.

— Nã...não — me forço a dizer, então saio apressada da sala, tentando erguer a cabeça e fingir estar calma, mesmo que por dentro estivesse desabando.

Antes de sair do aposento, dou uma olhada para trás e vejo o meu chefe e a chefe dele retomarem a conversa enérgica de antes como se eu não tivesse interrompido.

O caminho até o meu consultório parece eterno, por mais que eu vá a passos largos por entre a multidão da hora de almoço enquanto resmungo "com licença" de tempos em tempos. Quando chego, meus joelhos fraquejam e só quero um pouco de paz para organizar meus pensamentos e dizer a mim mesma várias vezes que vai ficar tudo bem.

Mas o que eu quero não importa. Uma mulher está esperando para me ver, sentada em uma das cadeiras que Madison deixa em seu escritório para visitantes, perto da porta de vidro de frente para o corredor. Ela tem por volta de quarenta anos, usa uma roupa elegante, uma calça cinza de alfaiataria com uma camisa branca de seda e scarpins pretos de couro.

Ela se levanta rápido quando entro, segurando uma maleta na mão esquerda, e entra comigo na minha sala antes que Madison consiga detê-la.

— Paula Fuselier, da procuradoria-geral do Estado. — Ela se apresenta. O cartão de visitas dela surge na minha mesa.

Ela é uma procuradora-geral adjunto.

Uma *promotora de justiça*.

Meu sangue gela. Começou, e eu não estou pronta.

Me volto para ela, enfiando as mãos nos bolsos para que ela não as veja tremendo.

— Como posso te ajudar, srta. Fuselier? — digo com a voz firme e uma pitada de pressa. Tento ao máximo imitar M.

Sem esperar que eu ofereça, ela senta na minha frente e coloca a maleta no colo, abrindo as travas. Mas não a abre.

— Queremos fazer algumas perguntas sobre um paciente seu, sr. Caleb Donaghy.

Permaneço em pé, na esperança de que ela entenda que não é bem-vinda e vá embora.

— Que perguntas?

— O que pode nos dizer sobre a morte dele?

Minhas sobrancelhas se aproximam. O conselho de Derreck surge na minha mente, seguido do pedido de M para não falar com ninguém.

Mas não posso ficar calada sem gerar suspeitas.

— Depois da morte de um paciente durante uma cirurgia é feita uma revisão de caso que avalia o que aconteceu e se a morte poderia ter sido evitada ou prevista — recito calma, grata por ter treinado novos residentes nos últimos anos. A informação não tem nada a ver com Caleb Donaghy e não pode ser usada contra mim, seja em um tribunal ou em qualquer outro lugar. Porque prefiro não envolver o departamento jurídico nisso.

Ela abre um meio-sorriso:

— Não respondeu minha pergunta, doutora.

Dou um passo em direção à porta.

— Peço desculpas, mas não tenho tempo para isso agora. Tenho uma cirurgia marcada. — Abro a porta e a seguro aberta para ela. Madison espera do outro lado da porta de vidro, pronta para acompanhá-la até a saída. Pela expressão em seu rosto e a boca tensa, parece que nada de bom virá dela.

Devagar, a procuradora tranca a pasta e se levanta. Antes de alcançar a porta, ela para e me olha bem nos olhos.

— Já conhecia o sr. Donaghy antes da quinta-feira passada?

Quase me engasgo.

— Sim. — De alguma maneira minha voz parece calma, firme. — Vi ele duas vezes, na verdade. Na primeira consulta e então na consulta antes da cirurgia. — Dou um sorriso impaciente. — Por favor, se me der licença. Já estou atrasada.

— Tenho mais perguntas, dra. Wiley. — O olhar dela se fixa no meu rosto por um momento, demorado, tenso, perscrutador, tentando pegar a menor hesitação.

— Não podemos manter pacientes anestesiados em estado crítico por causa de pessoas que não se dão o trabalho de marcar hora. Sinto muito. — Meus olhos encaram os dela impiedosos. O que vejo neles me assusta.

Determinação. Ódio.

Enfim, ela se movimenta.

— Meu escritório voltará a entrar em contato. — Ela endireita os ombros ao ir embora.

Solto a porta. Ela fecha sozinha, silenciando o mundo ao meu redor, mas não meus pensamentos. Me apoio na beira da minha mesa, me sentindo fraca e trêmula demais para me manter em pé.

Então Madison entra, lançando um olhar de soslaio para o corredor por onde Paula Fuselier acabou de desapareceu.

— Que raios foi aquilo?

11
LIÇÕES

Não consigo responder à pergunta de Madison. Se soubesse, provavelmente responderia. Mas juro por tudo de mais sagrado, não faço ideia do motivo pelo qual uma promotora está investigando a morte de um paciente diagnosticado com uma doença grave. Não faz sentido. Todas as cirurgias têm seu risco, sua mortalidade operatória, e nunca ouvi falar de nenhum caso em que a procuradoria-geral do Estado tenha se envolvido.

Eu me seguro para não ligar para Derreck e perguntar. Se a procuradoria está investigando o caso, vai saber o que mais podem estar fazendo. Talvez tenham colocado uma escuta na minha sala.

Estou perdendo a cabeça. Esperava a polícia aparecer e me fazer perguntas. Mas uma promotora?

Então olho para o relógio digital na parede e congelo. Em menos de trinta minutos, preciso estar trocada e de mãos lavadas, pronta para fazer a operação de enxerto de artéria coronária no paciente do dr. Seldon. De jeito nenhum vou conseguir fazer isso, minhas mãos estão muito trêmulas. Hesitante, solto a mesa e olho para elas como se nunca as tivesse visto antes. O pico de adrenalina deixou meus dedos com um tremor leve, mas inconfundível. A fraqueza em meus músculos implora para que eu me sente, mas não posso. Não tenho tempo.

— Verifique a agenda do dr. Seldon e me mande uma mensagem dizendo onde ele está — falo para Madison, enquanto saio correndo da minha sala. Vou até a sala dele primeiro, que, por sorte, fica no mesmo andar que a minha.

A assistente dele me informa que ele está se preparando para uma cirurgia na sala 5. Na mesma hora meu celular vibra com uma mensagem da Madison dizendo a mesma coisa. Saio em um passo apressado pelo corredor até as salas de cirurgias cardiotorácicas e o encontro ainda lavando as mãos na pia, cercado por dois assistentes.

Em pé diante dele, sem fôlego e suada, não consigo dizer nada. A cirurgia de enxerto de artéria coronária foi passada para mim pelo próprio dr. Seldon. Ele me pediu um favor, coisa que quase nunca faz, e eu tinha concordado. Agora não consigo nem começar a pensar em como pedir para ele me tirar dessa.

Ele passa a ensaboar a mão mais devagar quando me vê. Eu devo estar horrível... vermelha, com fios de cabelo caindo no rosto e gotículas de suor na testa. Ele me lança um olhar sério, mas com uma pontada de empatia. Então olha para as próprias unhas e volta a ensaboar as mãos no mesmo ritmo de antes.

Ele sabe porque estou ali.

— Poxa, Anne... — Ele enxágua as mãos e depois as seca com toalhas esterilizadas oferecidas pela enfermeira. — Tá bem, faço o enxerto assim que acabar aqui. Devo terminar no máximo até as quatro.

Ele volta a me olhar e a vergonha me corrói por dentro. Lágrimas fazem meus olhos arderem e abaixo a cabeça para as esconder.

— Obrigada — sussurro.

Ele me dá as costas para entrar na sala de operação, então para e se vira para mim de novo. Dessa vez há uma tristeza em seu olhar e isso me machuca mais ainda.

— Está deixando um coração teimoso e cansado estragar sua carreira. Nossos pacientes precisam que sejamos confiáveis. Temos que fazer o máximo de esforço para sermos responsáveis e fortes quando eles mais precisam de nós. Ser um bom cirurgião é isso. Uma mão firme e uma cabeça fria mesmo nos momentos mais difíceis. E se você estivesse operando alguém no meio de um tiroteio ou depois de um desastre natural?

Envergonhada, observo-o entrar na sala de cirurgia e me arrependo de ter vindo. Devia ter me controlado e feito meu trabalho, em vez de ir correndo até o meu mentor para pedir ajuda. Porque eu sei que *sou* essa cirurgiã, sei como ser forte e vencer, sei como não me deixar abalar, não importa o que aconteça. Todas essas pessoas que acreditaram em mim, o dr. Seldon entre elas, não podem estar erradas.

Estou tão destruída, meu interior em frangalhos, e isso começa a transparecer.

A assistente do dr. Seldon olha para mim com uma pontada de desdém, mexendo no tablet.

— Então vamos mudar a cirurgia das duas para as quatro, certo? — Sua voz é profissional, mas fria.

Olho para as costas do dr. Seldon através das portas de vidro, curvado sobre o peito de um paciente. Não foi isso que ele me ensinou.

— Não — respondo. — Vou fazer a cirurgia. Agradeça ao dr. Seldon para mim, tá bem?

Ela sorri. Ninguém gosta de trabalhar até mais tarde e lidar com mudanças inesperadas das cirurgias.

— Pode deixar.

Enquanto volto apressada para minha sala, mando uma mensagem para Madison pedindo para confirmar que minha equipe vai entrar conforme agendado. Ela logo confirma.

Mas quando viro no corredor e vejo minha sala, congelo, paralisada. Um policial está esperando na frente da porta, olhando para o celular. Ele usa o uniforme da polícia de Chicago, e está armado.

Pelo visto não vou fazer a cirurgia de enxerto. Meu tempo acabou.

Mas não vou ficar ali parada só olhando para ele, mesmo que sinta estar prestes a desmaiar. Vou lidar com isso de cabeça erguida, com dignidade.

Com calma e determinação caminho em direção ao policial.

Ele não reage até eu estar a menos de um metro dele. É um homem musculoso, grande, sem barba e de cabeça raspada. O tecido de suas mangas estica para comportar os bíceps. O rádio preso próximo à clavícula dele chia de tempos em tempos.

— Sou a dra. Wiley — digo, minha voz um pouco entrecortada. — Está me procurando?

Ele ergue a cabeça do celular e franze a testa:

— Me disseram para esperar aqui para ter notícias do meu parceiro. Dois ferimentos de bala no peito?

Olho fixamente para ele, atordoada, sem saber de que ferimento de bala ele está falando, minha cabeça presa no que *eu* fiz, não no que outra pessoa fez. Percebo então que ele não está ali por minha causa e o alívio toma conta de mim.

Limpo a garganta e digo:

— Não sou a cirurgiã dele, sou?

Que pergunta idiota.

Ao arquear uma das sobrancelhas, vejo que ele concorda com meu pensamento. — Nã... não... é dr. Fitz... alguma coisa.

— Dr. Fitzpatrick. Minha assistente pode verificar para você se quiser.

O policial me segue até a sala da Madison com um sorriso agradecido. No minuto seguinte ele já foi embora, depois de ela explicar o caminho para ele. O parceiro dele está lutando pela vida na sala de cirurgia 3.

O PROCEDIMENTO DE ENXERTO FOI UM SUCESSO E TERMINOU MAIS RÁpido do que eu esperava. Sinto vergonha de admitir o tamanho do meu alívio, como se ainda estivesse no meu primeiro ano de residência.

Pouco mais de uma hora depois estou de volta na minha sala com uma caneca cheia de café no meu porta-copos térmico, e Madison está surtando por eu não ter almoçado.

Enquanto ela vai até a cafeteria para resolver isso, recebo uma ligação de M no celular. Em menos de trinta segundos ela me destrói por ainda não estar com a cabeça no lugar.

Alguém da equipe do dr. Seldon me dedurou.

— Não pode ficar indecisa sobre suas cirurgias, dra. Wiley — ela diz no seu ritmo de metralhadora de sempre. — Ou faz seu trabalho tão bem quanto o que é esperado de você, ou não volte a trabalhar até estar pronta. Esses pacientes não são brinquedos para você jogar para outra pessoa quando não quer mais brincar.

— Entendido — consigo dizer quando ela faz uma pausa para respirar.

— Tire mais alguns dias de folga se necessário, mas quando entrar por aquela porta tem que estar totalmente pronta para trabalhar. Entendeu? — Ela não me deixa responder. — Ótimo! — ela diz e então desliga.

Foi bem feito para mim. Tudo o que ela disse.

Não consigo parar de pensar em tudo que aconteceu desde que bati os olhos naquela mancha na testa de Caleb Donaghy. Eu me sento e dou um gole no café. Ele vai direto para meu estômago vazio, quente e amargo, revirando-o. Mas não dou atenção a isso, meus olhos presos na pasta vermelha com o prontuário médico do Donaghy.

Abro a pasta devagar e encaro o rosto descolorido do homem. Não sinto nada. Nem arrependimento, nem remorso. Donaghy era um monstro que merecia morrer. Mas isso fez alguma diferença enquanto eu segurava um bisturi sobre o coração dele? De alguma forma eu sabia quem ele era?

Madison traz uma pequena salada Caesar e um garfo enrolado em plástico. Agradeço sem erguer os olhos. O número do paciente na pasta é a chave para conseguir o vídeo da cirurgia no nosso servidor. Instantes depois, devoro a salada absorta na gravação da cirurgia por vários ângulos e sincronizada com os sinais vitais do paciente.

Eu segui o protocolo. Sei que segui. Fiz tudo conforme o procedimento, até ver o rosto dele e o reconhecer.

Ele poderia ter vivido? Se tivesse sido operado por outro cirurgião, Caleb Donaghy estaria vivo agora? Assisto e reassisto ao vídeo: a parte depois que fui atrás da cortina até quando determinei a hora da morte. Estou procurando por respostas. Não há nenhuma visível. Ou talvez eu não queira admitir que há.

Talvez ele pudesse ter sobrevivido. Outro cirurgião teria inserido epinefrina direto no coração dele, que teria feito voltar a bater em ritmo sinusal.

Teria continuado a massagear o músculo e usado o desfibrilador mais algumas vezes, eliminando qualquer possibilidade de dúvida.

Então um monstro teria sobrevivido.

Quando vi quem ele era, não podia deixar isso acontecer.

Não me arrependo do que eu fiz. Estou em paz, por mais pavor que sinta com o que isso tenha me tornado.

Uma assassina.

O que está me enlouquecendo é o porquê o coração dele não voltou a bater quando deveria. Qual foi a razão de eu ter declarado a morte dele para começo de conversa. Não deveria ter acontecido. Tudo foi bem-feito, e mesmo assim, o coração não voltou a bater. *Antes* de eu ir atrás da cortina e ver quem ele era. *Antes* de perceber que aquele era o coração de um animal doente, asqueroso que não merecia respirar outra vez.

Por quê?

A voz de Madison me traz de volta à realidade. Lee Chen a acompanha, e ele não parece muito feliz.

— Conte para ela o que acabou de me dizer — ela diz, sem soltar o braço dele, como se o tivesse arrastado até lá.

Lee hesita, os olhos arregalados, o rosto pálido. Sorrio para ele, incentivando-o a falar. Ele passa a língua pelos lábios e seu corpo oscila por um instante.

— Eu... hum... só achei que deveria saber que tem uma promotora lá fora, andando pelos corredores, fazendo várias perguntas. Ela parece saber de muita coisa. Eu não disse nada, juro.

12
SERVIÇO DE QUARTO

— Ah, sr. Prefeito, você lembrou — Paula sussurrou, estendendo o braço para pegar a taça do suposto champanhe que lhe era oferecida.

A garrafa, agora deixada de lado na mesa de mármore, era do seu favorito: Martini Asti.

— Claro que lembrei. — Suas taças se encontraram tintilando, então ela se esticou e deu um beijo demorado na boca dele. — Já tomei muito vinho barato, sabe? — Ele riu.

Ela se afastou e lançou para ele um olhar demorado que era algo entre o perplexo e o brincalhão.

— Eu te conheço mesmo, sr. Prefeito? Achava que vinha de berço de ouro, daquelas famílias bem ricas. — Ela tinha investigado a vida dele e sabia bem quais eram suas origens, mas ele não precisava saber disso.

Ele com certeza não economizava nos hotéis onde passavam as tardes juntos. Dessa vez era o LondonHouse, último andar, com uma vista de tirar o fôlego do rio e de suas pontes. O que ela mais gostava era de poder ficar nua diante da janela, só com uma fina cortina entre seu corpo e as centenas de janelas na torre em frente ao rio. Era sua ideia de um vestido de casamento... totalmente branco, sem nada por baixo. Mas ela não tinha vontade de se casar como outras jovens tinham. Teve oportunidades; algumas inclusive foram boas. Aos 39 anos, Paula não se arrependia de ter dito não. Ainda era dona de si, livre para se concentrar na carreira, ter casos e fazer o que quisesse. Queria ter tido uma filha, mas não se via colocando uma criança indefesa no mundo, sabendo muito bem que bastava uma falha do destino, um acidente bobo ou uma doença inesperada para que a criança ficasse sozinha, na mão de estranhos. Ela não estava disposta a correr esse risco.

Tomou mais um pouco de seu vinho frisante favorito.

— Não vai me dizer que já tinha tomado isso antes. Achei que só gostasse dos Grand Cuvées desse mundo.

Ele deu de ombros, um sorriso incômodo nos lábios que não chegava até seus olhos.

— Não sou tão rico quanto gostaria. — Seus olhos se enuviaram. — Sim, já tinha tomado Asti antes, e não é tão ruim. — Ele se aproximou dela na janela, sem se preocupar com o fato de estar pelado diante da janela panorâmica. — Essa cidade poderia ser nossa — ele disse, envolvendo-a em seus braços.

— Essa cidade *vai* ser nossa, sr. Prefeito. — Quando ela dizia aquilo daquele jeito, com ele ao seu lado e com a vista do rio, parecia verdade. Possível. Plausível.

— Quer mais um pouco? — ele sussurrou, mordiscando a orelha dela.

Ela estendeu o copo, fingindo não ter entendido o que ele realmente quis dizer. Ele gostava desses joguinhos de duplo sentindo entre eles.

— Quero, pode preencher.

Ele entrelaçou os dedos ao redor da cintura dela.

— Pode deixar. — Ele abriu um meio-sorriso, a erguendo e a levando para a cama. A taça vazia dela caiu no chão e saiu rolando no carpete fofo.

Ela o olhou de cima a baixo, então passou a língua pelos lábios.

— Estou morrendo de fome. — Então pegou o copo de champanhe dele e encheu com o resto de vinho frisante da garrafa. — Com sede também.

— Você me deixa louco, mulher — ele sussurrou, olhando para o corpo nu dela esparramado nos lençóis de cetim, cheio de desejo. — Você me faz sempre querer mais.

Ela deu um gole no champanhe e sorriu, deixando transparecer a quantidade certa de tristeza no olhar.

— Pena que não posso ficar mais. — Ela estendeu a taça, mas ele balançou a cabeça. Seus olhos se enuviaram outra vez. — Por que você não larga ela? — ela perguntou, pensando que precisaria perguntar mais cedo ou mais tarde. Ela queria que ele largasse a esposa. Não... ela *precisava*. Talvez agora fosse o momento certo, enquanto ele olhava para aquela que estava prestes a ir embora, sem ter conseguido o que queria dela.

A pergunta o fez se afastar dela num pulo.

— Sabe que não posso. Estragaria minha campanha para prefeito. Um divórcio ou um escândalo me deixaria desempregado. — A voz dele parecia fraca, incerta. Provavelmente tinha alguma coisa a mais que o impedia.

— Está sendo sincero comigo, Derreck? — ela sussurrou.

Ele a olhou rapidamente e desviou o olhar.

— Depois que eu ganhar a eleição, sou todo seu, Paula. Se me quiser. Vou poder fazer o que eu quiser.

Mentiroso.

Ela sabia quando alguém estava mentindo. Derreck não era diferente dos vários criminosos e suspeitos de assassinato que ela já tinha interrogado. Todos os homens que têm culpa no cartório mentem do mesmo jeito.

Ele mexeu a mão para cobrir o abdômen com o lençol e um raio do sol poente refletiu na aliança. Paula a tocou por um instante antes de ele afastar a mão.

Ele usou aquela coisa maldita na cama com ela.

— Sempre me perguntei como acabou morando na casa onde sua esposa cresceu, com a mãe dela. Não deve ser fácil.

— Andou me investigando, né? — Ele franziu a testa. — Não te culpo. — Ele se virou para ela, colocou a mão em sua perna e a apertou com gentileza. — Não era bem o que eu queria, pode acreditar. Moramos lá porque Anne é apegada àquela casa, à mãe dela. É mais fácil assim. Fica perto do hospital e do meu escritório. Mas por que estamos falando nela?

A mão dele foi subindo devagar, fazendo com que ela sentisse um calor no baixo-ventre.

— Porque eu não quero dormir sozinha esta noite — ela sussurrou, fria, com uma pitada de ameaça. — Mas você parece não se importar. — Ela voltou os olhos para a janela pitoresca, onde o anoitecer estava começando a envolver a cidade em uma infinidade de luzes. — Preciso ir. — Ela se sentou na beirada da cama, de costas para ele.

— Posso ficar até mais tarde hoje — As palavras dele saíram rápidas, seu tom urgente. — Anne teve alguns problemas no hospital. Ela vai demorar para chegar em casa.

Ela não respondeu por alguns segundos, mantendo uma pose severa, então perguntou:

— Por que, o que aconteceu?

Ele soltou um suspiro de frustração.

— Já te contei. Ela perdeu um paciente. Um cara morreu durante a cirurgia. Nada com que você deva se preocupar.

— Não vai atrapalhar a sua carreira, seja lá o que for que sua esposa esteja enfrentando? Se a imprensa...

Ele estava olhando para as mãos.

— Não... não é nada assim. Cirurgiões têm um monte de problemas quando um paciente morre, só isso. Mas acontece o tempo todo.

Naquele instante, um pensamento passou pela mente de Paula. Aquela devia ser a razão de ele não largar a esposa. Ela é que era rica, seguindo os passos do pai rico. Derreck não conseguiu seu dinheiro pelo trabalho, mas pelo casamento. É por isso que ele estava acostumado a tomar vinho barato. Por isso estava disposto a morar com a sogra.

— Quem era o paciente? — Paula perguntou como quem não queria nada, embora soubesse muito bem quem era. — Era alguém que ela conhecia, ou...?

Quando ele deu de ombros, Paula já sabia que ele estava prestes a mentir de novo.

— É só um paciente, sei lá. Mas posso ficar se quiser. O quarto está reservado até amanhã.

Aquela fala merecia um sorriso. Ela se aproximou dele e percorreu com os dedos seu peitoral.

— Pode ficar até amanhã? — A voz dela estava carregada de expectativa.

Ele segurou a mão dela, interrompendo sua viagem descendente, e a levou à boca.

— Posso ficar até hoje à noite, até no máximo às onze. Tenho um dia cheio amanhã.

— Ah.

Ela se levantou e foi até o banheiro, enrolada no lençol sedoso. Quando fechou a porta e se olhou no espelho, seu sorriso se esvaiu enquanto o tecido caía no chão de pisos hexagonais pretos.

— Vaca maldita — ela sussurrou para si no espelho. Pensar na esposa do amante fazia seu sangue ferver. Ela sempre estava lá entre eles, mesmo quando estavam rolando nus na cama. O poder dela sobre ele enchia Paula de raiva e essa raiva transbordava até incluí-lo também. — Você, sr. Prefeito, não vai mais ter nada *disso* hoje à noite. Não até aprender quais são suas prioridades.

Ela jogou água fria no rosto e bebeu da torneira, desfrutando da sensação refrescante depois do champanhe. Já era ruim o suficiente ela querer voltar para a cama e transar com ele até não aguentar mais. Era pior ainda que ele ainda fosse fiel à esposa, apesar de ficar frequentando hotéis caros com ela pelo menos uma vez por semana. *Fidelidade e tanto...* Bom, ele era um político. O que mais ela deveria esperar?

Mas quase todas as pessoas — incluindo políticos — podem ser adestradas, e Derreck Bourke não era uma exceção, apesar do seu carisma, seus olhos azuis e seu sucesso com as mulheres. Ele poderia aprender a ser fiel à pessoa certa, mesmo se fosse preciso estalar o chicote algumas vezes.

Quando saiu do banheiro, foi arrastando o lençol pelo chão com um brilho divertido nos olhos, rebolando enquanto andava. Ele continuava deitado na cama, a cabeça apoiada nas mãos, pronto para ela. Fingindo não ter visto sua ereção, Paula se enrolou no lençol, sentou na poltrona perto da janela e ficou olhando a vista.

— Pode pedir alguns aperitivos para nós? Não posso ficar muito tempo.

Derreck se sentou na beirada da cama, visivelmente decepcionado, e ligou para a recepção.

— E mais uma garrafa de champanhe — ela pediu, assim que a recepção atendeu. Ela ouviu enquanto ele dava detalhes e instruções sobre o champanhe.

Ele desligou sorrindo:
— Tá feliz agora?
Ela passou a língua pelos lábios.
— Aham.

O Rooftop Lounge traria uma seleção dos seus melhores aperitivos: vieiras apimentadas e salada de polvo grelhado. Derreck gostava de frutos do mar um pouco demais para quem queria ser prefeito de uma cidade longe da costa.

Ele estendeu o braço para pegar as roupas, mas ela balançou o dedo.
— Não. Ainda não. A não ser que queira que eu me vista também.
— Mas o serviço de quarto está vindo.

Ela deu de ombros, indiferente:
— Que venham. Aposto que já viram pessoas peladas antes.

Ele riu e se aproximou dela. Ela voltou a atenção para a vista panorâmica da cidade.

— Também estou com problemas no trabalho — ela disse, baixinho, devagar, esperando pela resposta dele.

— O que aconteceu? — Ele sentou aos pés dela, no lençol amarrotado, e encostou na perna dela, deitando a cabeça em seu colo. Ela o odiou por aquilo. Fazia tudo parecer possível, caseiro. Como se ele realmente a amasse. Como se ele não fosse voltar para a esposa naquela noite.

Ela afastou o pensamento da dr. Anne Wiley, a cirurgiã maravilhosa que tinha acabado de conhecer. Só de estar no mesmo lugar que ela fazia Paula se sentir pequena e insignificante, feia, sem importância. Anne tinha tudo. Beleza, riqueza, o marido, poder. *Aquela vaca maldita.*

Então se viu se perguntando por que Anne Wiley não havia acrescentado o sobrenome de Derreck, Bourke. Provavelmente porque o sobrenome Wiley ainda tinha algum peso entre os médicos da cidade e ela estava mamando naquela herança.

— Estou indecisa em relação a um caso — ela enfim respondeu. — Tem um menino de onze anos que viu um assassinato no centro da cidade. Preciso que ele testemunhe. Mas o pai não quer deixar. Ela fez uma pausa, acariciando os cabelos de Derreck devagar. — Ele é um pai solteiro, está com medo. Entendo o lado dele.

— Vai deixar passar?

— O quê? E deixar um assassino escapar? Não posso. Mas queria poder. Sempre defendi os direitos dos mais pobres com unhas e dentes. É por isso que esse caso está me corroendo por dentro.

— Sei disso — Derreck disse, olhando para cima. — Você participa de tantos programas comunitários e de ajuda jurídica. Sempre me perguntei por que se importava tanto. É pessoal? — Ele sorriu feito um gato vendo um passarinho pousar no chão. — Tem a ver com a sua preferência por champanhe barato?

Que droga... ele fazia perguntas demais. E sabia mais do que deveria.

Uma batida rápida na porta seguida de uma voz masculina anunciou:

— Serviço de quarto.

— Ai, droga — Derreck resmungou, ficando em pé num pulo e procurando alguma coisa para se cobrir. Ele pegou o edredom, mas era muito grosso.

Ela riu ao vê-lo agitado:

— No banheiro.

Ele desapareceu lá por um instante e voltou usando um roupão felpudo com o logotipo do hotel bordado nele. Então abriu a porta e assinou a entrega.

Até ele voltar com a comida e a colocar na mesa, a pergunta que ela não queria responder já tinha sido esquecida.

Ela pegou a vieira e a colocou na boca, mastigando devagar, saboreando o gosto requintado e a textura.

— Esse é o meu dilema — ela disse, continuando sua linha de raciocínio sem se abalar. — Devia deixar isso passar, mesmo que signifique deixar um assassino à solta? Ou deveria insistir e fazer esse menino testemunhar, que se explodam as consequências? — Ela esperou Derreck abrir a nova garrafa e encher as duas taças que vieram junto. — O que você faria, sr. Prefeito? O que seria melhor para os cidadãos?

Ele lentamente serviu o líquido, tomando cuidado para não derramar.

— A lei é clara nesse caso. A testemunha tem que depor. Pode colocar ele sob proteção se achar que ele corre algum risco. Como ele é menor de idade, o pai vai precisar ir junto. Não há opção aqui. Se você se recusar, a procuradoria vai passar o caso para outra pessoa.

Ela espetou um pedaço de polvo com o garfo e o colocou na boca. Não esperava que fosse ser tão saboroso, o molho de maionese delicioso, com ervas e especiarias, uma sinfonia de sabor e prazer.

— Acho que não. É horrível ficar indecisa em relação a algo que não podemos controlar. — Ela lançou um olhar rápido para ele. — Me pergunto se Anne está passando pela mesma coisa.

Ele pareceu confuso, claramente infeliz pelo fato de ela ter mencionado sua esposa outra vez.

— Quero dizer, em relação ao paciente que ela perdeu, sabe?

13
A SALVO

A casa está em silêncio e às escuras. Geralmente prefiro assim, quando fujo da luz, me recusando a deixar qualquer luminosidade entrar na minha vida. Hoje é diferente, como se eu convidasse as sombras para me encobrirem, se esgueirando das minhas lembranças e das teias do tempo em uma invasão assustadora. No meu escritório, deixei as persianas fechadas, mesmo que tenha feito Madison achar estranho. Agora, em casa, quando lá fora está escuro, só o que preciso é não lutar contra a escuridão que prevalece ao fim de cada dia.

É quarta-feira, dia em que minha mãe sai para jogar cartas pela maior parte da noite na casa da melhor amiga dela. Ela queria desmarcar para passar tempo comigo, mas eu disse que iria trabalhar até tarde.

Mas não trabalhei.

Só queria ficar em casa sozinha. Derreck trabalha até mais tarde quase sempre, raramente chegando em casa antes das sete. Hoje ele mandou mensagem avisando que precisava ir a uma reunião com o comitê eleitoral especial. Esse tipo de coisa vai em geral até as nove ou, se discordarem sobre alguma coisa e precisarem discutir cada item da agenda, até mais tarde. Sinceramente não sei como ele consegue aguentar essas coisas.

Fico andando sem rumo pela sala por um tempo, pensando se vou comer. Meu estômago não está em sincronia com minha melancolia, exigindo algum alimento depois de ter sido ignorado durante um dia todo. Mas fazer o jantar requer esforço, o tipo de esforço que não estou disposta a fazer por algo tão insignificante. Comida é combustível e só preciso de um lanche, não de um evento chique.

Algumas bolachas de água e sal com um pouco de pasta de amendoim entram nessa categoria, devoradas em pé entre a ilha da cozinha e a geladeira.

Não demora muito para que o aperto do estômago, antes faminto, seja substituído pela náusea. Rosqueio a tampa da pasta de amendoim no pote, percebendo o som alto que ecoa e reverbera pelas paredes. Coloco o pote de volta na geladeira e alcanço uma garrafa já aberta de vinho da porta. É um Pinot Gris, um dos meus vinhos favoritos. Talvez ele consiga desatar o nó na minha garganta, como sempre faz. Despejo o líquido que resta em uma taça, fechando a cara ao me dar conta de que só resta um terço da garrafa.

O primeiro gole parece amargo e um pouco gelado demais. Mesmo assim, levo a taça comigo até o escritório. É um cômodo pequeno decorado de forma austera, com uma mesa antiga de nogueira e uma estante que faz conjunto com ela, ambas do meu pai. O tapete persa em tons de vinho e vermelho está um pouco desgastado, algumas franjas desfiando. Tudo naquele cômodo foi escolhido por ele, tocado por ele. Só o laptop é meu, além do xale branco atrás da poltrona alemã de couro com rebites do século XX.

Passo a mão pela superfície da mesa, sabendo que ele a tocou muitas vezes. Meu pai costumava sentar nessa cadeira todas as noites para trabalhar, revisar arquivos de pacientes, aprender, ensinar. A presença dele ainda é forte, impõe respeito ao mesmo tempo que reconforta. Como eu desejava ter perguntado tudo que queria para ele, quando ainda estava aqui, conosco.

Sempre achamos que temos tempo.

Nunca temos. Cada dia em que estamos vivos é um empréstimo do imprevisto.

Tantas perguntas sem respostas. Sobre Melanie. Sobre o dia em que a trouxemos para casa. Sobre o que eu fiz no dia em que ela morreu. Ele saberia o que me dizer. Não importa o quanto doessem, as palavras dele curariam a ferida no meu coração. É provável que ele me perdoasse, ainda que eu mesma não consiga.

Coloco a taça de vinho no parapeito da janela e fico olhando a vista por alguns instantes. Moramos em uma rua sem saída pouco movimentada ao anoitecer. Ao longe, a cidade agitada segue movimentada independente do horário, mas de onde estou, só vejo o céu noturno nublado refletindo as luzes do centro; tudo que consigo ouvir é uma sirene da polícia de tempos em tempos que ainda faz um arrepio percorrer minha espinha, com um zumbido baixo do tráfego abafado pela distância.

O último gole de vinho parece ter um gosto melhor e me aquece um pouco. Deixo a taça no parapeito e vou até a estante. Eu me agacho diante dela e pego a fileira de livros mais baixa com as duas mãos, afastando-a para o lado como faria com a porta de um gabinete. Na verdade é um esconderijo disfarçado para meu cofre pessoal, que fica bem atrás de duas fileiras de lombadas de livros.

Encaro o cofre por um tempo, muito consciente do que há ali dentro, e querendo ver de novo. A senha é o dia em que Melanie voltou para casa conosco.

A porta do cofre abre e um leve odor de mofo preenche o cômodo. Alguns cofres ficam úmidos por dentro, por isso papéis armazenados por muito tempo precisam ser guardados em envelopes à prova d'água. Há um envelope transparente do tipo embaixo de todas as outras coisas que guardo ali — a escritura da casa e as poucas joias que tenho. É azul-claro, a superfície lisa e úmida quando o tiro dali. Alguns momentos depois está sobre a mesa e meu laptop foi afastado para abrir espaço.

Memórias inundam minha mente quando me sento na velha cadeira que range em protesto quando a arrasto para mais perto da mesa. O envelope azul está lacrado, e eu hesito. Estava no meu primeiro ano de residência no Joseph Lister quando criei coragem de começar a procurar pelos arquivos de Melanie. A ideia de buscar respostas passou pela minha cabeça assim que me deram acesso ao computador do hospital, mas algo me deteve por alguns meses. Seja lá o que eu encontrasse, ela ainda estaria morta e nada a traria de volta. Parecia um pouco de falta de respeito à memória dela, à memória do meu pai, permitir que minha curiosidade me guiasse, mas eu precisava saber. Tinha que ter certeza...

Tudo que eu sabia da vida de Melanie antes dela chegar foi por inferência ou era uma especulação. Eu precisava ter algumas informações como precisava de ar.

Depois de esperar alguns meses — dividida entre o que eu queria fazer e o que minha consciência me dizia —, comecei a procurar, vasculhando os arquivos médicos sempre que eu tinha algum tempo sem a supervisão de alguém no computador. Encontrei pouca coisa. A maioria eram registros de vacinas, com o nome Melanie Wiley. Mais nada. O que não era de surpreender, afinal meu pai era médico e cuidava da gente em casa se ficássemos doentes.

Mas qual era o nome dela antes de ficar com a gente?

Nunca soube.

Ainda me lembro do dia em que a levamos para a casa. Ela tinha nove anos e eu catorze, e estava animadíssima com a ideia de ter uma irmã. Um dia, sem me avisar com muita antecedência, meus pais me levaram para conhecê-la e então a levamos para a casa. Supus que aquilo fosse um abrigo, o lugar aonde fomos, porque tinham outras crianças lá, não só Melanie. Era um prédio caindo aos pedaços que cheirava a mofo. O quintal era estéril, com alguns resquícios de grama aqui e ali, desnivelado e lamacento. O cheiro de macarrão com queijo e óleo de cozinha velho vinha de uma janela com um ventilador. Era de revirar o estômago.

Ela tinha voltado para lá depois de fugir do seu lar adotivo. Duas vezes. Melanie era uma menina arisca, de cabelo castanho, comprido e embaraçado, o rosto e as mãos sujos. Seus olhos eram grandes, redondos e de alguma forma atravessavam a alma, porque eu logo entendi o que ela queria, o que ela temia.

Conversei e brinquei com ela um pouco, enquanto meus pais estavam ocupados com os outros adultos, provavelmente cuidando da papelada da adoção.

Quando estávamos prestes a ir embora, Melanie começou a chorar de forma descontrolada e tentava se soltar da mão do meu pai, implorando para que ele a soltasse. Eu peguei a outra mão dela e ela parou de chorar, agarrando meus dedos com uma força incomum, mas olhava para trás, para o jardim cheio de crianças, como se não quisesse ir embora daquele lugar horrível. Ela choramingou baixinho até chegarmos em casa, ainda agarrando minha mão com força no banco de trás do carro do meu pai. De tempos em tempos ela limpava os olhos com a barra da saia plissada de bolinha, uma das roupas mais feias que eu já tinha visto na vida. Estava manchada e encardida por sujeira da rua e comida derramada, e a blusa branca estava tão suja quanto. Pareciam roupas de segunda mão, velhas e desgastadas demais para terem pertencido a apenas uma criança. Mas isso não importava, sabia que meus pais a mimariam assim como fizeram comigo, dariam tudo o que minha nova irmã precisasse.

Assim que chegamos em casa, ela voltou a soluçar porque soltei seus dedos por alguns instantes para abrir a porta do carro. Ela agarrou meu braço com as mãos, me implorando para que eu ficasse com ela. Eu fiquei, sendo ingênua a ponto de me sentir feliz por achar que ela estava apegada a mim, sem entender o que realmente estava acontecendo. Peguei sua mão, olhei no fundo daqueles olhos grandes cheios de lágrimas e prometi que nunca, nunca a deixaria. Jurei pela minha vida.

Ela acreditou em mim.

Calada e mais calma, ela desceu do carro comigo. A saia franzida ficou presa no cinto de segurança, deixando as perninhas dela à mostra. Eu as encarei, então olhei para minha mãe. O sorriso dela tinha desaparecido; ficou branca feito um papel. Meu pai soltou um palavrão, algo que quase nunca fazia. Então minha mãe pegou a mão dela da minha e se agachou diante dela, dando as boas-vindas à família e à nossa casa com algumas palavras carinhosas. Ela prometeu à menininha que ela sempre estaria segura e nada de ruim aconteceria com ela. Então levou minha irmãzinha para tomar um banho.

Eu tinha achado que as pernas dela estavam sujas, mas depois entendi que estavam muito machucadas. Como se alguém tivesse batido nela em lugares escondidos, encobertos pelas roupas.

Mais tarde naquele dia, mostramos para Melanie seu quarto novo. No começo ela ficou encantada, tocando em tudo, nos lençóis macios, nos bichinhos de pelúcia que eu tinha espalhado por todo lado, nas cortinas alegres penduradas na janela. Ela afundou o rosto na roupa de cama e respirou fundo, depois disse que tinha cheiro de princesa de conto de fadas.

Então ela caiu aos prantos quando soube que dormiria sozinha naquele quarto. Eu não sabia o motivo naquela época, agora sei. Por instinto, soube o que fazer. Mostrei para ela meu quarto, bem ao lado do seu, e perguntei se ela queria dormir com a nova irmã dela por um tempo. Ela ainda parecia assustada, mas acabou concordando animada.

Naquela noite dormimos juntas no meu quarto. Melanie queria que sua linda cama nova ficasse intocada pelo máximo de tempo possível. Ela era peculiar assim, sempre relutante em tocar coisas bonitas — como se não as merecesse. Como se seu toque fosse sujá-las ou estragá-las para sempre.

Sinais visíveis de uma criança traumatizada.

Ela estava em um sono pesado, abraçada comigo, quando ouvi minha mãe chorando pela parede contígua.

Até então eu nunca tinha ouvido minha mãe chorar, exceto quando minha avó morreu. Fiquei assustada. Seus soluços abafados eram acompanhados de sussurros tensos, dela e do meu pai discutindo algo que a fazia chorar. Não estavam brigando... não gritavam nem usavam um tom irritado. Mas algo terrível estava acontecendo e eu não sabia o quê.

Na minha ignorância pueril, temi que minha mãe talvez não tivesse gostado de Melanie e a levariam de volta para aquele lugar horrível. Em vez de conversar com eles, me fechei e vivi com esse medo infundado por um tempo. Quando penso nisso, acho que era bastante imatura para minha idade. Meus pais tinham feito de tudo para me proteger das crueldades do mundo, mas ao fazerem isso, me deixaram despreparada para entender o que estava acontecendo com a minha nova irmã.

Agora sei mais das crueldades do mundo. Mas agora é tarde demais.

Abro o envelope de plástico sobre a mesa, então tiro o fino arquivo de dentro dele e o abro. No cabeçalho está escrito RELATÓRIO DE AUTÓPSIA.

No meu primeiro ano de residência, quando enfim resolvi procurar pelos registros de Melanie, não achei nada de substancial, mas não parei ali. Naquela época, os dois já haviam partido — Melanie e o meu pai. Não tinha coragem de machucar minha mãe tocando no assunto, fazendo perguntas. Os arquivos de adoção de Melanie estavam lacrados: outro beco sem saída.

Fui atrás de respostas em outro lugar.

A primeira vez que consegui algo foi no meu segundo ano de residência, em um plantão de clínica médica, quando um detetive da polícia de Chicago chegou na emergência com uma dilaceração profunda no braço por um facão, depois de uma prisão conturbada de um viciado em metanfetamina. Enquanto dava os pontos, perguntei se membros da família tinham acesso ao relatório de autópsia. Ele disse que tecnicamente eram públicos, mas podia demorar um pouco depois de fazer um requerimento. Ele se ofereceu para ligar para um dos médicos legistas do Condado de Cook e eu o implorei para que fizesse isso. Ele ligou ali mesmo, na maca, enquanto eu cuidava do seu ferimento.

Alguns dias depois um mensageiro deixou uma cópia do relatório de autópsia da Melanie.

Não os li imediatamente. Tive que esperar até estar sozinha em casa para não chatear a minha mãe. Minhas mãos tremiam na primeira vez que os li, assim como tremem agora, quando viro uma página depois da outra. Cada palavra digitada naquele papel ficou gravada para sempre na minha memória, mesmo assim ainda volto para lê-las, como se visitasse o túmulo de Melanie, com o peito ofegante e lágrimas nos olhos.

Fratura antiga em suas costelas. Fratura espiral antiga no pulso direito. Presença de miosite ossificante traumática nas coxas — ossificação nos tecidos moles após repetidas lesões traumáticas. Marcas de facadas antigas, pequenas, cicatrizadas nas pernas e no abdômen. Cicatrização de lacerações vaginais mais antigas.

Em uma página sucintamente datilografada, a história de tortura e abuso de uma menina inocente nas mãos do homem que eu mandei para o necrotério, Caleb Donaghy.

Mas parece tarde demais. Seu sofrimento devia ter sido maior.

Uma lágrima cai marcando a última página do relatório de autópsia. Limpo rápido, mesmo não sendo a primeira. A folha mal está legível depois de tantas lágrimas que derramei.

Não sei quanto tempo passo lendo aquelas páginas, como se isso pudesse fazê-las mudar e modificar a realidade. Quando vejo o brilho dos faróis do carro da minha mãe pela janela do escritório, me apresso para lacrar o relatório de autópsia no envelope e o colocar de volta no cofre. Basta apertar uma vez o botão silencioso e ele está trancado. Enquanto minha mãe abre a porta da lavanderia e entra na cozinha, coloco as fileiras falsas de lombadas de livros que o escondem e logo vou recebê-la.

Faz tempo que sei o que ela e meu pai estavam sussurrando naquela noite. Bom, suponho... não sei de fato, porque ela nunca me contou e eu nunca perguntei. Mas assim que a vejo, eu a seguro num abraço apertado e não a solto. Queria poder contar para ela o que eu fiz.

— Oi, mãe — sussurro, enterrando meu rosto no cabelo dela, sentindo seu perfume, amor, aconchego e sua ternura me preencherem.

Por fim, ela se afasta e me olha preocupada.

— Oi, querida, está tudo bem?

Fico em silêncio, sem poder responder àquela pergunta simples.

Melanie só tinha nove anos quando se tornou minha irmãzinha.

Cinco anos depois ela se foi.

14
PROBLEMA

Há algo que não sai da minha cabeça quando começo a fazer as visitas matutinas aos pacientes. Deixei a taça vazia de vinho no peitoril da janela do escritório ontem à noite. Por algum motivo, não consigo parar de pensar nesse pequeno fato irrelevante, como se fosse importante por alguma razão. Essa persistência deve ser um indicativo de estresse.

Estou cansada, sim, estressada, tensa, meus nervos à flor da pele.

Passei a noite em claro, me revirando na cama sem conseguir dormir até Derreck chegar. Já era mais de meia-noite. Ele foi silenciosamente até o quarto, me deu um beijo muito leve na bochecha e me cobriu com o edredom como se eu fosse uma criança. Adoro quando ele faz isso. Fingi estar dormindo, só para que fizesse isso, até ele começar a se despir. Então disse "oi" e acendi o abajur, para não o deixar no escuro. Esse gesto fez com que ele me desse outro beijo. Ele estava com um cheiro refrescante, o que era quase inacreditável depois de um dia tão longo. Como ele conseguia? Um dia vou perguntar. Estava com um pouco de hálito de vinho, mas isso é normal. Essas reuniões eternas sempre incluem um jantar e bebida por conta do candidato.

Devia ter perguntado a ele ontem. Acordei às quatro, sem conseguir dormir, pensando nisso. Com certeza é alguma coisa bem óbvia, tipo levar um desodorante na pasta para usar sempre que necessário. O favorito dele era o da marca Old Spice. Mas nem tentei tirar aquilo da cabeça. Era melhor ficar acordada pensando no desodorante de Derreck do que no maldito coração de Caleb Donaghy.

Faz exatamente uma semana que declarei a morte daquele monstro. E é meu primeiro dia desde então que minha agenda está cheia. Mas as visitas foram tranquilas. Já tem um tempo que não trabalho tanto quanto antes, e ontem só tive uma operação — uma angioplastia coronária em um paciente do dr. Seldon. Hoje tenho uma plastia mitral à qual vou dedicar uma boa parte do meu tempo. Não tenho muitos pacientes para ver pela manhã.

Encontro o dr. Seldon no quarto do paciente da angioplastia coronária, auscultando o coração com um estetoscópio digital enquanto checa o ritmo na tela do celular. Eu paro na porta, indecisa, então entro:

— Bom dia — digo em tom animado. A expressão "fingir até conseguir" ronda minha mente enquanto as palavras saem da minha boca. Não culpo o dr. Seldon por querer checar seu paciente depois da conversa que tivemos ontem. Eu também não confiaria em mim se fosse ele.

— Ah, dra. Wiley — responde ele, tirando o estetoscópio dos ouvidos e o dobrando até caber no bolso. — Estávamos falando de você agora mesmo. — O paciente sorri e acena com a cabeça. — Fez um belo trabalho com este jovem. Vai viver mais que nós dois juntos. — O dr. Seldon tem um jeito com palavras para encorajar seus pacientes que é um pouco exagerado, mas funciona. Não havia mal nenhum em fazê-los acreditar que vão ter uma vida longa e saudável.

Passo alguns minutos conversando com o paciente e auscultando seus batimentos cardíacos. O formigamento no peito desapareceu, a respiração voltou ao normal. Aperto a mão dele e vou embora, mas o dr. Seldon me alcança antes que eu entre no quarto da sra. Heimbach.

Ele me chama para um canto perto da janela, longe do fluxo de pessoas. Então abaixa a cabeça e fala quase em um sussurro:

— Não comente com ninguém que te falei isso, Anne, mas já perdi mais pacientes que gosto de admitir. É a triste realidade do nosso trabalho. Mas isso nunca levou a nenhuma investigação. Nem internamente, nem pela procuradoria-geral. Só uma avaliação formal.

Ao ouvir suas palavras meu sangue congela. Não consigo respirar e sinto que vou desmaiar, mesmo que meu coração esteja batendo forte, por causa do pânico. Qual o motivo da investigação se ela não é feita com outros cirurgiões? Encaro o dr. Seldon com olhos arregalados, boquiaberta, sem conseguir dizer nada.

— Aguente firme, vai passar. Mas tome muito cuidado. Não sei o motivo disso tudo, mas parece que alguém quer te derrubar. — Ele olha de um lado para o outro, para se certificar de que ninguém esteja nos ouvindo, então continua. — Alguém poderoso e motivado. Faça seu trabalho bem-feito e não dê motivos para as pessoas colocarem mais lenha na fogueira. — Ele aperta a minha mão para me encorajar. — Como aquele pedido ontem, na angioplastia…? — Ele aponta com a cabeça para o quarto do paciente, como se eu não soubesse do que ele estava falando. — Só para constar, que bom que mudou de ideia. O que você mais precisa agora são cirurgias bem-sucedidas. Vai fazer você voltar a ter confiança em si mesma, te reestruturar. Tá bem?

Aceno com a cabeça, ainda sem conseguir falar, perplexa em pensar que o hospital inteiro está falando sobre mim, sobre a investigação da procuradoria.

Sobre Caleb Donaghy. Achei que ninguém mais sabia da visita da procuradora fora minha equipe. Pelo visto estava enganada.

O dr. Seldon me dá um tapinha no ombro, então começa a andar na direção das salas de cirurgia, as costas um pouco curvadas, seu andar um pouco incerto. Ele tem uma operação logo cedo; vi na agenda dele.

Preciso me acalmar por alguns minutos antes de ver a sra. Heimbach. Então acabo ficando com ela mais tempo do que tinha previsto. Até duas horas antes de sua operação, não tinha lhe ocorrido fazer um testamento vital e ela deixou para fazer todas as perguntas para mim. Eu apoio completamente a prática de se fazer um testamento vital. Em um sistema de saúde que busca o lucro, é a única coisa que as pessoas podem fazer para ter algum controle quanto ao que acontece com elas na pior das hipóteses.

Madison me socorre com um formulário para a sra. Heimbach preencher e fica como testemunha enquanto ela assina, minutos antes de seus últimos exames e de ser preparada para a cirurgia.

Quando saio do quarto, praticamente dou de cara com M. Minha chefe está com um terninho cinza-claro bem apertado na cintura, e me pergunto como ela consegue andar tão rápido. Ela é, como sempre, direta e absurdamente focada.

— Como se sente? Disposta a voltar à sua carga de trabalho normal? — Sua mão direita está apoiada na coxa e a esquerda carregando prontuários de pacientes cardiopatas. Sei disso por causa da cor deles.

— Sim, totalmente pronta — digo sem hesitar, na esperança de que logo se torne verdade.

— Tem mais alguma coisa que devo saber?

— Não — respondo com calma. Respostas curtas, como Derreck me aconselhou.

— Que bom — ela diz, voltando a caminhar rapidamente pelos corredores intermináveis e cheios. Finalmente consigo respirar aliviada quando ela fica a uns cinco metros de distância, mesmo sabendo que era comum ela mudar de ideia e voltar depois de percorrer distâncias maiores.

Ela não parece saber do interesse da procuradora no meu paciente morto, o que me alivia. Ela deve ser a única no hospital que não sabe, mas é claro que esse pensamento é fruto da minha mente sarcástica. É provável que poucas pessoas fora minha equipe saibam, e agora o dr. Seldon. Talvez continue assim.

E talvez porcos comecem a voar e eu volte para casa em um deles.

Mas não posso deixar de me perguntar por que essa procuradora está tão interessada em mim e no meu paciente. Será que sabe de algo que eu não sei? Tem alguma coisa que eu precise saber, algo com que eu deva me preocupar?

Mais algumas voltas, uma descida rápida de elevador e estou no meu andar. Olho as horas e me apresso. Não tenho muito tempo até ter que me preparar para a cirurgia.

Madison está me esperando na porta da minha sala e começa a andar rápido na minha direção assim que me vê. Ela parece desconcertada, em pânico até, olhando de soslaio para a meu escritório assustada.

— Desculpa, Anne, não consegui deter ela — ela sussurra enquanto nos aproximamos da sala.

Estava prestes a perguntar do que ela estava falando quando vejo através da parede de vidro ao que ela se refere. Aquela promotora está confortavelmente sentada na minha mesa, folheando um tratado de cirurgia. Sob o livro de seiscentas páginas, consigo ver a pasta vermelha do arquivo de Caleb Donaghy.

Arquejo. E se ela abriu? Todas as informações sobre ele estão naquela pasta.

A audácia dessa mulher.

Entro de supetão na minha sala com Madison atrás de mim.

— Que direito você tem de entrar aqui? — pergunto, mantendo minha voz em um tom baixo.

Ela fecha o livro, se levanta devagar, então contorna a mesa até ficar a menos de um metro de mim. Está com um terninho preto, salto alto, uma blusa de seda branca com um decote generoso. A maleta de couro preta está aberta num canto da minha mesa. Ela parece uma versão mais jovem e mais bonita de M. Um calafrio me percorre ao pensar que a semelhança pode ir além da aparência.

Um sorriso se desenha no rosto dela, cheio de desprezo:

— Então acha que tem direito à privacidade aqui, dra. Wiley? O hospital pelo visto discorda, já que te deu uma sala com paredes de vidro.

Madison dá um passo à frente, ultrajada, as mãos na cintura.

— As pessoas costumam ter educação. O que você não...

— Tá tudo bem — sussurro, interrompendo o esbravejar de Madison. Ela está certa, mas isso não importa. Derreck sempre diz que o que é certo não importa no judiciário. Só o que a lei diz e o calibre do advogado que a usa como arma. — Como posso te ajudar, srta....? — Finjo ter esquecido o nome dela. Não esqueci. Não depois de ter sido assombrada por ele a cada pensamento que tive depois de conhecê-la.

— Fuselier — ela diz, calma, com um sorriso de canto, enquanto me fuzila com as pupilas dilatadas. Talvez esteja escuro demais na minha sala, ou ela está reagindo a outra coisa, uma emoção forte, talvez. Medo não faz sentido... raiva, será? Com certeza é uma descarga de adrenalina. Mas por quê?

— Srta. Fuselier, certo — falo com educação, enquanto dou um passo para o lado para alcançar o interruptor e acendo a luz. Não faz muita diferença. Ela desvia o olhar por alguns instantes, reagindo a luz, então volta a me encarar. Suas pupilas permanecem dilatadas. É como se eu estivesse diante de um predador venenoso. — Como posso ajudar?

Um rastro de desprezo se forma nos cantos de sua boca.

— Sempre foi tão arrogante, dra. Wiley? — Ela solta um risinho quando Madison arqueja. — Aposto que sim. É de família rica, o pai cirurgião, sem ter nenhuma preocupação. — Ela balança a cabeça devagar como se eu devesse me envergonhar disso ou como se isso fosse errado. — Você nem sequer se importa com seus pacientes, não é, dra. Wiley?

Não entendo a motivação dela. Ela está jogando verde, é claro. Se tivesse algo concreto jogaria logo na minha cara. Ela me prenderia e me arrastaria daqui algemada. Mas apenas me provoca. *Bom, posso fazer o jogo dela.*

— Você conhecia Caleb Donaghy de onde? — pergunto com uma curiosidade sincera.

Ela dá um passo à frente. Posso sentir sua respiração no meu rosto. Coloco a mão entre nós em vez de me distanciar.

— Por favor, mantenha distância ou coloque uma máscara. Estamos em um hospital.

— A pergunta é de onde você conhecia ele e por que o deixou morrer — ela sussurra, ignorando meu pedido. — Vamos focar isso, dra. Wiley.

— Vou chamar a segurança — Madison diz, mas a contenho segurando-a pela manga.

— A srta. Fuselier não é uma ameaça, Maddie. Ela é um agente da lei. Uma funcionária do governo — continuo a encarando e me recuso até a piscar. — Ela não ultrapassaria os limites do seu cargo oficial. Acabaria com a carreira dela.

Vejo um lampejo de raiva nos olhos dela, que me diz com o que ela se importa. O que ela quer. Um caso noticiado para conseguir ser promovida no cargo ou sabe-se lá onde. Derrubar a "garota do coração" deve se enquadrar nisso. O caso teria visibilidade instantânea e atenção da imprensa. Já consigo até ver as manchetes na minha cabeça.

— Posso te oferecer uma máscara? — pergunto. Madison some por um instante e volta com uma máscara esterilizada, que não é aceita. Ela dá alguns passos para trás, me fuzilando com os olhos.

Ganhei o primeiro round. Espero que o preço não seja alto demais.

— Por que Caleb Donaghy morreu? — ela pergunta em tom frio. — Foi um erro seu? Todo mundo comete erros, é compreensível.

Ela deve achar que sou uma idiota.

— Tenho certeza de que um erro foi o que fez ao assediar a minha equipe com suas perguntas.

— Só estava fazendo meu trabalho. Talvez não entenda bem o conceito. Afinal, você herdou esse emprego, não? Toda aquela baboseira de "seguir os passos do seu pai" não passa de uma desculpa para pegar atalhos para conseguir um trabalho para o qual não está qualificada. Sabe o que estou querendo dizer, não é?

Já passei do ponto de me sentir ofendida faz tempo. Agora estou assustada. Se ela está aqui, falando comigo desse jeito na frente de uma testemunha, ela deve saber de alguma coisa que eu não sei. Alguém deve ter dado carta branca para ela.

O dr. Seldon tinha razão. Isso é pessoal, muito além de uma caça às bruxas, parece mais uma execução.

Olho a hora e franzo a sobrancelha. Deveria estar me preparando para a cirurgia. Ela deve saber disso.

— Se você tem uma pergunta de verdade, vou fazer o possível para responder. Você tem trinta segundos. Depois disso, tenho uma cirurgia para fazer. — Vou para o lado e gesticulo para a porta, a convidando a se retirar.

— Por que seu paciente morreu? O que deu errado? — A voz dela sai em tom de ameaça.

Madison dá um passo para trás e me lança um olhar preocupado.

— Depois da morte de um paciente durante uma cirurgia é feita uma revisão de caso que avalia o que aconteceu e se a morte poderia ter sido evitada ou prevista — recito a mesma coisa de ontem. — Um relatório é feito. Sugiro que entre em contato com o departamento jurídico do hospital e peça uma cópia. — Abro a porta para ela. — Agora se me der licença, preciso trabalhar.

— Não vai escapar dessa — ela diz, pegando a maleta da minha mesa.

— E eu agradeço se puder parar de interrogar a minha equipe sem a presença dos advogados do hospital. Tenho quase certeza de que é ilegal, mas se você quiser, posso fazer algumas ligações para confirmar.

Essa segunda ameaça acerta o alvo.

Ela sai da minha sala sem mais nenhuma palavra, me lançando um olhar venenoso antes de sumir de vista.

Madison solta um suspiro alto.

— Inacreditável essa mulher! Que bom que foi embora!

Lanço um olhar sério para ela.

— Ela vai voltar, Maddie. Está só começando.

— Começando o quê? Não fizemos nada errado naquela cirurgia. O paciente morreu, sim, mas não fizemos nada errado. — Ela anda pela minha sala, inquieta.

A última coisa de que eu precisava quando estamos prestes a entrar para uma cirurgia de substituição de válvula é essa agitação. Dela ou de mim mesma. Também sinto o mesmo, a ansiedade, a sensação de estar sendo caçada, encurralada, a diferença é que escondo melhor. Acho.

Depois de um longo minuto pensando no que fazer, pego o telefone da minha mesa e ligo para M. Ela logo atende.

— O que aconteceu? — ela pergunta em vez de dizer "alô".

Respiro fundo:

— Acho que temos um problema sério.

15
TESTEMUNHO

A curta distância de carro até a Procuradoria do Condado de Cook não foi suficiente para Paula esfriar a cabeça. Alguns quarteirões antes do seu destino, ela parou no acostamento. Precisava de alguns minutos para retomar a compostura que ela perdeu segundos depois de deixar o hospital.

Por que algumas pessoas tinham tudo na vida? Anne Wiley era segura e inabalável, com o tipo de coragem que só pessoas que já nascem assim têm. As que cresceram em boas famílias cercadas de amor, dinheiro e possibilidades. Essas pessoas desconhecem o medo. Não precisaram lutar como quem veio de família pobre. Não faziam ideia do que era estar sozinho no mundo, vulnerável, sem dinheiro e desesperado; como aquele menino, Kestner, de quem ela falou com o chefe na semana anterior, no almoço, cujo carro roubado quase o fez se atirar de uma ponte.

Pessoas como Anne Wiley faziam ligações quando eram incomodadas com perguntas como as de Paula Fuselier. Ela apostaria seu jantar que, alguns instantes depois de ela ter saído da sala da cirurgiã, Anne tinha corrido para ligar para alguém.

Maldita seja aquela mulher! A vida era muito injusta. Ela tinha tudo. Um bom emprego, uma reputação excelente, o rosto estampado em malditos outdoors pela cidade toda. E Derreck. Ela podia ter se casado com um alcoólatra que batesse nela, mas não, se casou com um advogado inteligente e ambicioso com um futuro brilhante e modos como se tivesse sido criado na Europa por uma babá francesa, em vez de em Joliet, do outro lado da rodovia, perto da uma velha prisão.

Algumas pessoas tinham tudo.

A vida era imprevisível. Mas isso não justificava.

Pensar em Anne Wiley, no corpo magro e alto, na compostura calma e no lindo rosto dela, fazia Paula querer destruir alguma coisa, quebrar algo em pedaços. Ela olhou em volta no interior do carro, mas não havia nada que pudesse despedaçar. Frustrada, soltou um suspiro alto junto com um monte de palavrões.

Derreck nunca a deixaria; seria louco se fizesse isso. Paula não era do tipo que se iludia. Não importava quantas promessas fizesse para ele ou quanto ajudasse a carreira dele, Derreck nunca se divorciaria da esposa. Ela seria a amante para sempre, a outra, lutando por si mesma como sempre fez, sozinha no mundo, sem ninguém para chamar de seu e sem ter para quem ligar caso precisasse de alguma coisa.

Ela *odiava* Anne Wiley. A cirurgiã a lembrava de tudo o que estava errado em sua vida, do quão duro ela precisou dar nos anos da faculdade de direito, de todas as vezes que precisou puxar o saco de alguém e de todas as opiniões que precisou engolir para chegar onde estava. Outros advogados, como a arrogante da Anne, tinham passado por cima dela muitas vezes, na faculdade, no trabalho, sempre subindo na vida mais rápido, passando na frente dela sem nem olhar para trás, como se ela não existisse.

Agora a famosa dra. Anne Wiley tinha enfim cometido um erro. Um paciente seu morreu durante uma cirurgia. Paula esperou meses para isso acontecer. Foi dada a largada para a caça de vadias arrogantes, médicas filhinhas de papai. Quando acabasse com ela, Derreck a largaria como se fosse uma batata quente, feliz por não ter adquirido o sobrenome dele, ansioso para finalizar o divórcio.

Ela ligou o carro e voltou para o trânsito, se perguntando ilogicamente se Anne era boa na cama. Talvez tivesse aprendido na faculdade de medicina segredos do corpo humano que não são ensinados na faculdade de direito. *Não...* ela devia ser tão fria no sexo quanto na vida profissional. Comedida, calculista, metódica, calma. Nem um pouco parecida com a mulher fogosa, cheia de lascívia e quente que Paula era.

Em algum momento Derreck perceberia que merecia coisa melhor que a dra. Gélida.

Esse pensamento a fez rir, um tipo de apelido que provavelmente ficaria grudado em sua cabeça por um tempo, já que caía tão bem. Pena que não podia compartilhar isso para mais ninguém.

Quando voltou para seu escritório, desviou das caixas que já tinha empilhado perto da porta, mesmo que ainda faltasse mais de sete semanas até que ela fosse para o quinto andar. Metade de suas coisas já estavam guardadas — os itens que não usava todo dia, a maioria livros de direito e arquivos de casos antigos guardados como arquivos pessoais. Embalar tudo tornava aquilo real. Ela estava pronta para seu escritório novo, seu cargo novo, sua vida nova.

Seu investigador, Adam Costilla, não estava no escritório dele, mas Paula sabia exatamente onde encontrá-lo. Ele batia ponto no refeitório sempre que não estivava em campo ou escrevendo um relatório, e ela tinha visto o carro dele no estacionamento.

No refeitório do andar de baixo, Adam estava na mesa de sempre, assoprando uma xícara grande de café fresco.

Ela puxou uma cadeira e se sentou na frente dele na mesinha de melamina, franzindo o cenho um pouco.

— Adam — ela disse, o encarando com uma pontada de preocupação. Ele estava acima do peso e muitas vezes respirava com dificuldade. Sua pele tinha manchas avermelhadas de um tom intenso, o que devia indicar pressão alta. Mesmo assim, ele continuava se entupindo de cafeína como se fosse seu último dia na Terra. Nesse ritmo, logo seria mesmo. — Não me diga, é o seu primeiro do dia?

Ele riu com vontade, suas bochechas balançando feito as de um bulldog.

— Tá mais para o quinto, chefe. Você me mantém ocupado. Tenho que dar meus pulos.

Ela quis alertá-lo para ir com calma, mas sabia que ele não ouviria.

— Tenho um caso para você — ela disse em vez do que queria.

Ele tirou um caderninho de anotações do bolso, daqueles que policiais usam. Um clique na ponta da caneta, e ele estava pronto.

— Manda bala.

— No Hospital Universitário Joseph Lister tem uma dra. Anne Wiley que trabalha lá, uma cirurgiã cardiotorácica.

— Sei quem é — ele comentou, animado. — É aquela loira gata nos outdoors do coração, né?

Paula fechou os olhos por um instante para esconder a raiva cintilando neles.

— Isso. Preciso que levante todo o histórico dela. Tudo que conseguir. Processos por negligência médica, reclamações, pacientes mortos, histórico pessoal e tudo o mais. Revire todas as pedras, se é que me entende.

Ele olhou para ela com uma sobrancelha arqueada.

— O que tá rolando?

— Um paciente dela morreu em circunstâncias suspeitas na semana passada.

— Qual delegacia está investigando o caso? Streeterville?

— Não estão investigando nada, nós estamos. Algum problema?

Ele colocou dois dedos na têmpora imitando uma saudação militar e sorriu com os dentes manchados de nicotina.

— Não, senhora! Faço o que me mandam.

— Garoto esperto — Paula disse empurrando a cadeira para deixar a mesa com um som de metal arrastado pelo concreto. — Obrigada... e maneira no café, Adam. Existe uma coisa chamada moderação. Procure saber o que é. Talvez salve sua vida.

Ele revirou os olhos e resmungou:

— Não planejo viver para sempre, sabe? — Ele deu uma golada apressada no café como se Paula estivesse prestes a tirar a xícara de sua mão. — Não vai embora ainda, Moses Degnan tá aqui para ver você. Ele trouxe o filho. Enfiei eles na salinha de reunião do terceiro andar.

— Ah, droga — ela resmungou.

— Você decidiu sobre esse assunto? Ele é só um moleque, Paula.

Ela balançou a cabeça devagar, ainda indecisa. Não podia se dar ao luxo de cometer um erro nesse caso. Era melhor pedir um direcionamento do seu chefe.

— Hobbs está na sala dele?

— Aham. Tá lá em cima. Acabou de sair de uma reunião cabeluda. Ouvi dizer que tá de péssimo humor.

Ótimo. Justo o que ela precisava.

— Tá bem — ela disse. — Vou ver o que posso fazer.

SIMON DEGNAN ERA O MENINO DE ONZE ANOS QUE A ESTAVA DEIXANdo indecisa. Ele testemunhou um assassinato no seu conjunto habitacional. O vizinho, Vicente Espinoza, em um surto embriagado de fúria, tinha atirado na esposa grávida, acusando-a de traição aos gritos com xingamentos e ameaças tão altos que a vizinhança inteira escutou. Simon viu o disparo da sacada do seu apartamento, a poucos metros de distância. Ele ligou para a polícia e desceu para esperar chegarem e contar o que havia visto. Moses, o pai do menino, um viúvo que trabalhava em uma fábrica, se recusou a deixar Simon, temendo por sua segurança.

Ela poderia fazer o menino testemunhar, garantindo assim a vitória do caso de forma certa e fácil. Ou, poderia tirá-lo dessa, e usar a perícia e os antecedentes do assassino como provas.

Não era uma decisão fácil. Ao contrário das Annes Wiley do mundo, os Degnan não tinham a quem recorrer para pedir ajuda quando se deparavam com algum problema na vida. Ninguém se importaria caso um menino negro da periferia fosse encontrado morto com um tiro num beco. Exceto ela. Ela se importava de verdade com ele.

A pergunta era: ela se importava com ele mais do que se importava com o próprio trabalho? Poderia proteger um sem colocar o outro em risco?

Ela pegou o elevador até o quinto andar e caminhou rapidamente até a sala de Mitchell Hobbs. A assistente dele a fez esperar alguns minutos até que terminasse uma ligação, então abriu a porta para ela.

— Ah, minha promotora favorita — Hobbs a cumprimentou, se recostando na cadeira e entrelaçando os dedos na nuca. Havia tirado o paletó e afrouxado a gravata. A camisa social branca estava com as mangas dobradas até o cotovelo.

A postura dele a lembrou da posição horizontal favorita de Derreck na cama. Por um segundo, ela se viu montada no chefe. *Eca*.

Ela sorriu, afastando aquele pensamento horrível.

— Queria sua opinião no caso Espinoza. A testemunha, o menino de onze anos, não precisamos mesmo dele para ganhar, né?

— Está hesitando? — Hobbs apertou os olhos analíticos para ela.

— Hesitando? Não. — Ela trocou seu pé de apoio, reparando que ele não a convidou para sentar. — Me preocupo que a vida do garoto fique em risco. Muita gente o viu falar com a polícia. Tenho certeza de que o Espinoza já sabe, também.

— Mas você sabe quem é o Espinoza, certo? — ele perguntou como se ela estivesse na frente da turma da terceira série por não ter feito a tarefa de casa.

— Já queríamos ele no ano passado depois do assassinato do Kravitz, o idoso cuja cabeça foi esmagada durante um assalto. Mesmo prédio, só muda o andar. Mas não tínhamos provas suficientes para enquadrar ele.

As mãos de Hobbs continuavam entrelaçadas na nuca. Ele inclinou o corpo para trás recurvando a cadeira de couro.

— Certo, quão confiante você está para seguir sem o testemunho do Degnan?

Ela mordeu o lábio antes de responder. Entendeu aonde ele queria chegar, mas precisava ser sincera e moderada na resposta.

— Eu diria uns noventa porcento de chance de conseguir uma condenação.

Ele se levantou de repente e foi até a janela.

— Então não é cem porcento, é? — Ele já não estava mais olhando para ela.

— Não, não é. Com as provas da perícia corremos o risco do júri perder o interesse ou não conseguir entender...

— Sabe quem trabalha neste andar, Paula?

Ela estremeceu, esperando que ele prosseguisse. Mas ele ficou calado. Não era uma pergunta retórica.

— Os melhores da procuradoria?

— Não. Tente outra vez.

As bochechas dela queimaram.

— Não, senhor. Prefiro aprender com você.

— Todos neste andar são homens dos cem por cento. Ou mulheres. Todos aqui fazem o que for preciso para conseguir uma taxa de condenação de cem por cento. Não hesitamos, não vamos para o tribunal despreparados, não contamos com a sorte. Fazemos o que tem que ser feito. E caso a segurança da testemunha esteja em questão, entramos em contato com o Programa de Proteção às Testemunhas. Mas sempre ganhamos. — Ele se virou e a encarou com um olhar frio, determinado. — Ficou claro?

— Claríssimo, senhor. — Ela deu dois passos para trás, se preparando para sair.

O olhar de Hobbs se suavizou um pouco.

— Deixe eles irem para Wyoming com dinheiro do contribuinte — ele disse, fazendo um gesto desdenhoso com a mão. — Não é como se fossem deixar muita coisa para trás por aqui, certo? Tenho certeza de que há vagas em fastfoods por lá, também.

Ela cerrou a mandíbula, mas conseguiu se controlar para não responder. O desprezo dele a incomodou bastante.

— Sim, senhor.

— Vá e faça o que precisa fazer.

A reunião terminou. Ela saiu do escritório do Hobbs e não parou até chegar à sala de reunião do terceiro andar, determinada a não deixar que isso estragasse seu futuro. Hobbs tinha razão, por mais que não quisesse admitir. Não é como se os Degnan tivessem muito a perder se precisassem se mudar.

Quando ela entrou na sala de reuniões, Moses Degnan se levantou num pulo.

— Até que enfim — ele disse, se posicionando atrás da cadeira do filho e colocando as mãos nos ombros dele de um jeito protetor. — Tenho que trabalhar, sabe — ele protestou. — Ficar aqui te esperando me faz perder um dinheiro que não tenho.

— Entendo e peço desculpas. Fiquei a manhã toda no tribunal. — Ela puxou uma cadeira e se sentou, com as pernas cruzadas. O ambiente estava abafado e cheirava a suor e óleo de fritura velho. A mesa estava cheia de embalagens de comida usadas. Parecia que alguém tinha levado almoço para eles enquanto esperavam. — Tem algo a me dizer?

— Sim — ele disse, comprimindo os lábios por um instante como se para se controlar para não dizer tudo de uma vez. — Não vou deixar meu filho testemunhar, e ponto-final.

— Sinto dizer que ele vai ter que testemunhar, sim. — Paula suspirou. Ela preferia não forçar a barra, mas Hobbs tinha sido bem claro. — O Condado de Cook decidiu intimar seu filho. Se acharmos que a vida dele corre perigo, vamos colocar vocês dois no Programa de Proteção às Testemunhas.

— E deixar o meu trabalho? — Ele começou a andar, irritado, entre a mesa e a parede do fundo. — Tá maluca? Faz ideia do quão difícil foi arrumar esse emprego? O que vou fazer? Voltar a trabalhar por oito pila a hora e morrer de fome?

— Sinto muito, sr. Degnan. Mas não há nada que eu possa fazer. — E ela estava sendo sincera.

Ele parou de andar na frente de Paula e a encarou, os punhos cerrados e pressionados na mesa, suas juntas esbranquiçadas.

— Eu consegui um advogado, e ele avisou que você faria isso. Ele disse que vocês promotores só pensam em enfiar pessoas na prisão. Disse que podemos pedir uma audiência de competência. Assim um juiz decide se meu filho aqui pode testemunhar. Ele é só um menino. Talvez nem saiba o que está dizendo. — Ele bateu os punhos na mesa. — A partir de agora, só vai falar com meu advogado, tá bem?

— Tá bem.

Ele empurrou o cartão de um advogado na mesa.

— Toma. E juro que se alguma coisa acontecer com o meu menino, venho atrás de você, porque não vou ter mais nada a perder, entendeu?

16
ARTIGO

Eu me sento à mesa de jantar, morta de cansaço, feliz em ter um pouco de paz para variar. Minha mãe está colocando a mesa e Derreck abre uma garrafa de Bordeaux. Por um instante, fico grata por tê-lo em casa para o jantar, algo raro há tempos. É bom tê-lo por perto.

Então minha mente voa longe, repassando os acontecimentos do dia, processando o trauma de algumas horas complicadas. A visita de Paula Fuselier, que me deixou uma pilha de nervos. A cirurgia da sra. Heimbach, que correu bem, mas minhas mãos haviam tremido levemente a operação toda, algo que mal consegui controlar. Eu só conseguia pensar: *E se ela morresse também? E se eu perder outro paciente na mesa de cirurgia, poucos dias depois de Caleb Donaghy?* Aquela promotora ainda poderia estar por aí, à espreita, esperando feito uma aranha, pronta para atacar sua presa.

Felizmente, a sra. Heimbach não morreu. A substituição da válvula foi um sucesso.

Paula Fuselier estava me deixando com os nervos à flor da pele.

Como será que ela soube de Caleb Donaghy? Não é como se os hospitais publicassem uma lista com os nomes dos pacientes que morreram. Havia leis que proibiam a divulgação de qualquer informação relacionada aos casos dos pacientes.

Caleb Donaghy não tinha família. Sabendo quem ele era, isso não me surpreende. Ele não poderia ter feito as coisas horríveis que fez com Melanie, e com certeza com outras menininhas, enquanto a esposa e os filhos assistiam à TV no cômodo ao lado. Ou talvez pudesse, não dá para saber do que as pessoas são capazes.

Mesmo assim verifiquei o sistema do hospital antes de ir embora hoje e não tinha registro de nenhuma ligação perguntando sobre ele. Até onde sei, o corpo dele ainda está na câmara mortuária refrigerada do necrotério. Isso quer dizer que nenhum parente ou ente querido fez qualquer reclamação quanto à morte dele ou pediu para a procuradoria-geral investigar o caso.

Então como essa promotora ficou sabendo e por que ela está no meu pé?

Ao pensar nas palavras venenosas que ela cuspiu na minha cara começo a tremer de raiva outra vez. Não sou arrogante. Nunca fui. Trabalhei duro minha vida toda para chegar onde estou. Sim, tive a sorte de ter ótimos pais e sempre serei grata por isso. Sei que existem pessoas que não tiveram essa sorte. Eu realmente não preciso que essa mulher me lembre disso, depois de Melanie.

Sinceramente não me vem à cabeça nenhuma vez que eu tenha sido arrogante. Talvez esteja enganada, mas não consigo ter paz depois das acusações dela. Sim, meu pai me ensinou a suturar pele de peru e colocou a primeira pinça auxiliar de sutura na minha mão quando eu ainda era nova e isso me deu uma certa vantagem. Uma vantagem pela qual sempre fui grata e levei adiante. Segui os passos dele, mas de um jeito diferente do qual aquela promotora disse. Ensinei residentes, fiz trabalho voluntário e trabalhei em clínicas gratuitas. Não ia correndo pra casa para ir a uma festa ou fazer meu cabelo no salão. E nunca na minha vida tive um cargo ou acesso a algo pelo qual eu não tenha trabalhado com afinco. Pelo amor de Deus... eu ainda estava na faculdade de medicina quando meu pai morreu; não é como se ele tivesse ficado pendurado no telefone ligando para hospitais e professores conhecidos para pedir favores e me arranjar o emprego que eu queria.

O problema com as palavras de Paula Fuselier é que as pessoas acreditariam nelas. Até *eu* acreditava, e é por isso que continuo remoendo a discussão, que ainda acontece na minha cabeça. As palavras que ela atirou em mim estavam tão carregadas de raiva que me deixaram na defensiva e isso era imperdoável. Não deveria me deixar abater só por que alguém colocou minha integridade em xeque. Não posso acreditar que fui idiota a esse ponto.

Ou talvez essa seja a estratégia. Me desestabilizar para que eu cometa um erro, para confirmar suas suspeitas e assim dar um fim na minha carreira. Mas por que ela...?

— Quer vinho? — A voz de Derreck me arrasta para o presente. O aro da garrafa paira acima da minha taça. Aceno com a cabeça e abro um sorriso de leve.

Eles terminam de arrumar a mesa e minha mãe serve nossos pratos com um pedaço generoso de lasanha coberta com uma fatia grossa de queijo derretido. Deve ter umas mil calorias por garfada, mas minha boca enche d'água, despertando todos os meus sentidos.

— É totalmente vegetariana — ela se apressa em dizer. — É uma receita adaptada de macarrão primavera, só que com o queijo por cima e vai ao forno.
— Ela olha para os pratos com alegria, satisfeita com o resultado.

Ela parou de fazer carne semana passada, depois de eu não ter comido o frango no jantar depois da cirurgia de Caleb Donaghy.

Coloco um pedaço da lasanha na boca e mastigo devagar. Delicioso.

— Está ótimo, mãe. — Ela sorri, feliz. — Mas não tem problema fazer carne, sabe? — acrescento dando mais uma garfada.

Ela ri.

— Eu sei, querida. Seu pai também era assim. Às vezes não suportava olhar para um pedaço de carne no prato depois de um dia cansativo de cirurgias. — Ela dá uma gole no vinho, então encosta o guardanapo na boca. — Sabe o que mais ele fez? Redecorou o banheiro com azulejos azul-escuros. Não conseguia ver azulejos brancos. Via sangue neles.

Olho para ela com uma leve careta.

— Naquela época as salas de cirurgia eram todas de azulejos brancos e muitas esponjas ensanguentadas caíam no chão.

Derreck ri:

— Não acredito que me acostumei a esse tipo de conversa durante o jantar. Qualquer outro advogado que conheço empurraria o prato na hora e pediria uma bebida forte.

Estendo o braço e aperto seu antebraço. É tão bom vê-lo rindo. A casa tem estado tão quieta desde a semana passada. Olho para seu rosto bonito e mal posso acreditar como tive sorte na vida, com a minha família, com a minha carreira.

Posso perder tudo num piscar de olhos.

Uma escuridão paira sobre mim feito uma nuvem carregada.

Ainda podem descobrir quem Caleb Donaghy era e o que eu fiz. A audiência do caso ainda não aconteceu; não será marcada até semana que vem e as coisas podem ficar ruins depois, principalmente se o dr. Bolger testemunhar, o que tenho certeza de que vai acontecer. E se eu não voltar para a casa depois da audiência? E se hoje for a última vez que jantamos juntos em paz? Como as pessoas sabem que é a última vez? A última vez que farão amor? A última vez que estão deixando sua casa, que falam com um ente querido pelo telefone?

— O que foi, querida? — Minha mãe coloca sua mão sobre a minha.

Balanço a cabeça e percebo que lágrimas estão escorrendo pelo meu rosto.

— Não é nada, foi um dia difícil, só isso. — Fungo e seco os olhos com um guardanapo. Os dois me lançam um olhar analítico, preocupado, esperando saber mais. — Estão investigando a morte do meu paciente da semana passada.

Minha mãe arfa, assustada, e em seguida cobre a boca com a mão um pouco trêmula. Eu me sinto culpada por preocupá-la.

— Não sabia que já tinham começado — ela sussurra.

— Que investigação? — Derreck pergunta em tom profissional. — Do que está falando? Estão te processando?

— Não. — Eu me viro para ele. — Ele não tinha família. Ninguém vai me processar. Mas tem uma promotora investigando a morte do meu paciente.

Nunca vi Derreck com tanta raiva. As pupilas dele dilatam, as feições enrijecem, a mandíbula tensiona.

— Que promotora? — ele pergunta calmo, mas não existe calmaria no olho do furacão.

— Paula Fuselier. Conhece ela?

Ele engole em seco.

— De nome. O governo é pequeno. — Ele range os dentes. Coloco a mão sobre seu antebraço outra vez, tentando acalmá-lo. Ele não se afasta, mas fica ainda mais tenso sob meu toque. — Deve ser minha candidatura a prefeito trazendo problemas.

Não tinha pensado nisso. Faz sentido. Explicaria por que alguém está atrás de mim.

— Acha que Boyd Lampert faria isso? — Olho para ele com as sobrancelhas arqueadas. Por algum motivo não consigo imaginar o prefeito de Chicago tentando manchar a minha reputação profissional só para Derreck desistir da candidatura.

Ele segura sua taça de vinho sem a tirar da mesa. Ele a gira no mesmo lugar, de forma obsessiva.

— Não sei. Talvez. Nos desentendemos com frequência.

— Ah, querida — minha mãe se lamenta. Ela empurra seu prato e coloca as mãos no colo. — Que horror.

— Mas sabe quem mais eu conheço? — Derreck pergunta, com um brilho estranho no olhar. — Conheço Mitchell Hobbs, o procurador-geral do Condado de Cook. Ele é chefe do chefe dessa mulher. Vou ligar para ele.

— Não, não faça isso. — Seguro a mão dele entre as minhas. — Só vai piorar as coisas. O hospital já está envolvido, já comunicaram o departamento jurídico. Virou um problema enorme, se você interferir...

— Não acredito — ele resmunga, se afastando e correndo os dedos pelos cabelos em um gesto de desespero. — Inacreditável.

— Por favor, não ligue para ele — insisto. — Por favor, me prometa. — Eu o encaro até ele desviar os olhos.

— Tá bem, Anne, prometo. Por enquanto. — Ele esvazia a taça em dois goles, então pega o vinho e a enche de novo. — Mas tome cuidado. Não fale com ninguém. Não hesite em pedir seu próprio advogado.

Eu o encaro intensamente, acenando com a cabeça para tudo que ele diz para eu fazer.

— Mas você sabe que esse paciente era...

Derreck coloca os dedos sobre os meus lábios, pedindo silêncio.

— Ele era só um paciente, Anne. Um cara qualquer que acabou precisando fazer uma cirurgia de coração e que, infelizmente, morreu durante a operação. — Ele continua olhando para mim até eu acenar com a cabeça outra vez. — Isso. — Então ele solta o ar pela boca em um suspiro profundo.

— Era uma cirurgia de rotina que não acabou bem. Não é como se tivéssemos corações em estoque caso um não volte a bater depois de um reparo de aneurisma. — Sinto dificuldade para respirar enquanto tento racionalizar tudo. — Tem um comitê que analisa todas as mortes de pacientes e faz uma auditoria das operações. A administradora do hospital antecedeu a data da audiência, para ter um relatório já pronto caso a procuradoria continue investigando. Isso pode acabar muito mal. Podem dizer...

— Isso é um ataque, nada mais. Vamos aguentar firme. — Ele pega a minha mão e leva aos lábios. — Sinto muito que tenha sido alvo disso, Anne. Não é justo. Mas políticos não jogam limpo. — Ele hesita por um momento, lançando um olhar rápido para a minha mãe. — A não ser que vocês queiram que eu desista da candidatura a prefeito.

Outra lágrima rola pelo meu rosto. Não posso pedir para que ele faça isso. É a única coisa que ele sempre quis para si mesmo. Posso suportar um pouco de tensão até novembro, se for preciso. Não muda o que aconteceu na minha mesa de operações nem por quê, mas muda como me sinto sobre isso.

— Não, claro que não, querido.

— De jeito nenhum — minha mãe responde quase ao mesmo tempo que eu. — Você é como se fosse meu filho, Derreck, e estou muito orgulhosa de você. As mulheres Wiley são fortes, caso tenha se esquecido. — Ela ri e desvia os olhos por um instante. — Mulheres determinadas e destemidas com quem pode contar.

— Não deixe esses babacas ganharem — sussurro em meio às lágrimas, pensando em Paula Fuselier na minha mesa. — Vai com tudo para cima deles. Em novembro vai se tornar um ótimo prefeito.

Ele ergue a taça e sorri. A raiva praticamente evaporou, e ele volta a ser o homem carismático e otimista pelo qual sou apaixonada. — Ao futuro, minhas lindas mulheres. — Ele brinda. Nós erguemos nossas taças também.

Um instante de silêncio se instaura, enquanto cada um de nós parece estar imerso nos próprios pensamentos.

Minha mãe fica inquieta na cadeira, então se levanta, deixando o guardanapo sobre a mesa.

— Então acho que esse é um bom momento para mostrar o que li no jornal de hoje — ela diz com a voz trêmula.

Uma pontada aguda de ansiedade percorre meu abdômen, uma manifestação física de hormônios de estresse sendo liberados na minha corrente sanguínea. Eu a observo ir devagar e tensa até sua bolsa, então volta com um jornal dobrado e o coloca no meio da mesa entre nós.

— Isso aqui. — Ela aponta com o dedo em um artigo curto. — Eles não perdem tempo, né?

Derreck o pega antes de mim.

— O que é isso? "Morte suspeita em cirurgia cardíaca sob investigação." — Ele lê em voz baixa, mais desgostoso a cada palavra. — Esse é o título. — Posso ver seus olhos se movimentando rápido para ler enquanto murmura consigo mesmo. — Isso é loucura — ele diz, largando o jornal quando estendo a mão para pegá-lo.

Leio com o ar preso no peito desde a primeira palavra que salta aos meus olhos. O artigo é duro, fala da "menina-prodígio" do departamento de cirurgia cardiotorácica do Hospital Universitário Joseph Lister ter perdido seu primeiro paciente sob circunstâncias suspeitas, cuja morte está sob investigação. O artigo não diz nada sobre Derreck estar concorrendo à prefeitura, o que me parece estranho já que ele é o alvo. No final do artigo aparece a fonte na procuradoria do Estado:

Paula Fuselier.

Preparar, apontar, fogo! Ela acabou comigo.

17
CHICOTE

Não era comum Derreck pedir para vê-la logo cedo de manhã, ainda mais em público. As mensagens dele tinham um tom autoritário e não explicavam o motivo de tanta urgência, mas isso não era necessário. Ela já esperava que algo do tipo acontecesse assim que Anne Wiley fosse para casa se lamentar para o marido sobre a investigação da procuradoria. Havia armado aquilo como uma bomba-relógio, que tinha acabado de explodir. A única coisa que lhe restava agora era torcer para causar o maior estrago possível.

Poucos minutos depois das sete, o estacionamento do Starbucks estava quase vazio, enquanto a fila do drive-in chegava a dar a volta no prédio. Ela preferia assim; não queria muitas testemunhas do que poderia se tornar uma discussão acalorada. Ela seria o centro das atenções um dia, mas não por enquanto.

O carro de Derreck estava parado bem na entrada. Ela estacionou a duas vagas de distância, então se apressou até o interior. Estava quase vazio, mas os baristas corriam para atender os clientes do drive-in. O lugar exalava um aroma de grãos recém-tostados, caramelo e pãezinhos quentes de canela.

Ela olhou ao redor e viu Derreck sentado a uma mesa aos fundos diante de um copo grande de café. Sorrindo como se nada tivesse acontecido, ela foi até ele estalando os saltos de sete centímetros, rebolando bem de leve. Quando chegou na mesa, deixou a maleta em uma das cadeiras vazias.

— Bom dia — ela disse tirando a echarpe de seda branca do pescoço e colocando atrás da cadeira. — Vou pegar um...

— Senta na merda da cadeira e cala a boca. — Derreck agarrou o pulso dela sem dó. Ele a puxou com tanta força que ela quase caiu em vez de se sentar. — Que porra de jogo você está fazendo, Paula?

Ele a encarava com ferocidade, tão irritado quanto ela tinha previsto. Ainda sorrindo, ela o olhou como se nada estivesse acontecendo.

— Não se deve tratar uma dama assim, sr. prefeito. Me solte, depois por favor espere até eu voltar com meu café.

Derreck a soltou, então pegou o copo e o bateu contra a mesa bem em frente a ela, com tanta força que gotículas saíram pela tampa e caíram no blazer azul dela.

— Tsc, tsc — ela exprimiu, ainda sorrindo. — Depois te mando a conta da lavanderia. — Ela pegou o copo, cheirou, então tomou um pequeno gole. Estava pelando, e era um café Java puro. Não um macchiato.

Ela tentou se levantar, mas ele voltou a agarrar seu braço e a jogou de volta na cadeira.

— Senta. Não vai a lugar nenhum até me contar qual é esse seu plano doentio.

Ela não gostou do ardor que viu nos olhos dele. Talvez o tenha levado ao limite. Seu sorriso vacilou, mas ela se controlou e empurrou o café de volta para ele.

— Não gosto disso. Quero outro.

— Problema seu — ele sibilou. — Por que tá perturbando a Anne por causa de um paciente morto?

Ele sempre ia direito ao ponto, o sr. Prefeito. Ela gostava disso na cama, mas não tanto às sete da manhã em um café que logo ficaria cheio.

— Quem sabe eu deveria contar para ela sobre nós. O que acha? Devo parar a investigação, digamos, por motivos pessoais? Contar para ela que temos um caso há alguns meses?

— Você só pode estar brincando comigo — ele respondeu, passando as mãos pelos cabelos algumas vezes como se estivesse caindo na testa. Não estava comprido o suficiente para isso; era um gesto de autocontrole. — Por que está jogando tudo pelo ralo?

Seu sorriso se ampliou. A cenoura que ela estendia na direção dele ainda funcionava. Talvez ele não se importasse tanto com a esposinha, afinal.

— Quem está fazendo isso é você. Não eu. Prometi te ajudar a ganhar a campanha. Não disse que negligenciaria o meu trabalho nesse meio-tempo. A dra. Anne Wiley está sendo investigada pela procuradoria. Achei que, dado nosso acordo, seria melhor para nós dois se eu pegasse o caso para diminuir o estrago.

Ele a encarou, boquiaberto por um instante. Não estava acreditando naquela explicação ainda.

— Diminuir o estrago? Como? Com artigos no jornal? Como isso vai melhorar minhas chances de ser prefeito?

Ela inclinou a cabeça e abriu um meio-sorriso, como se pedisse para ele parar de ser um idiota. Ele tensionou a mandíbula.

— Tenho um trabalho a fazer, Derreck. Foi publicado num jornal qualquer, curto, escondido, invisível o suficiente para não te prejudicar. O artigo não mencionou você, mencionou?

— Não — ele admitiu, relutante. — Não mencionou.

— Sorte que sua esposa não adotou seu sobrenome quando se casaram. — Ela o observou por um instante, para saber se tinha estalado o chicote com força o bastante. Nem fez cócegas nele. — As pessoas não vão ligar você a ela. Não dessa vez.

Ele contorceu as mãos, a cabeça baixa, a boca contraída. Houve um instante de silêncio entre eles, pesado, premonitório. — Como soube do paciente de Anne? Por mim?

Ela não respondeu, apenas o encarou, pensando no que dizer.

— Me responde, inferno! — ele gritou. Dois baristas se viraram para eles. — Seja sincera comigo, só para variar. Seja lá o que for, eu aguento.

Paula soltou uma risadinha, enquanto enrolava uma mecha de cabelo no dedo.

— Típico narcisista que acha que o mundo gira ao seu redor. — Ela fez uma pausa, enquanto ele evidentemente prendia a respiração. — Não, Derreck, não foi por você. Alguém do hospital ligou com uma reclamação para a procuradoria. O caso foi aberto por causa da ligação e eu o peguei.

A raiva dele virou uma surpresa que ele tentou, mas não conseguiu esconder.

— Alguém ligou? Quem?

— Sabe que não posso dizer.

Ele soltou um palavrão baixo.

— Você e eu cruzamos os limites do que é certo há muito tempo, Paula. Tenho certeza de que pode abrir uma exceção e me dar uma dica.

Ali estava: a preocupação com a esposa acima de tudo. Ela havia presumido, já que eles estavam juntos havia tantos anos, que o tédio tivesse afastado os dois, que havia uma rachadura no elo grande o suficiente para separá-los.

— Não devia se preocupar com isso, meu querido sr. Prefeito. Devia se preocupar em cumprir a sua parte no acordo. Quando chegar a hora e meu nome estiver lá entre as opções para procuradora-geral do Condado de Cook, sei que vai honrar a promessa que me fez. Enquanto isso, vou fazer as ligações certas e colocar você à frente de cada caso grande de prisão que seja noticiado. Você vai brilhar, Derreck. Já preparou o discurso para o primeiro?

Ele a encarou como se nunca a tivesse visto na vida, com uma pontada de desprezo no olhar. Ela o odiou por isso.

— Se não puder confiar em você, Paula, não temos mais um acordo.

— Você não pode confiar em mim? — ela perguntou, falando devagar, a voz carregada de ameaças.

— Não, não posso. — Ele a olhou de forma severa, então tomou grandes goles do copo café que ela tinha deixado de lado. — Se tivesse me contado sobre a investigação antes de Anne, antes de eu ter lido no jornal a respeito, então sim, talvez. Mas agora, não sei qual o seu jogo e, para ser bem sincero, para mim acabou. — Ele se levantou e abotoou o terno. — Adeus, Paula.

Ele não tinha dado mais que um ou dois passos quando Paula disse:

— Ainda posso te destruir com a mesma facilidade que posso te ajudar. Não ouse sair andando e me deixar aqui.

Ele congelou no lugar, a olhando por sobre o ombro.

Então, como se estivesse em transe, ele voltou para a mesa e se sentou.

— Vai fazer o quê, Paula? — Ele abriu um sorriso irônico. — Vai virar a amante clichê que não consegue ler nas entrelinhas? Vai contar para minha esposa que temos um caso? — Ele se recostou na cadeira e pousou as mãos no colo. — Talvez acabe sendo a promotora maluca que começa a perturbar a esposa do amante e acaba com a própria carreira. O que acha dessa manchete?

Seu sangue estava fervendo. Ela não imaginou que Derreck a enfrentaria assim, que a deixaria à beira de um surto. Tudo que havia almejado começava a ruir bem diante de seus olhos perplexos.

Não podia deixá-lo escapar assim. Não assim. A primeira coisa que lhe ocorreu foi pegar a arma que deixava na maleta, uma pequena Glock, sempre carregada. Mas então ela se acalmou. Atirar em Derreck não adiantaria nada. Não serviria para nada. Não a faria conseguir nada.

Ela respirou fundo e soltou o ar devagar, apaziguando seus nervos. Ficar louca de raiva não combinava bem com seus planos. Quando falou, sua voz estava controlada e fria:

— Que tal essa manchete: "Candidato promissor à prefeitura é encontrado com vinte gramas de cocaína. Será indiciado em breve." Assim fica melhor para você, sr. Prefeito?

Boquiaberto, ele a encarou sem parecer acreditar.

— Você não faria... Paula, não pode estar falando sério.

Ela se levantou e pegou suas coisas, enrolando a echarpe de seda no pescoço devagar, sendo minuciosa ao fazer um laço elaborado.

— Estou atrasada para ir para o tribunal, Derreck. Nada de mais, só uma acusação de posse de drogas. Você sabe, né? Mais de quinze gramas? Espero conseguir pena máxima, só que ele é réu primário. Mas vou conseguir pelo menos uns cinco anos em uma prisão estadual. Vai ser moleza. — Ela deu uma piscadela e caminhou lentamente até a saída.

Pela grande janela ela pôde ver o reflexo dele se esvaindo. Derreck ainda a encarava sentado, a mão cobrindo a boca.

Ela estalou o chicote forte o suficiente dessa vez. Agora ele a obedeceria.

18
SEGUNDA-FEIRA

Passamos o resto da semana em um silêncio sepulcral, numa tensão que pairava pela casa insuportável, suspensa. Cada um tinha os próprios medos e dúvidas, mas ninguém falava nada. Todos fingiam estar bem. Tenho certeza de que Derreck não estava, já que ficava o tempo todo pesquisando o caso. Minha mãe também não. Passou a maior parte do domingo olhando pela janela, segurando um jornal dobrado na mão, um lápis na outra, mas sem nunca terminar de fazer as palavras cruzadas. E eu não estava muito bem, tomada pela ansiedade ao pensar no dia de hoje.

Às duas da tarde, preciso estar diante do comitê que vai avaliar o caso de Caleb Donaghy. Os membros do comitê terão assistido as gravações em vídeo da operação e terão revisado o prontuário para ouvir as testemunhas e fazer perguntas. O que está em jogo: minha vida inteira, minha licença médica, minha liberdade.

Agradeci por ter um final de semana inteiro para refletir e não pensar no hospital, então fiquei dentro de casa de bom grado, fingindo estar ocupada com uma ou outra coisa, mas, na verdade, me preparando para testemunhar. As coisas que eu diria. As coisas que definitivamente não diria. Coisas que pretendia usar como uma justificativa médica por ter declarado a morte tão rápido, quando, na verdade, o motivo era a identidade do meu paciente. Coisas que precisava perguntar a Derreck.

No domingo, logo antes do jantar que não consegui comer, ele me preparou, me lembrando de manter minhas respostas curtas, claras e simples, mesmo quando estiver diante de outros médicos. Por último, disse para me lembrar que a transcrição do meu testemunho podia ser lida num tribunal ou ser usada contra mim, caso eu fosse presa ou levada para a delegacia.

Esse conselho simples me fez ficar acordada a noite toda.

Hoje, no entanto, estou pronta para o que der e vier. Eu em vesti de forma elegante um terninho azul-escuro e um blazer comprido. Combinei com um salto azul-marinho e uma blusa de seda mais escura ainda. Até passei maquiagem. Foi ideia de Derreck: se alguma coisa der errado e eu ficar vermelha, a base não vai deixar transparecer tanto. Tomei um betabloqueador ontem à noite, outro esta manhã e um terceiro me espera na bolsa para tomar no almoço. Vai evitar que minhas mãos estremeçam ou que minha voz saia entrecortada. Os comprimidos vão amenizar minha reação ao estresse agudo e, em vez de sentir o instinto de brigar ou fugir, vou me manter firme, calma e responder a todas as perguntas como uma profissional que não fez nada de errado.

Antes, porém, tenho que visitar meus pacientes.

Madison acabou de me explicar a agenda do dia e a previsão da semana. Ela não insistiu muito em marcar os horários de consultas e admitir novos pacientes; eu não a deixei. Quero que o dia de hoje acabe logo, então vou poder saber se posso ou não fazer planos para a semana.

Tenho dois pacientes novos me esperando. A sra. Orlowski deu entrada esta manhã. Aos 63 anos, está com uma cirurgia de ponte de safena marcada para amanhã de manhã. Vai passar o dia no hospital refazendo exames de sangue e mais algumas radiografias. O segundo paciente foi transferido da emergência ontem à noite, um caminhoneiro de 43 anos de outro estado que se queixava de dores no peito. A radiografia dele mostrou endocardite na válvula mitral, em estágio bem inicial, mas pediram para eu dar uma olhada.

A ficha de ambos os pacientes está na minha mesa, sobre a pasta vermelha que ficou ali desde a última quinta-feira. Pego as fichas e tomo mais um gole do chá de camomila antes de ir. Não vou tomar nada com cafeína hoje, mesmo que precise mais que ar.

— Falou com a promotora sem o jurídico presente? — A voz alta de M me assusta. Eu me viro e a vejo no meio da minha sala, a porta de vidro atrás dela ainda fechando devagar. Suas mãos estão na cintura, as sobrancelhas juntas formando um ângulo furioso acima do seu nariz. — Você tem quantos anos? Ou é idiota, por acaso? — Ela bate a ponta do pé, coloca a mão na nuca e a esfrega com força. — Se fizer mais alguma coisa para colocar em risco a reputação deste hospital, vai embora mais rápido que soletrar a palavra "demissão".

Minha garganta seca, por mais que eu achasse que estava preparada para aquilo.

— Eu só disse para ela entrar em contato com o jurídico e pegar o resultado da audiência. Só isso. Como você tinha me dito para fazer.

— Não foi isso que mandei você dizer. — Ela olha ao redor como se procurasse algo que não consegue achar. — Quando você ligou para mim semana passada e me contou sobre ela, não achou que deveria ter me contato que já tinha falado com ela? Duas vezes? Ela não precisava saber sobre a porcaria da reunião do comitê, precisava? — Ela coloca a mão na maçaneta da porta, mas não vai embora, só a segura, seu movimento interrompido enquanto o corpo todo vibra sob pressão, feito uma locomotiva a vapor superaquecida. — Não deveria ter dito absolutamente nada para ela. Nem uma palavra. E não é isso que ouvi dizer que aconteceu. Depois de eu já ter te avisado. — Ela aponta um dedo ameaçador para mim.

Alguém contou. Alguém sempre abre a boca. Isso é de praxe. É claro que as paredes de vidro não ajudam a manter segredos.

— Eu realmente não disse nada. Não havia o que dizer e eu não...

— Guarde para o comitê, dra. Wiley. — Ela sai sem olhar para mim outra vez.

Nunca me senti tão envergonhada em toda a minha vida. Nem com tanto medo.

Posso perder tudo.

Dentro de algumas horas vou estar diante dos meus colegas, justificando cada decisão minha naquele dia, cada ação, até mesmo as injustificáveis.

Depois da audiência, provavelmente assim que sair da sala de reuniões, talvez eu encontre policiais me esperando, prontos para me levarem algemada. Não importa o quanto eu tente tirar essa imagem da cabeça, eu não consigo. Não consigo nem imaginar o que eu faria se isso acontecesse. Prefiro que o chão se abra e me engula viva.

Isso quase nunca acontece quando precisamos.

Tinha planejado ver M antes da reunião e pedir para ver os resultados da autópsia, para ir mais preparada. Agora isso está fora de cogitação. Ela me expulsaria do escritório dela antes mesmo que eu abrisse a boca.

Quando sinto que estou prestes a desabar, pensar em Melanie me dá forças. O que eu fiz, fiz por ela e por mais ninguém. Não era um plano que eu vinha tramando, nem sequer cogitando, eu só tinha a lembrança da minha irmãzinha morrendo de medo ao ver Caleb Donaghy no banco no parque. As marcas na perna dela. Os resultados da autópsia mostrando anos de trauma e de abuso indescritível.

É por isso que meu paciente está no necrotério agora.

Por causa do que ele fez.

Se o fato de eu ser a única pessoa a poder trazer justiça para Melanie acabar com a minha vida, pelo menos vou poder me ancorar nisso. Saber que vinguei o sofrimento e a morte da minha irmãzinha.

Mesmo assim, a pergunta continua permeando minha mente feito um pequeno inseto chato que não para quieto. *Por que* o coração dele não voltou a bater para começo de conversa.

Madison me lembra de seguir adiante com minhas tarefas. Já estou atrasada.

Quando começo a ronda, o motorista de caminhão foi transferido para o dr. Fitzpatrick a pedido de M. Agora ela está tirando meus pacientes. Meus olhos queimam com lágrimas quando saio do quarto dele e sigo para ver a sra. Orlowski, da ponte de safena, pronta para ela ter sido transferida também.

Não foi.

Ela me espera, pálida e monossilábica, enquanto Ginny mede sua pressão. Algumas pessoas agem assim quando estão com medo, como se abrir a boca e falar sobre suas angústias de alguma forma diminuísse quem são. Infelizmente, esse estresse internalizado aumenta o risco da operação fracassar. Faço uma nota mental para voltar depois da reunião com o comitê, para animar ela um pouco.

Agora não tenho tempo, e minha cabeça teima em pensar em outra coisa.

— 145 por 97, doutora — Ginny anuncia.

Abro o prontuário e procuro o remédio dela. Ela já está tomando dois para a pressão.

— Um pouco alta para alguém que está em repouso — digo com um sorriso encorajador. — Mas nada que não possamos tratar. — Faço uma anotação no prontuário e o entrego para Ginny.

— Os resultados dos exames já saíram — Ginny diz, provavelmente percebendo que não os notei. Ela me devolve o prontuário e eu folheio as páginas, procurando os exames de laboratório da sra. Orlowski. Então os encontro, bem-organizados e de fácil interpretação. Os valores fora do normal estão listados no topo da página, em negrito, perceptíveis. O colesterol dela está mais alto que o normal, mas nada absurdo. Triglicéride também está alto. Nada de inesperado. O restante está normal, principalmente os valores que preciso verificar antes da cirurgia, como fatores de coagulação, glicemia e hemoglobina. Essa não é a primeira bateria de exames dela e está de acordo com o que já tinha visto.

Gosto de visitas sem nenhuma surpresa.

Fecho o prontuário e sorrio.

— Volto dentro de algumas horas para conversarmos um pouco mais. Acho que sua pressão está alta devido ao estresse. — Ela me encara sem dizer nada. — Talvez se conversarmos um pouco vai abaixar.

Dou a ela alguns instantes. Nada. Olho para o relógio e vejo que não posso mais esperar. Aceno com a cabeça e saio do quarto, fechando a porta com cuidado antes de voltar para minha sala.

Estou quase pronta, empilhando papéis sobre a pasta vermelha do Donaghy. Peguei tudo que me passou pela cabeça, inclusive alguns artigos de especialistas sobre quando declarar a hora da morte depois de uma cardioplegia. Eu os imprimi ontem à noite e marquei as seções que sustentavam minha decisão, mesmo que indiretamente. Encontrá-las foi como achar uma agulha no palheiro.

Então meu celular começa a tocar alto, me assustando. Solto um palavrão baixinho. Estou tão tensa que não faço ideia de como vou sobreviver a essa audiência. Mas é o toque de Derreck e preciso ouvir imediatamente sua voz, sua força.

— Oi — digo baixinho, me virando para a janela para ter um pouco de privacidade.

— Oi, tudo bem? — Ele finge um tom descontraído, mas posso sentir a tensão na sua voz. — Já almoçou?

Solto uma risada de leve ao lembrar do betabloqueador que deveria ter tomado.

— Geralmente pedimos aos pacientes para se apresentarem para a cirurgia em jejum.

Minha tentativa de fazer piada soa forçada e falha miseravelmente.

Um instante de silêncio, então ele pergunta.

— Aquela promotora bisbilhoteira apareceu de novo?

Paula Fuselier. Só de pensar nela sinto como se levasse uma facada no estômago.

— Por sorte, não. É a última coisa de que preciso hoje. Por quê? Está sabendo de alguma coisa?

— Nada — ele responde, um pouco rápido demais. Ele deve ter feito aquela maldita ligação para a procuradoria. Malditos homens e sua necessidade intrínseca de proteger mulheres. Se M souber disso estou frita. — Só queria saber como você está. Sei que está passando por um momento difícil — ele acrescenta e na hora me sinto culpada por meus pensamentos amargurados.

— Obrigada — respondo depois de um suspiro profundo. — Hora de cruzar seus dedos por mim. A audiência começa em dez minutos.

— Dedos da mão e do pé. Me ligue assim que tiver notícias. Cancelei todos os meus compromissos da tarde.

Quando desligo, a sala é preenchida por um silêncio estarrecedor. Eu me lembro do betabloqueador e o tomo, então saio com uma pilha de papéis e a pasta vermelha do Donaghy.

Minutos depois abro a porta da sala de reuniões e entro, olhando ao redor em busca de rostos conhecidos. Todos os membros do comitê são cirurgiões titulares e chefes de departamento, pessoas cuja opinião médica tem bastante peso. Tenho alguns amigos ali, como o dr. Seldon, mas também inimigos, como o dr. Bolger, que abre um sorriso maquiavélico quando me vê. Ele deve ser o primeiro a testemunhar.

A presença de uma pessoa me enche de pavor. Ele está sentado ao lado de M, um homem corpulento de terno cinza-escuro, camisa branca e gravata vermelho-sangue. Seus olhos miúdos me encaram com curiosidade e preocupação quando acena com a cabeça, então ele desvia o olhar.

Só o vi poucas vezes. É Aaron Timmer, o advogado-chefe do hospital.

Isso não é uma simples audiência de caso.

É muito pior do que eu imaginei.

19
PROVA

Em algum momento daqueles últimos meses, ela havia se apegado demais a Derreck.

Essa conclusão a fez se levantar de repente da cadeira e andar de um lado para o outro do seu escritório pequeno, observando o trânsito intenso do centro da cidade da janela do terceiro andar. Segunda-feira de manhã o tráfego estava no auge: um buzinar constante, que quase sempre acabava em um acidente. Mas hoje, as duas fileiras repletas de carros passando pela iluminação dos postes de rua pareciam estar a quilômetros de distância, quase em uma outra vida.

Seus pensamentos estavam em Derreck Bourke.

No começo, Paula achava que poderia usar o corpo como arma para conseguir o que queria, principalmente depois de conhecer Derreck e ver que ele não era nem um pouco de se jogar fora. Tinha alguma coisa nele que a fazia acreditar que ele poderia ser o próximo prefeito de Chicago, nas circunstâncias certas. Ele tinha uma presença calma, forte, e seus ombros largos e a testa proeminente ajudavam nisso, ou talvez fossem seus olhos profundos e azuis que miravam o horizonte como se em busca de uma epifania. Ele era inteligente e eloquente, além de conseguir discutir qualquer assunto sem ofender ninguém, não importava o quão agressivo seu oponente se tornasse. Ele era material para a Casa Branca, mesmo se ele mesmo ainda não soubesse.

Por meses ela achou que conseguiria não se apegar emocionalmente, continuando fria, racional e determinada, uma profissional em busca de um objetivo. Ela não tinha um pingo de peso na consciência por dormir com ele com um intuito prático em mente; muitos antes dela tinham feito o mesmo e ninguém se importava, desde que não lessem a respeito nos jornais. Mesmo as mulheres mais trabalhadoras levavam a fama de terem chegado lá na base de favores sexuais. Com quem ela dormiu para conseguir aquele emprego, ou papel, ou publicação, ou seja lá o que for? Sempre havia alguém para fazer essa pergunta. Fazia parte do estigma de ser mulher, que provavelmente continuará por muitas gerações.

Mas dada a sua vulnerabilidade acarretada por anos de solidão, ela acabou se apegando aos poucos a Derreck. Ele não era só uma data marcada no seu calendário; era a mensagem ou ligação pela qual ela ansiava, animada. Ele era o motivo pelo qual ela passou a frequentar lojas caras de lingerie muito mais do que antes.

Ardilosas e inescapáveis, suas emoções emaranharam tudo de uma forma desagradável.

Ela estava se apaixonando por Derreck? Ou já tinha se apaixonado?

Queria dar um tapa na própria cara. Um plano perfeito precisava de uma execução perfeita, e ela era forte. Se não acreditasse em si mesma, como poderia esperar que outros também acreditassem? Mesmo assim, ela tinha se tornado o clichê decepcionante, a mulher fraca e obcecada que acaba se apaixonando pelo homem errado.

Ela ficou o final de semana todo esperando um sinal de vida de Derreck, andando de um lado para o outro pelo apartamento, sem conseguir se concentrar. O celular ficou teimosamente silencioso, e ela também não mandou mensagem para ele. Depois do encontro deles no Starbucks na sexta de manhã, não precisava ser um gênio para adivinhar que ele não queria mais nada com ela. Aquela tarde no LondonHouse na semana anterior foi provavelmente a última vez que ele a envolveu em seus braços.

E, então a dor profunda e esmagadora a atingiu, pensar que havia perdido o amor dele. Quando foi que começou a se importar com isso? Talvez na mesma hora em que não conseguia mais ouvir o nome Anne Wiley dos lábios dele sem ranger os dentes.

Mas estava mentindo para si mesma ao considerar que Derreck sequer a amou. Isso ficou bem claro naquela manhã de sexta. Ele estaria sempre, em primeiro lugar, ao lado da esposa. Paula não era nada mais que um caso passageiro, algumas tardes furtivas em quartos de hotéis chiques com champanhe, aperitivos e muito sexo acalorado.

Seu plano estava desmoronando por completo. Se alguma coisa pudesse ter sido remendada, ela a quebrou de vez na manhã de sexta, ansiosa para estalar seu chicote imaginário e mostrar que era ela quem mandava, não ele. Achava que tinha conseguido o que queria, lá no café. Então por que ainda se sentia de luto?

Porque havia se apaixonado sem perceber. *Como alguém pode ser tão idiota?*

Em algum momento ela deveria ter se lembrado de suas prioridades. O que queria desse relacionamento? Quão importante eram seus objetivos? Se Derreck era mais do que uma ponte para alcançá-los, ela deveria ter percebido isso antes e ter feito alguma coisa.

Paula ainda sabia como ele funcionava. Ao contrário dela, as prioridades de Derreck pareciam ser as mesmas. Concorrer à prefeitura em novembro. Ganhar a eleição. Ela ainda poderia ajudá-lo e talvez esse fosse o caminho para voltar aos braços dele.

Mas para quê? Ele nunca deixaria a esposa, não enquanto estivesse viva.

Enfim um sorriso frio se desenhou nos lábios de Paula. Era possível exterminar alguém de mais de uma forma. E homens poderiam mudar de ideia; não era algo difícil de conseguir para uma mulher inteligente e determinada.

Com essa conclusão seu sorriso se ampliou. A semana seria excelente. Precisava estar no tribunal dentro de algumas horas, mas estava preparada e não previa qualquer problema que dificultaria conquistar mais uma vitória.

Depois de uma batida rápida a porta se abriu. Adam Costilla, seu investigador, sempre entrava daquele jeito, como se fosse uma equipe inteira da SWAT derrubando a porta de um suspeito. Isso sempre fazia sua alma sair do corpo.

— Bom dia, chefe — ele disse, se segurando na porta como se tivesse decidido não entrar. — Qual o veredito naquele testemunho do Degnan? — Ele arfava, sem ar, gotículas de suor cobrindo a testa. Deve ter subido as escadas outra vez.

— Oi, Adam — ela respondeu, sem erguer os olhos do arquivo que folheava. — É, conseguimos uma intimação para o menino testemunhar. — Ela lhe entregou um papel.

Ele deu dois passos duros para dentro do escritório e fechou a porta. O piso rangia sob o peso dele.

— Sabe, não entendo você — ele disse, a respiração ainda ofegante. — Não sei mais quem você é. Costumava se importar com essas crianças.

— O chefe foi muito claro sobre isso. Ele não vai admitir uma perda e não podemos arriscar. Tudo pelo que trabalhamos...

— Se esse bandido ficar livre depois de matar a esposa mesmo com todas as provas que temos contra ele, vamos ficar na cola dele feito um carrapato e enfiar ele na cadeia no segundo em que ele cuspir na rua. — Ele colocou as mãos na cintura e soltou um suspiro amargo. — Mas não coloque a vida desse menino em risco, Paula. Não vale a pena.

Ela precisava admitir que ele tinha razão. Para tudo havia um limite e o sistema não deveria obrigar crianças a fazerem reconhecimento de assassinos nem meninos de onze anos a testemunharem num tribunal.

— Não temos escolha. A decisão é do Hobbs, é ele quem manda. Se não ganharmos, vão nos tirar do caso e dar para outro promotor, alguém que faça o que ele quer. Não posso arriscar. Seria jogar minha carreira pela janela, e para quê? Simon Degnan acabaria testemunhando de um jeito ou de outro.

Adam a encarou como se ela fosse a pior das pessoas. Tinha algo direto e inexorável no jeito dele, valores intrínsecos que o mantinham no caminho certo enquanto um forte clamor por justiça ardia em seu âmago. Ele enfrentava qualquer um que fosse contra esse mantra interior, mesmo que fosse Paula.

Ela esfregou as mãos, com frio, seus dedos gelados como se o vento cortante daquela manhã de segunda-feira tivesse entrado no escritório, sobrepondo o ar quente vindo do aquecedor.

— Os Degnan pediram uma audiência de competência.

— Hã... quem será que deu essa ideia para eles? — Adam disse rindo, inclinando a cabeça um pouco para a esquerda.

— Caramba, Adam... Tá do lado de quem, afinal?

O riso dele morreu na hora.

— Achei que sabia, Paula. Justiça é a única coisa pela qual sempre lutei. E você também era assim.

Ela bufou com desdém, irritada, andando de um lado para o outro enquanto o encarava feio.

— Intimar uma testemunha em um caso de assassinato está dentro da lei.

— Eu disse justiça, Paula, não lei. Tem uma diferença aí com a qual um dia você já se importou. Parece que o ar fica cada vez mais rarefeito aqui, nesse prédio, quanto mais alto se sobe. As pessoas não sabem mais diferenciar o certo do errado.

Eles se encararam por um instante tenso, então ela desviou o olhar. Adam tinha razão. Quando ela fosse a procuradora-geral do Condado de Cook garantiria que crianças seriam poupadas. Mas, até que isso acontecesse, ela tinha um chefe para obedecer.

— Segunda que vem garanta que ele compareça, Adam, e que esteja pronto para testemunhar. Se o juiz permitir, claro. — Ela tinha que admitir, Adam era esperto. Ela fechou a pasta do caso em pé mesmo. Então perguntou: — Como está indo o caso de Caleb Donaghy?

Ele apertou os lábios por um tempo, então puxou seu caderninho e folheou as páginas.

— Não tive muito tempo e não tem nada para descobrir, pra falar a verdade. Procurei em todo lugar que consegui e não tem nenhuma relação entre a doutora e o cara que morreu. Esse Donaghy era um bêbado e um babaca, chegou a ser preso duas vezes por agressão e lesão corporal nos últimos dez anos. Nada antes disso. — Ele deu de ombros e fechou o caderno.

— Falou com alguém que o conhecia? Família, amigos, vizinhos?

— Não tinha nem família nem amigos. Falei com o barman num bar perto de onde ele morava e ele me mandou ir para o inferno. Perguntei o motivo e ele disse que falaria o mesmo para Donaghy. Então falei que o cara estava morto e o barman cuspiu no chão e disse "já foi é tarde". Foi a única referência de caráter que consegui.

Que ótimo.

— E a cirurgiã?
— O que tem ela? — Ele parecia realmente confuso e um pouco preocupado, já que algumas linhas se formaram na sua testa.
— Finanças?
Ele riu outra vez, parecia cético.
— Olha, só tive alguns dias, tá?
Ela abriu um sorriso tímido:
— E?
Ele balançou a cabeça.
— Só olhei por alto, por enquanto. Não achei nada. A doutora é cheia da grana.
— Dinheiro do marido?
— Nada, pelo contrário. Ela é que tem dinheiro. Investimentos da família, no geral, mas ganha um bom dinheiro enfiando a faca nas pessoas. Os cheques que pagaram pela propaganda eleitoral do marido dela na TV estavam em nome da mãe dela. Sua médica casou com um cara liso.
E ali estava o motivo pelo qual Derreck nunca largaria a esposa. *Maldita mulher...* Mesmo sem saber ela sempre ganhava.
— Tá. Registros de ligações?
— Nada ainda. Preciso de um mandado antes. A dra. Wiley não é um vagabundo qualquer de quem não preciso respeitar os direitos. Essa mulher tem bala na agulha e eu não vou brincar com fogo.
— Então esquece os registros das ligações. Não temos o suficiente para conseguir um mandado.
— Achei que não mesmo. Por que estamos investigando essa cirurgia? Alguém fez uma reclamação?
Ela pensou com cuidado na resposta por um instante. Todas as queixas oficiais eram registradas em um sistema ao qual Adam tinha fácil acesso. Não adiantava mentir para ele, como ela fez com Derreck.
— Não, ninguém fez uma queixa.
Ele deu de ombros outra vez.
— Então por quê?
— Ouvi um boato, tá bem? Estava no hospital por razões pessoais e ouvi algumas pessoas conversando. É como se alguém tivesse feito uma queixa, no caso: eu.
Ele assobiou sem acreditar.
— Isso não é nada, Paula. Você não tem nada. As pessoas falam besteira o dia todo. É o que mais fazem.
— Ainda quero que investigue, e sou eu quem mando, tá bem? — Sua voz saiu afiada feito uma faca. A temperatura do cômodo chegou até a esfriar alguns graus. — Me avise se for preciso pedir para outra pessoa investigar o caso.

— Não precisa, chefe. Vou fazer. Como sempre faço tudo o que você me pede.

— Então descubra porque Caleb Donaghy morreu, tá bem? Alguma coisa aconteceu e eu preciso saber o quê.

— Entendido — ele respondeu, claramente mais cauteloso. — Por falar nisso, fui no hospital hoje, lenço na mão, balões, sentei e fiquei esperando perto da sala da sua doutora, para ver se descobria alguma coisa. Vai ter uma audiência hoje às duas. Vão analisar o caso de Donaghy internamente.

— Hoje? Era para ser na quarta-feira! — Ela ergueu o tom de voz, frustrada. Planejava aparecer na sala de Anne antes da audiência para desestabilizá-la. — Que inferno!

Adam ficou boquiaberto.

— E daí? Que diferença faz quando vai ser a audiência do caso? É rotina quando um paciente morre, não é?

Ela se controlou. Adam era seu amigo de muito tempo, mas ele só faria vista grossa até certo ponto.

— Planejava falar com ela antes da audiência, só isso. Queria conseguir uma cópia do relatório de autópsia de Donaghy.

Adam ficou olhando para ela por um instante, curioso.

— Paula, nós aqui investigamos as coisas de uma certa forma. Não assim. Temos procedimentos por um motivo. Conseguimos mandados, fazemos solicitações de documentos, e por aí vai. Sim, entrei lá escondido com um monte de balões para ver qual é que era, mas foi só porque somos amigos e você me pediu.

Ela desviou o olhar por um momento e então voltou a encará-lo com firmeza, com um pouco mais de gratidão no olhar.

— Obrigada, Adam, de verdade. Você é o melhor. — Ela juntou as mãos e foi atrás da mesa, como se quisesse manter certa distância entre eles. — Confia em mim, nessa, tá? Se não achar nada em mais uns dias então vamos deixar para lá.

— Tá bem, você que sabe. — Ele equilibrou seu peso no outro pé, como se estivesse pronto para ir embora. — Onde quer que eu procure agora?

— O registro das ligações seria ótimo, se conseguir, sabe, sem um mandado por enquanto. Senão vamos olhar mais a fundo nas finanças dela. Procure contas no exterior, problemas de declaração de imposto, investimentos em criptomoedas. Talvez esteja vendendo fentanil por fora.

Ele esfregou o queixo por um tempo.

— Acho que não, mas vou procurar.

— Por que diz isso?

— Ela é doadora permanente do Médicos sem Fronteiras. Todo mês ela doa boa parte do salário para essa organização e algumas outras. Ela não tem perfil de alguém que venderia drogas. — Ele hesita, encarando Paula, mas ela ignora o olhar curioso dele e checa o arquivo de um caso diante dela, absorta em pensamentos.

— Tá bem, talvez não esteja traficando fentanil, concordo com você, mas tem alguma coisa errada com essa mulher. Descubra o que é, Adam. Procure nas redes sociais, pergunte aos vizinhos, amigos, veja o que dizem dela. Em algum lugar vai encontrar uma pista.

E então espero que o mundo todo dela desabe, ela disse para si mesma.

Adam arqueia as sobrancelhas, mas acena com a cabeça.

— Claro, chefe. Não importa o que ela tiver feito, seja atravessar fora da calçada ou jogar lixo em algum beco escuro nos últimos vinte anos, vou descobrir para você.

Paula o encara fixamente.

— Sei que ela matou Caleb Donaghy. Assassinou ele. Pode apostar. Só me arrume provas.

20
AUDIÊNCIA

Eu me sento na imensa sala de reuniões e olho em volta. Não recebo um olhar amigável ou um sorriso encorajador de ninguém.

Oficialmente é chamada de audiência de revisão por pares, embora seus cargos estejam acima do meu. São meus chefes e os chefes deles, pessoas que podem alavancar ou acabar com a minha carreira nesse hospital ou no país todo. A maioria usa jalecos brancos sobre uma vestimenta formal, blazers em vez do uniforme branco e engomado do hospital.

O cômodo é inundado por raios de sol filtrados por persianas semiabertas. Há arquivos sobre a mesa e espalhados em cada assento, vazios ou não. Isso quer dizer que ainda tem gente por chegar. Num gabinete lateral estão duas garrafas de café, uma marcada como descafeinado, e uma terceira com água quente para chá. Duas pilhas de copos de plástico estão na bancada, ao lado de uma bandeja com água gelada e picolés.

Ainda dá tempo de pegar um pouco de água antes da audiência começar. Não vou exagerar, receosa de beber água demais por causa do estresse e acabar precisando ir ao banheiro. Até num ambiente médico ficaria com vergonha de pedir um recesso curto.

O arquivo à minha frente está etiquetado com o nome do paciente morto e o número do caso. Eu o abro e folheio as páginas. Está bem separado por divisórias. A assistente de M fez um bom trabalho, organizando esses arquivos com o rigor de uma apresentação da Diretoria.

As primeiras seções são o histórico do caso, os exames e as radiografias. Depois há um depoimento do dr. Bolger que enche meu peito de raiva e faz meus olhos marejarem. Ele me acusa de negligência grave e exige que minha licença médica seja cassada por incompetência. Preciso de toda a força que me resta para me acalmar e não ir correndo até ele e dar um tapa bem naquela cara arrogante dele.

A última seção do arquivo é o relatório de autópsia. Prendo a respiração enquanto viro a página e começo a ler. M trouxe o médico-legista do Condado de Cook para fazer a autópsia, em vez de um dos nossos cardiologistas, como geralmente é feito. Ver o nome dele e seu título carimbado na última página do relatório é mais uma confirmação de que essa não é uma audiência de caso qualquer.

Sinto que estou num tribunal sendo julgada por assassinato.

Talvez esteja.

Volto para o início do relatório de autópsia e começo a ler. O médico-legista examinou o reparo de aneurisma, a sutura, o enxerto de Dacron e não encontrou nenhum erro na cirurgia. Escreveu duas páginas de constatações, desde o fígado gorduroso e inchado com diversos cistos, até pedras no rim e um pequeno tumor adrenal, então resumiu tudo em um único parágrafo que me isentava de toda a culpa.

Fecho os olhos por um momento de gratidão quando um alívio enorme toma conta de mim. Então volto para a página anterior, onde algo chamou minha atenção.

Concentração superior de potássio encontrada nas cavidades cardíacas, provavelmente vestígios de solução de cardioplegia usada na operação, mas não muito superior que o normal. Vestígios de solução salina.

Enxaguei bem aquele coração, lavando-o por dois minutos completos com solução salina. Não deveria haver nenhum vestígio de solução de potássio impedindo o coração de voltar a bater.

A sala gira ao meu redor por um instante, enquanto tento me lembrar.

Sempre faço do mesmo jeito. Depois de tantos anos de operações, vira rotina a ressuscitação de um paciente; não é algo que de repente você esquece como faz direito. Assisti às gravações da cirurgia inúmeras vezes e não vi nada fora do normal.

Por um momento, penso em perguntar para M sobre isso, então imagino o que Derreck me diria se eu o fizesse. Sim, eu seria uma idiota. Aaron Timmer está bem ao lado dela, o chefe do jurídico, como se ela quisesse ter certeza de que está protegida, não importa o que aconteça. É hora de manter minhas preocupações para mim e só sobreviver à audiência sem perder minha licença, minha liberdade e manter minha vida intacta.

— Agradeço a todos por estarem aqui — M anuncia e a conversa baixa da sala cessa, deixando um silêncio tenso. Olho para a frente, grata pelo assento bem à minha frente estar vazio ainda. — Todos tiveram tempo para ler as informações do caso e a gravação da operação. — M olha ao redor como se para se certificar de que não há discordância de ninguém. — Está bem então, vou começar com os depoimentos, então vamos pedir para a dra. Wiley responder algumas perguntas do grupo.

Mais um instante de silêncio, enquanto a maioria dos meus colegas tenta ao máximo não me encarar. O dr. Seldon está ocupado com seu copo de café. O dr. Fitzpatrick, meu chefe, folheia as páginas do relatório, fazendo anotações com uma caneta verde. O dr. Dean, o ecocardiologista da minha equipe, balança o pé, claramente nervoso. Só o dr. Bolger está sorrindo.

Merda.

De repente me pergunto quanto estrago aquela promotora já fez. E se Paula Fuselier falou com o dr. Bolger? E se foi ele que fez a denúncia? Se ele contou o que escreveu no depoimento, não é de surpreender que ela queira me ver na cadeia. Um turbilhão de pânico me invade. Olho para trás para a mesa do balcão onde a água e os picolés estão, lamentando não ter enchido um copo quando podia.

— Dr. Bolger — M diz —, você tem a palavra.

Ele se levanta e me fuzila com um olhar de reprovação, então limpa a garganta enquanto ajusta a gravata.

— Já trabalhei com a dra. Wiley e a equipe dela várias vezes antes desse caso. Até demais, eu diria. Ao longo dos anos, eu informei à diretoria do hospital sobre minhas ressalvas em relação ao desempenho da dra. Wiley e avisei que isso acabaria acontecendo. A dra. Wiley é relaxada demais para ter bons resultados cirúrgicos. A suposta equipe dela está sempre tagarelando e ouvindo música, provavelmente distraída demais para se atentar aos principais detalhes que podem ser uma questão de vida ou morte na sala de cirurgia. Assim como outras cirurgiãs mulheres, a dra. Wiley não é biologicamente equipada para reagir de acordo. Falta... pulso firme — ele diz, erguendo o punho fechado. — Ela desistiu de Caleb Donaghy depois de apenas 23 minutos de tentativa de ressuscitação. Por quê? Essa é a pergunta que vocês devem se fazer. Sim, a cirurgia foi bem-feita. Sim, a sutura dela estava perfeita, a técnica dela é impecável. Por séculos, os dedos delicados das mulheres têm lidado com linha e agulha de forma muito melhor que os dos homens. Mas quando a questão é vontade, força e determinação necessárias para uma ressuscitação que leve o tempo que for preciso para salvar uma vida, a dra. Wiley não tem o que é preciso. Nem um pouco. — Ele respira e olha ao redor da mesa. — Essa é só uma das suas vítimas que ainda estão por vir. — Ele dá um aceno frio e senta.

M o encara por mais tempo que o de costume.

— Obrigada, dr. Bolger. — Então ela se volta para a esquerda. — Dr. Seldon?

Meu mentor se levanta e alisa a gravata como se para se certificar de que está perfeitamente lisa, então abotoa o jaleco. Ele não olha para mim, nem por um segundo sequer.

— Obrigado, dra. Meriwether, serei breve.

Ótimo. Aquele filho da mãe do Bolger demorou o tempo que foi preciso, mas meu único amigo aqui está com pressa.

Naquele instante, percebo que o arquivo de M é da mesma cor que os outros, mas cerca de um dedo mais grosso. O que raios ela tem ali que eu não tenho? Esse não é um dia bom para ser surpreendida.

— Quinze por cento — o dr. Seldon diz. — Essa é a taxa média de mortalidade intraoperatória do nosso departamento de cirurgia cardiotorácica, e nós estamos entre os cinco melhores do país. Eu e vocês — ele aponta para o dr. Fitzpatrick e para um cirurgião mais jovem —, nós temos mais ou menos essa média. Perdemos pacientes. Acontece. Mas isso nunca aconteceu com a dra. Wiley, não até esse paciente. — Ele bate os dedos contra a pasta do arquivo. — Caleb Donaghy foi o primeiro paciente dela a morrer em cirurgia. — Uma pausa. — Não sei vocês, mas eu a invejo por isso. — Uma risada leve e abafada percorre a mesa. — Perguntei várias vezes como ela conseguia. — Ele enfim olha para mim com um sorriso. — A dra. Wiley me disse que mantém a morte longe com muito trabalho, espírito de equipe, música e descontração, ou seja, mantendo um ambiente onde todos se sentem à vontade para expressar quaisquer ressalvas. Fora isso, ela não sabia o que mais podia me dizer. — Outro momento de silêncio tão profundo e tenso que consigo ouvir o dr. Bolger rangendo os dentes. — A incrível taxa de cirurgias bem-sucedidas dela pode ter sido sorte? Talvez. Não tenho como saber, mesmo tendo sido mentor dela. Mas eu sei que alguém com uma taxa de mortalidade tão baixa merece a minha confiança quando declara uma morte. Não vou questionar essa decisão. — Ele olha para Bolger e seus olhos simpáticos e cansados ficam frios e afiados feito aço. — Mesmo que ela seja uma mulher.

Ele se senta e sussurra um "obrigado" para M. Então olha para mim e eu abro um sorriso grato. Ele acena com a cabeça num encorajamento silencioso.

— Mais alguém quer dar um depoimento? — M pergunta, então aguarda por cerca de quinze segundos antes de continuar. — Dra. Wiley, o comitê tem algumas perguntas com base na leitura do arquivo do caso e nas gravações da operação.

Eu me levanto e limpo a garganta, seca e porosa feito papel. Mas estou pronta, como jamais estarei.

— Dra. Wiley, o hospital verificou suas estatísticas cirúrgicas e reparou que em três outros casos, quando o coração não voltava depois da cirurgia, você ficou em média 43 minutos até restabelecer o ritmo sinusal. Em um dos casos, você trabalhou no coração do paciente por quase duas horas. Correto?

— Sim. — Pelo menos acho que sim. Não lembro com toda a certeza, mas não é a hora nem o lugar para dizer isso. M não mentiria a esse respeito.

— Então a pergunta é, por que desistiu tão rápido no caso de Caleb Donaghy? O que ele tinha de diferente?

A pergunta traz uma contração de escárnio amarga aos meus lábios, mas eu a controlo para que passe despercebida. *Talvez outros pacientes não fossem monstros que merecessem morrer.* Mas é claro que não posso dizer isso.

— O coração dele — respondo, calma. Derreck ficaria orgulhoso de mim. — Na maioria dos casos, enxaguar o coração com solução salina aquecida e preencher as cavidades com sangue basta para fazer o músculo voltar a bater. Sim, talvez seja preciso de um pouco de fibrilação, mas então usamos o desfibrilador para reestabelecer o ritmo sinusal. O dele era diferente.

— Diferente como?

— Enxaguei com solução aquecida por quase dois minutos. — Verifico minhas anotações enquanto falo. — Pode ver na gravação se quiser — M acena. — Então soltei a pinça e enchi o coração de sangue, mas não aconteceu nada. Nem um frêmito mínimo. Absolutamente nada. — Olho ao redor da mesa. Vejo olhares curiosos, um pouco de empatia e um ódio bem claro vindo do dr. Bolger. O advogado sussurra alguma coisa para M e ela sussurra algo em resposta.

— Isso já aconteceu antes? — M pergunta.

— Não, nunca. Na falta de uma maneira melhor de falar, o coração já estava morto.

Assim que as palavras saem da minha boca tenho vontade de revirar os olhos para mim mesma. Uma declaração tão idiota, mesmo que verdadeira. Derreck rebateria logo em seguida com um "Ah, é? E quem senão você o matou?".

Por sorte M não faz isso.

— Mas ainda fez tentativas de ressuscitação?

— Claro. O tempo todo que trabalhei no coração, seja com o desfibrilador ou com a massagem cardíaca, não senti nem um centésimo de vibração, nem a menor fibrilação sequer. Nada. Foi por isso que declarei a morte.

— O paciente estava no ECMO, certo? — M pergunta. — Você poderia ter continuado tentando ressuscitá-lo por até duas horas. Mesmo assim resolveu parar depois de 23 minutos, por quê?

Respiro fundo, na esperança de encontrar a resposta certa para uma pergunta que não posso responder. Eu me apressei em declarar a morte depois de ver o rosto dele? Sim. Queria vê-lo morto, no subsolo, no necrotério, fechado numa câmara mortuária?

Eu queria mais que isso. Tinha medo de que ele voltasse à vida depois do destino me pregar uma peça e ser obrigada a fechar seu peito e deixar que ele continuasse vivo depois de tudo que ele fez. Não podia permitir que isso acontecesse. Simplesmente não podia.

— Dra. Wiley? — M insiste.

Percebo que lágrimas estão acumulando nos meus olhos. Respiro, as engulo e reorganizo meus pensamentos.

— A resposta é a temperatura do miocárdio — digo, hesitante a princípio, então ficando mais firme conforme explico. — Cardioplegia protege o coração baixando a temperatura perto do congelamento. Quando a temperatura normal é reestabelecida, o coração não está mais protegido. Sim, tecnicamente, podemos dizer que é possível continuar tentando a ressuscitação enquanto o paciente estiver no ECMO, mas, na verdade, um coração que já estava tão danificado que nem sequer fibrila com as tentativas de ressuscitação nem com as diversas dosagens de epinefrina só continuaria a deteriorar.

M olha ao redor, mas ninguém levanta a mão. O dr. Seldon acena devagar com a cabeça. Os lábios do dr. Fitzpatrick estão bem apertados, mas sua expressão não é austera; é de vergonha, por um motivo que não consigo explicar. O dr. Bolger está com os braços cruzados; ele está furioso.

— Mais uma pergunta antes de dispensá-la — M diz. — Você saberia dizer como a Procuradoria se envolveu no caso desse paciente?

Balanço a cabeça.

— Não sei. — É bom poder falar a verdade. O dr. Bolger é que deve ter ligado para eles, mas isso é só uma especulação e não vou acusar ninguém sem provas.

— Está bem, dra. Wiley — M diz. — Temos informações suficientes para formular nossas conclusões.

Folhas começam a passar de mão em mão até M. Pelo que posso ver são todas iguais, formulários com uma pergunta e múltiplas alternativas. Várias tem anotações à mão embaixo das alternativas.

M revisa as folhas rápido, compartilhando as respostas com o conselho. Uma delas gera uma rodada de sussurros acalorados por uns dois minutos enquanto minha pulsação está mais rápida do que na minha corrida matinal.

Enfim ela ajeita as folhas de forma organizada e entrelaça as mãos acima delas.

— O comitê decidiu que a dra. Wiley não cometeu nenhum erro que acarretou a morte de Caleb Donaghy.

Respiro fundo, e meus pulmões, que há muito não viam tanto ar, agradecem. Os comparecentes começam a organizar seus papéis e a se levantarem da mesa.

— Há mais uma conclusão que preciso compartilhar — M anuncia, erguendo o tom de voz um pouco para ser ouvida em meio ao barulho. Um grave silêncio recai imediatamente. — Esta audiência de revisão de pares decidiu que o comportamento do dr. Bolger foi indigno e completamente inadequado, tanto na gravação da operação como durante seu depoimento aqui.

Bolger ofega e se levanta.

— Não está falando sério. Isso é loucura!

O Dr. Fitzpatrick, ao seu lado, segura a manga de seu jaleco e o puxa, tentando fazê-lo se sentar.

— Portanto — M continua sem se abalar —, com base em várias solicitações de membros deste comitê, o dr. Bolger será afastado enquanto sua conduta profissional é investigada. — M faz uma pausa por um segundo enquanto encara o anestesista para ele não ousar dizer nada. — O comitê agradece sua participação. Dispensados.

Em meio às conversas despertadas pelo último comentário de M, eu os agradeço e saio, sentindo que todos estão me olhando enquanto vou embora. O dr. Bolger está lívido, mas não ligo mais. No corredor o ar parece mais refrescante e consigo respirar aliviada. Eu me apresso até a minha sala, ansiosa para ficar sozinha um pouco.

Consegui.

Não tem nenhum policial esperando para me prender. Paula Fuselier também não está lá; só Madison, com uma expressão de determinação tensa. Ela me encara com uma pergunta silenciosa, então me abraça.

— Está tudo bem, Maddie — digo me controlando para não chorar. — Estamos liberados. Conte para a equipe.

Ela some para me preparar um chá, mas eu a chamo de volta e peço um café.

Então me sento, exausta. Meus olhos se voltam para uma fotografia de Melanie, em um porta-retratos na mesa. É uma foto antiga, tirada poucos dias depois dos meus pais a adotarem. Estávamos brincando no quintal. Ela ria com a cabeça para trás naquele dia, o sol no seu rosto enquanto ela girava e rodopiava como se nunca tivesse tido uma preocupação na vida inteira. Até que ela por fim se cansou e se atirou ao meu lado, no banco, segurando firme a minha mão. Foi nesse momento que a foto foi feita; pela minha mãe, se eu não estiver enganada.

Ao lado da foto havia uma pinha envernizada que ganhei dela de aniversário aquele ano. Ela a pegou do quintal e meu pai a ajudou a pintar. Envernizaram juntos com pincéis pequenininhos que alcançava as escamas ovulíferas. Então ela me deu a pinha amarrada com um laço verde, cantando "Parabéns pra você" desafinada, mas com um sorriso radiante e amplo que alegrou o meu dia.

Passo os dedos pelas escamas da pinha, então pego a foto e faço o mesmo pelo seu rostinho doce. Contudo, só sinto o vidro frio sob os dedos e lágrimas rolam pelas minhas bochechas. Os olhos dela ainda falam comigo, apesar de tudo, como se ela ainda estivesse viva, ainda estivesse comigo.

Caleb Donaghy merecia morrer pelo que fez com a minha irmãzinha.

Estou em paz com o que fiz.

Mas duas perguntas ainda me assombram. Por que o coração dele não voltou a bater? E por que a procuradoria acha que o coração de Caleb Donaghy é um caso que precisa de investigação?

21
FORMAL

Não tenho muito tempo para ficar me chafurdando em lágrimas de alívio depois da audiência nem pensando em Melanie, porque minha sala logo se enche com todos da minha equipe. Mal tenho tempo para mandar uma mensagem para minha mãe e Derreck contando a decisão do comitê quando o dr. Seldon aparece para me parabenizar. Lee Chen, que costuma ser bem quieto, está bastante animado e Ginny me abraça a cada dois ou três minutos.

Fico tocada pelo carinho deles.

Depois de um tempo ergo a mão, pedindo a atenção de todos.

— Sim, hoje fomos inocentados da morte de um paciente. Na verdade, *eu* fui inocentada, porque declarar a morte e a cirurgia como um todo são minhas responsabilidades. Mesmo assim, perdemos um paciente. Prometo que vou continuar a examinar os detalhes até descobrir o que foi que fez o coração dele não voltar a bater.

— Claro que vai. — Madison ri e passa um dos braços pelos meus ombros. — Então não posso rasgar todo aquele arquivo hoje?

— Ainda não.

— Falou como uma verdadeira líder — o dr. Seldon diz, apertando a minha mão com firmeza. — Mas não perca muito tempo com isso. Às vezes essas coisas permanecem sendo um mistério. É biologia, não engenharia. Nem todas as lâmpadas acendem quando você liga o interruptor, e não há uma razão clara.

O comentário arranca risadas de todos. Alguém que não consigo ver dentre a multidão brinca com o interruptor, ligando e desligando algumas vezes, e mais risadas seguem. É a calmaria depois da tempestade.

— Temos muito trabalho acumulado para fazer. Esse departamento precisa de você, dra. Wiley — o dr. Seldon acrescenta.

Sorrio e aceno com a cabeça.

— Obrigada — sussurro, minha voz um pouco embargada. — Por tudo.

Ele pede licença e vai embora. Tem uma operação marcada às quatro: uma cirurgia de ponte de safena tripla, se não me engano.

Madison sugere que todos se encontrem ali em algumas horas para comer bolo depois do trabalho. Enquanto todos saem, sou chamada para ir à sala de M.

Aperto o passo pelos corredores quase vazios, minhas mãos suando, meu coração palpitando. Já passei estresse o suficiente hoje. Mesmo que o comitê tenha acabado de me inocentar, estou com um mau pressentimento. Por mais que não acredite em premonições.

Tenho bons motivos para não acreditar.

Quando chego na sala de M olho através das paredes de vidro antes de bater. Ela está com Aaron Timmer, o advogado-chefe do hospital, e outro homem. Ele não me é estranho. Acho que já o vi semana passada esperando alguém com um monte de balões. Deve ser parente de algum paciente.

Sentindo uma pontada de medo, torço para que ninguém mais tenha morrido. Seria uma péssima hora para isso acontecer. Bato no batente da porta e M me pede para entrar com um gesto apressado.

— Dra. Wiley, obrigada por vir tão rápido. Este é Adam Costilla, um investigador da procuradoria.

Meu rosto fica pálido. Posso sentir, como sinto minhas mãos ficarem tão frias quanto gelo e meu coração bater desesperado dentro da minha caixa torácica.

O investigador estende a mão para mim, mas eu o ignoro.

— Dra. Wiley, temos várias perguntas a respeito da morte do seu paciente, Caleb Donaghy.

Olho rápido para M, mas ela não chega a intervir, Aaron Timmer é mais rápido.

— Gostaria de saber por que a procuradoria está interessada nesta morte específica — ele pergunta, calmo. Então dá um passo, se aproximando do investigador, quase me tirando da frente. Eu não me importo.

A pergunta de Timmer deixa o investigador um pouco sem jeito. Ele se afasta e enfia as mãos no bolso do seu sobretudo preto e comprido. É um homem enorme, prestes a virar o próximo paciente na emergência de um cardiologista devido às manchas vermelho-arroxeadas no seu rosto e pescoço. Precisei me segurar para não pedir para auscultar sua pressão. Se fosse qualquer outra pessoa, não hesitaria.

— Vou pedir para o meu escritório fazer uma declaração se o hospital quiser. Mas só tenho algumas perguntas simples dessa vez...

— Também tenho uma pergunta — deixo escapar.

— Dra. Wiley — M diz em voz baixa e autoritária. — Isso não é hora.

— Por acaso você não esteve aqui semana passada? — pergunto apesar da voz gritando dentro da minha cabeça para calar a boca. É mais alta que as ordens sussurradas de M, mas eu a ignoro mesmo assim. — Perambulando pelo corredor em frente à minha sala, segurando balões, fingindo ser quem não era?

— O quê? — M se posiciona diante do homem, as mãos firmes na cintura. — Isso é verdade?

O homem abre um sorriso nervoso.

— Não é ilegal. Estou conduzindo uma investigação. Chamamos de ficar de tocaia. Talvez já tenha ouvido falar? — Mas ele coça a cabeça. Está envergonhado. Achou que eu não iria perceber.

Estando me vigiando? O que está acontecendo? As palavras dele reverberam por todo meu ser, enfraquecendo meus joelhos. Talvez tenham colocado escutas na minha sala, no meu celular, vai saber o que mais fizeram? Podem saber que contei para Derreck que eu conhecia o paciente. *Ah, não, não pode ser.*

O pesadelo dos policiais me arrastando dali algemada volta com tudo. Me sinto tonta e fraca.

M sussurra alguma coisa rápido no ouvido de Timmer. Ele sussurra em resposta, algo breve, de no máximo uma ou duas palavras. Então ele se vira para o investigador e diz:

— Sr. Costilla, gostaríamos de uma declaração formal da procuradoria quanto a essa suposta investigação que está fazendo. Só para ficar claro, gostaria que essa declaração incluísse o número do caso e a assinatura do procurador-geral.

O queixo de Costilla treme de raiva. Ele não responde, só encara Timmer por um instante.

Timmer dá um passo à frente.

— Não me faça ligar para Mitch Hobbs. Estudamos juntos na faculdade de direito. Se tem um motivo válido para estar aqui fazendo perguntas, me mostre a papelada.

Quando o investigador se vira e vai embora sem mais nenhuma palavra, seu sobretudo esvoaça ao redor dele feito uma capa, mas ele não é um super-herói.

Ele é o mensageiro de que más notícias estão por vir.

22
CENA DO CRIME

Mais alguns dias se passaram e nem sinal de Derreck. Paula checou o celular pela quinta vez desde que tinha acordado naquela manhã. Quarta-feira era o dia deles se encontrarem em algum hotel para uma tarde de sexo e planos ambiciosos de um futuro juntos.

Ainda existia uma chance de terem um futuro juntos? Ela tinha mandado duas mensagens para ele desde o final de semana, e ele não respondeu nenhuma. Ela estava sendo ignorada e odiava isso. Odiava do fundo do coração.

Mesmo assim não culpava Derreck. Ela é quem o havia ameaçado e forçado a ceder sob sua pressão. Como podia esperar que ele a amasse depois disso?

Amor.

Aquela palavra carregada de significado. Até sexta-feira, ela nem sequer tinha percebido que amor era algo que esperava dele. Ela poderia ter agido de outra forma se tivesse se dado conta antes. Agora, isso parecia estar fora de questão, se tornado impossível por causa do ódio mortal que sentia por Anne Wiley.

Ele precisava deixar a esposa. Simplesmente precisava.

Continuou esperando Derreck dar um sinal de vida, à espera de uma mensagem com o nome de um hotel e o número do quarto, pronta para ser surpreendida outra vez pela escolha dele, como uma criança em uma manhã de Natal. Sua vida sempre foi apertada em termos financeiros: ela nunca teve alguém que lhe permitisse aproveitar coisas da melhor qualidade, pelo menos até conhecer Derreck, e havia conseguido estragar tudo, talvez para sempre. Mesmo se ele a chamasse para passar uma tarde juntos, como seria? Como um homem, depois da forma como foi ameaçado, a levaria para cama? Seria bruto? Ou sentiria desprezo por ela, ódio, sem conseguir nem olhar para ela?

Provavelmente ele estava certo em se afastar por um tempo. Talvez ele passasse a sentir sua falta aos poucos, o que sobreporia o ódio por ter sido ameaçado. Ela se agarrou a essa esperança irracional enquanto continuava obcecada pelo paciente morto de Anne Wiley. Se tivesse alguma maneira de conseguir o que ela queria, essa era sua melhor chance. Vai saber quanto tempo levaria até ter essa mesma oportunidade, principalmente se Derreck ganhasse a eleição sem sua ajuda? Então os dois viveriam felizes para sempre como se Paula nunca tivesse nem existido. Seria deixada de lado, esquecida mais rápido que um erro de uma noite de bebedeira.

Ela não sabia lidar com a possibilidade de ser abandonada. Ser deixada de lado, ignorada, descartada feito um sapato velho. Isso a enchia de uma raiva inexplicável, uma fúria implacável que ardia no seu interior queimando tudo pelo caminho, fazendo com que se sentisse insignificante e vulgar.

Estava no limite, na beira do precipício, prestes a se jogar e a se entregar ao desejo ardente de vingança.

Mas precisava mesmo de Derreck para virar procuradora-geral? Pensar em depender dele, precisar dele — ou de qualquer outra pessoa, na verdade — fazia seu estômago revirar. As pessoas mentiam, traíam e em geral não dava para confiar nelas. Sozinha tinha mais chances de conseguir o maior cargo na procuradoria. Se ela usasse as cartas que tinha na manga como devia.

Verificou o celular outra vez. Ainda nada. Reprimindo um suspiro amargo de frustração, ela caminhou até seu escritório, acenando com a cabeça para seus colegas de trabalho.

— Bom dia — Marie disse enquanto Paula passava pela mesa dela. — Estão te chamando em uma cena de crime — ela acrescentou quando Paula estava prestes a entrar no escritório.

Ela se virou e voltou até a mesa da assistente.

Marie olhava para a papelada diante dela com interesse exagerado, como se para evitar o olhar de Paula.

— O que está acontecendo? — Paula perguntou. — Adam não está indo lá?

Marie lançou um olhar rápido para a chefe.

— Foi ele que te chamou. Ele precisa que você vá até lá.

Paula estranhou. Isso não costumava acontecer.

— Ele disse por quê?

Marie a olhou de novo e logo desviou o olhar.

— Não, me desculpe, e eu não perguntei. Só sei que tem a ver com o caso de assassinato do Espinoza.

Marie estava mentindo, mas Paula não queria perder tempo interrogando sua assistente como se fosse um suspeito de assassinato no tribunal. Logo saberia o motivo dessa tensão toda com essa cena de crime.

Por um instante ela torceu para Vicente Espinoza ter se jogado de uma sacada alta, mas se lembrou que ele estava preso, detido por ordem de um juiz em uma audiência na semana anterior. Isso teria eliminado o risco de vida de Simon Degnan e a necessidade de um menino de onze anos testemunhar.

— Por que o Adam não ligou pro meu celular? — ela resmungou, verificando as ligações no aparelho outra vez. — Me manda o endereço, tá bem?

Ela saiu sem esperar uma resposta. Quando entrou no carro o celular vibrou com uma mensagem com os detalhes.

O endereço era distante apenas um quarteirão da cena do crime do Espinoza. A rua pequena tinha sido bloqueada por fitas e estava cheia de policiais. A van do médico-legista do Condado de Cook já estava lá, as portas de trás abertas sem a maca dentro.

Ela mostrou seu crachá e se curvou para passar pela fita amarela da polícia, então foi para onde um policial jovem tinha apontado com a mão aberta. Caminhou rápido e depois de alguns metros reconheceu Adam em meio à multidão.

Ele estava parado a alguns metros de onde a atenção de todos estava voltada: provavelmente um corpo, talvez uma vítima de assassinato.

Quando chegou perto, ela tocou seu cotovelo para chamá-lo.

— Oi, Adam, o que temos?

Ele se virou para ela, mas seus olhos vagaram para o nada, assustados, vazios.

— Veja você mesma — ele disse, a guiando com a mão espalmada nas costas. Ela passou pela maca do médico-legista, ainda vazia, e lançou um olhar inquisitivo para ele. — Pedi para esperarem você chegar. Achei que devia ver isso em primeira mão.

Ela deu mais dois passos e pôde ver o corpo. Arfou, sentindo o estômago revirar na hora. Era Simon Degnan, envolto em uma poça de sangue, dois buracos de bala no peito magrinho. Seus olhos ainda estavam abertos e límpidos, o azul do céu de primavera refletido na íris.

— Viu? — Adam disse, sua voz fria e sem compaixão. — Isso é o que acontece quando envolve crianças no nosso trabalho, Paula.

Ela agarrou a lapela do casaco dele, prestes a gritar e a colocá-lo no devido lugar, mas seu estômago protestou e ela ofegou, cobrindo a boca com a mão.

— Nem pense em contaminar a cena do crime. — Adam a puxou para o lado, sua mão agarrando o braço dela feito uma pinça de ferro, e a afastou da equipe policial, até chegarem na lateral de um prédio. Ele a empurrou contra a parede, mas ela não se importou, ainda concentrada em controlar seus espasmos.

— Eu era um policial casca-grossa com vinte anos de experiência nas ruas de Chicago e você era uma promotora recém-saída da faculdade de direito, sem nada além de coragem e uma esperteza que eu nunca tinha visto antes. Lembra o que você me disse? — ele estava gritando com ela, seu sotaque italiano mais forte que o normal.

Ela arfou outra vez, sem conseguir apagar a imagem de Simon Degnan morto no asfalto, coberto de sangue. Estava nas mãos dela, todo aquele sangue. Ela poderia ter levado o caso para o tribunal sem o testemunho dele, sem Hobbs saber e ganhar só com as provas. Ela poderia ter arriscado, mas estava focada demais na promoção e no que ela significava para o seu futuro para se importar.

— Tudo tem limite e esse limite precisa ser colocado quando crianças estão envolvidas, Paula — ele gritou na cara dela. — *Você* me ensinou isso. Ninguém mais. Você só se importa com aquela médica e o paciente morto dela sendo que nem é um caso nosso. — Ele deu um tapa na própria testa, andando de um lado para o outro, claramente angustiado. — E eu caio nos seus joguinhos idiotas.

Ela sorveu o ar frio da manhã, forçando o estômago a se reestabelecer.

— É um caso *sim*, e vai estar pronto para ser apresentado no tribunal até no máximo semana que vem.

— Então você está mais pirada que eu achava — ele soltou. — Tá arriscando sua carreira para nada. Se eu descobri que você tem um caso com o marido dela, acha que o advogado dela não vai? Pelo amor de Deus, mulher, você é mais inteligente que isso!

As palavras de Adam a atingiram feito um soco em cheio no estômago. Ele sabia sobre Derreck. A cabeça dela fervilhou, pensando no que dizer, em como fazer com que ele continuasse desempenhando o que ela precisava.

— Você não entende. Foi por ter um caso com ele que descobri que ela matou o cara.

— Tá de brincadeira, né? — Adam esfregou a testa, irritado, como se tentasse punir a própria cabeça por ter feito algo errado. — Então você deveria abrir um caso oficial ou esquecer isso, antes que acabe com a sua carreira e com a minha. O hospital não vai engolir essa mentira.

Ela olhou para além dele, para o médico-legista e seu assistente colocando o corpo de Simon na maca e então empurrando as rodinhas até a van. Ela apertou os olhos por um instante, torcendo para que aquela imagem sumisse, mas isso não aconteceu. Ficou ali, fresca em sua memória.

— Sou um detetive, Paula. Não seu capanga. Investigo casos de verdade e quando existem motivos reais, legais, enquadro os suspeitos. É isso o que eu faço. E enquanto eu estava lá naquele hospital em vez de cuidar do caso Espinoza, esse menino foi assassinado no meio da rua, atiraram nele como se fosse um bandido. Ele não tinha como se proteger, Paula, e você sabia muito bem disso.

Uma lágrima escorreu pelo rosto dela. Adam tinha razão. A morte de Simon era sua culpa.

— Entregaram a intimação esta manhã, de acordo com suas ordens — Adam continuou. — Duas horas depois ele foi morto. — Ele a encarou e ela desviou o olhar. — Costumava se importar com garotos como ele. O que aconteceu? Não vai me dizer que se apaixonou por aquele almofadinha aspirante a prefeito.

A acusação dele a enfureceu, rasgando-a por dentro feito uma faca.

— É isso o que você acha? Sério? É a esse ponto que chegamos? De apontar o dedo na cara e fazer acusações além do bom senso? Se não confia mais no meu julgamento, e parece que é esse o caso, talvez seja hora de pedir uma transferência.

Houve um silêncio perplexo enquanto Adam a encarava boquiaberto.

— Está me demitindo?

— Você é que está pedindo para ser demitido. — Ela endireitou a postura e ergueu o queixo. — Sou sua chefe e achava que também amiga. É por isso que sempre permiti que você falasse o que pensava, mas hoje você foi longe demais. Nunca ultrapassei os limites do meu cargo. Nunca. Mesmo assim você está falando comigo como se eu fosse uma corrupta de merda com um plano secreto. Não sei como vamos superar isso.

Os ombros dele caem sob o peso das palavras dela. Ficou parado ali, sem palavras, enquanto ela pensava no que fazer. Mandá-lo embora fazia sentido, mas Adam estava envolvido na investigação de Anne Wiley e essa informação nas mãos de um ex-funcionário insatisfeito era dinamite pura.

Ela respirou e tocou no cotovelo de Adam por um instante. Ele não se afastou, só lançou para ela um olhar cauteloso.

— Isso foi difícil — ela disse, escolhendo as palavras com cuidado. — Estou disposta a deixar isso para trás, levando em conta o baque que a morte de Simon foi para nós dois. — Ela fez uma pausa, dando a ele tempo para digerir suas palavras. — Nós dois dissemos coisas que preferíamos não termos dito. E concordo que poderíamos ter feito tudo de outra forma para evitar que Simon testemunhasse, então te prometo uma coisa: aprendi a minha lição. No futuro vou pedir desculpas em vez de permissão, e vou manter crianças fora do banco de testemunhas, custe o que custar.

Ele a olhou com um resquício de dúvida. Era um policial experiente, forjado nas ruas, inteligente e esperto. Ela não sabia se tinha conseguido dobrá-lo.

— E esse lance da doutora? Conheci ela, não é nenhum Ted Bundy.

— Você confia em mim?

Ele acenou com a cabeça, mas ergueu um dos ombros em um gesto significativo, que ela preferiu fingir não ter percebido.

— Então confia em mim nessa, vou fazer um caso tão bem amarrado que vai achar que é um presente de Natal.

Os olhos dele vagaram por um instante, então pousaram nela, perspicazes, alertas.

— Me conta as coisas então. Se confia em mim, quero saber tudo o que você sabe.

Era o que ela mais temia. Não podia contar para ele. Cometeu um erro enorme o envolvendo nessa história; disso ela tinha certeza. Mas agora era tarde demais para voltar atrás.

— Me dá mais dois dias e eu conto — ela disse. — Então você pode me ajudar a decidir qual a melhor maneira de levar Anne Wiley para um tribunal por assassinato.

Adam bufou.

— Tá vendo, Paula? É esse o problema da confiança. Agora está óbvio que você não confia nem um pouco em mim. — Ele parecia decepcionado, mas também em dúvida, talvez até suspeitasse um pouco dela. — Até onde eu sei, só vejo que você está tentando ferrar a vida da esposa do seu amante e está usando a procuradoria para conseguir.

— Caramba, Adam... se é isso que você pensa de mim, realmente não tem como continuarmos trabalhando juntos.

— Bom, então me prove o contrário. Vamos investigar esse caso como manda o procedimento, se é que tem mesmo como transformar isso num caso de verdade.

— Não. Quero que toda a nossa atenção esteja em encontrar o assassino de Simon Degnan. As primeiras horas são críticas para pegar alguém que foi contratado para matar. Caso tenha se esquecido, Espinoza está preso, então alguém fez o trabalho por ele. Não quero perder tempo com o caso da cirurgiã até esse criminoso estar atrás das grades.

Adam a encarou por um bom tempo, então se virou.

— Tá, Paula. Como quiser. — E foi até o carro dele, deixando-a sozinha, descartada feito uma conclusão precipitada.

Filho da mãe.

Ela andou apressada até seu carro, reunindo coragem, dizendo para si mesma que tudo ficaria bem assim que todas as peças se encaixassem. Mas o que ela estava fazendo?

O caminho de volta para o escritório foi lento e tenso, o tráfego pesado. Ela pegou a rodovia, mas estava tão parada quanto o resto da cidade, com filas enormes para pagar o pedágio.

Indo a dez quilômetros por hora ela olhou pela janela. O céu azul merecia uma foto, sem uma nuvem sequer para estragar o dia quente de primavera. No horizonte, um outdoor chamou a sua atenção. Nele, a dra. Anne Wiley sorria para ela com seu rosto de modelo e seus dentes brancos perfeitos, fazendo um coração com as unhas bem-feitas. Em um dos dedos, Paula notou um fragmento de uma aliança dourada, idêntica à que já tinha visto na mão de Derreck.

Aquela foto perfeita era a personificação de tudo que ela mais odiava. Tão longe de gente como Simon Degnan, caído morto em uma rua da periferia e de gente como ela. O gosto de bile invadiu sua garganta enquanto raiva se espalhava por suas veias.

— Juro que vou tirar tudo que você ama da sua vida e depois tacar fogo — ela sussurrou, encarando o outdoor, as articulações ficando esbranquiçadas ao apertar o volante com força, como se sua vida dependesse disso. — Não vou descansar até não te restar mais nada e você estar completamente sozinha, sem nada mais a perder.

23
ÁLBUM

Estou exausta quando enfim chego em casa na quarta-feira à noite depois de um dia cheio. Minha angústia interminável só piora, mesmo tomando betabloqueadores todo dia agora e ter começado a meditar. Ajuda, mas não me isola completamente de uma realidade preocupante.

Continuo sendo investigada. Um policial estava sondando minha sala. Podem estar vigiando minha casa também, e nossos telefones, nossas buscas na internet... quem sabe o que mais? Talvez tenham entrado aqui, revirado minhas coisas. Ou talvez esse tipo de coisa só aconteça em filmes: policiais que entram em casas sem mandados e se safam. Na vida real isso não pode acontecer. Não com a gente.

Minha mãe foi jogar com as amigas e a casa sem ela está mergulhada no silêncio. Derreck ainda não chegou, mas disse que viria antes do habitual. Disse que as reuniões da eleição não voltariam a acontecer por um tempo, ou alguma coisa assim. Estava absorta demais nos meus próprios medos para prestar atenção. Só sei que ele vai chegar mais cedo em casa, e é só isso que me importa.

Então vou levá-lo para jantar fora, talvez naquele restaurante chinês que nós adoramos, e contar meus receios sobre essa investigação. Não posso conversar com ele sobre isso em casa. E se estiverem ouvindo? Paula Fuselier não voltou mais à minha sala, nem aquele investigador hipertenso, mas isso não alivia meus medos. Muito pelo contrário... deu margem para que eu ficasse totalmente paranoica. Embora não seja bem paranoia se estão atrás de mim por uma coisa que eu de fato fiz. É culpa, medo e preocupação legítimos.

Já que planejo jantar fora com Derreck, não troco de roupa nem como nada. Até deixei a garrafa de vinho que me olhava convidativa na porta da geladeira. Me contento com uma bolacha de manteiga de amendoim. Não estou com muita fome. O que é compreensível.

Subo as escadas e paro em frente à porta do quarto de Melanie. Faz anos que está fechado. Sei que minha mãe deve entrar para limpar, tirar poeira, essas coisas; me surpreenderia se ela não fizesse. Mas ainda não consigo entrar.

Espalmo as mãos na madeira envernizada e me encosto na porta, colando minha bochecha nela e sentindo seu aroma. Tem cheiro de pinho, verniz e móveis antigos. Fecho os olhos e o som da risada dela ressurge, tão real que nem parece uma ilusão, repleto das alegrias da infância. Nas minhas lembranças Melanie canta alguma coisa. "Brilha, brilha, estrelinha." Está em um ritmo bem mais lento que o original, o que a faz soar engraçada de um jeito estranho, como se ela estivesse se demorando para durar mais. Estava com dez anos naquele inverno e enlouquecida pelo Natal. Tinha feito listas das coisas que queria e contava para todo mundo que quisesse ouvir. Ela chegou até a escrever uma carta para o Papai Noel, embora não tenha pedido muita coisa. A maior parte dos itens na sua lista eram relacionados a passar tempo com a irmã, cantar com ela, pentear o cabelo dela com um pente adornado novo, dormir com a irmã na noite de Natal.

Comigo.

O amor dela enchia meu coração de alegria. Ansiosa para me lembrar de mais coisas, me despeço da porta fechada, desço as escadas e vou até o meu escritório.

O cômodo parece mais frio do que achei que estaria. A janela do chão ao teto deixa o frio entrar mais rápido do que as outras janelas da velha casa. Estremeço e me enrolo no xale que deixo lá para esse propósito.

Eu me sento atrás da mesa na cadeira de couro e deixo que as lembranças me envolvam, recebendo-as como se fossem velhas amigas. Estendo a mão até as gavetas do lado esquerdo e abro a última. É onde guardo um grande álbum da minha infância. Tiro dali e o coloco na mesa. Sua capa cintilante reflete a luz da luminária, um ponto branco ao centro com as bordas coloridas. Tem cheiro de plástico empoeirado e dos produtos químicos que usavam naquela época para revelar fotos.

Tem cheiro de lar, família.

Não passo muito tempo vendo as fotos de quando eu ainda era criança. A única que chama a minha atenção é aquela em que estou sentada no joelho do meu pai, num jantar de família do qual não me lembro. Não há muitas fotos dele: meu pai era geralmente o responsável pela câmera, sua ausência no álbum é o preço pelo qual pagamos pelo seu dedicado trabalho de documentação.

Com o farfalhar de cada página virada fico mais velha e as cores mais intensas.

Sempre quis uma irmã. Meus pais trabalhavam por longos períodos, e ainda me lembro da solidão que sentia, do silêncio da casa quando eles não estavam, mesmo se eu estivesse sendo cuidada por fosse lá qual babá — elas costumavam ser jovens, boazinhas e educadas, mas não se importavam muito comigo. Algumas eram estudantes e ficavam fazendo lição ou lendo no sofá da sala. Já outras preferiam ver TV, algumas eram estranhas e dormiam durante o expediente e até uma que gostava tanto de cozinhar que fez jantar para a família toda. Nenhuma delas me deu qualquer atenção.

Quando era mais nova eu achava que esse era o motivo dos meus pais terem adotado Melanie — porque eu queria muito uma irmãzinha. Agora adulta, acho que eles talvez quisessem ter outra filha tanto quanto eu queria uma irmã. Minha mãe fez uma histerectomia alguns anos depois de me ter, então adotar era a única maneira de fazer nosso sonho virar realidade.

Não contaram para a minha eu adolescente que estavam em busca de uma adoção. Não me contaram nada enquanto preenchiam formulários e enviavam para aprovação. Minha mãe nunca disse uma única palavra quando passou a ficar mais tempo no quarto que seria de Melanie, limpando, arrumando, mobiliando, decorando para estar pronto quando ela chegasse. Eu estava com catorze anos na época, tinha acabado de descobrir o mundo do namoro e Backstreet Boys, "Quit Playing Games" não parava de tocar no meu discman. Havia acabado de entrar no ensino médio. Estava tão absorta em tudo isso que minha mãe podia ter levado um unicórnio para o quarto vago que eu não perceberia.

Viro outra página e sorrio, a expressão alegre de Melanie é tão contagiosa que não consigo evitar. É outra foto tirada no dia de sua adoção, no momento em que contaram para ela. A enorme felicidade e surpresa naqueles olhos grandes, a boca aberta esticada no mais lindo sorriso. Seu rosto brilha em contraste com o cenário triste do quintal do abrigo, cheio de crianças se aproximando, curiosas, algumas observam cautelosas, como se fôssemos predadores à espreita nas sombras, outras esperançosas, com olhares de súplica.

Amo essa foto. Representa o instante em que vi Melanie pela primeira vez. Papai a enquadrou bem ao meio, cortando a assistente feia com cara de poucos amigos. Me lembro bem dela. Era uma mulher corpulenta com seios grandes que usava um uniforme azul manchado. Eu me lembro dela porque ela nunca sorria; na época pensei em como deveria ser horrível para aquelas crianças ficarem com ela, um adulto que não sabia dar a elas nem um pouco de conforto. Graças ao meu pai ela não está na minha foto favorita de Melanie.

Estou prestes a virar a página, mas não consigo deixar aquela foto para trás. Tomando cuidado para não estragar as pontas, a removo do invólucro de papel celofane e a coloco na mesa, apoiando-a num livro. Eu a quero emoldurada no meu escritório, bem ao lado da outra. Passo bem mais tempo lá do que aqui, e eu quero que minha irmãzinha esteja comigo em mais do que uma foto.

Viro outra página e me perco em lembranças. A maioria das fotos é de nós duas, fazendo algo coisa juntas. Brincando no quintal de pega-pega. Abrindo presentes numa manhã de Natal. Eu experimentando meu vestido para o baile de formatura do ensino médio enquanto Mel erguia a barra, tentando se cobrir com um pedaço. Naquele dia ela chorou por não poder ir ao baile comigo e meu namorado. Deixei ela pentear meu cabelo um pouco. Ela ainda adorava fazer isso; a deixava feliz.

Mais uma, eu dirigindo com meu pai ao meu lado e Melanie no banco de trás com a cabeça entre os assentos da frente mostrando a língua, roxa depois de tomar sorvete de mirtilo. Foi tirada no dia em que consegui minha carteira provisória de motorista. Tinha dezesseis anos. Ela, onze. Uma garotinha alegre e tagarela, sem nenhum resquício dos horrores que enfrentara.

Meus pais a colocaram na terapia. Na época, eu não soube o motivo. Naquele jeito superprotetor de sempre, eles me falaram que era para ajudá-la a se adaptar depois de ter morado em tantos lares adotivos. Ao ver uma foto de Melanie sozinha, tirada sem ela perceber, em pé diante da janela do quarto, os olhos vagamente melancólicos, percebo que nunca soube porque ela acabou no abrigo. Talvez um dia pergunte à minha mãe.

Ela foi para a terapia por uns três anos, provavelmente por estresse pós-traumático. Meu pai achou uma boa psicóloga, gentil, que sempre recebia Melanie com um sorriso simpático. Eu e minha mãe costumávamos levá-la. Minha mãe parou de trabalhar cerca de um ou dois meses depois da adoção e passou a ficar em casa. É provável que ela quisesse estar presente, pronta para agir a qualquer sinal de problema com a garotinha.

Que eu me lembre, não houve nenhum indício de problema. Melanie parecia uma criança feliz e saudável, brincava muito, ria muito mais. Ia bem na escola; era inteligente e não pareceu ter qualquer problema para se concentrar ou acompanhar a turma. Se ela precisasse, eu estava sempre disposta a ajudar.

Parecia estar bem. Não dava nenhum sinal que nos fizesse lembrar pelo que ela tinha passado.

Até ela começar a ter pesadelos.

O primeiro chegou a me dar arrepios quando ouvi um grito tão alto que mal consegui voltar a respirar. Saí correndo até ela e dei de frente com meus pais, vindos do outro lado do corredor. Nós a encontramos ainda dormindo, chorando muito, coberta em suor, implorando para que parassem de machucá-la.

Ela estava fazendo terapia havia dois anos quando começaram. A psicóloga disse aos meus pais que aquilo era normal, já que ela estava finalmente lidando com o que havia acontecido. Eu tinha minhas dúvidas, mas estava com dezoito anos na época. Não lembro de ter comentado, só de ter pensado nisso. *A psicóloga não podia fazer ela parar de ter pesadelos?* Na época, ainda não entendia bem o que ela tinha passado. Ainda não entendia.

Eles continuaram por um tempo, gritos de dar arrepios no meio da noite, e nós correndo para acalmá-la. Ninguém voltava a dormir depois; só ficávamos por ali para não a deixar sozinha, conversando um pouco, com todas as luzes do quarto acesas. Meu pai disse que olhar para a luz apagava a lembrança de um pesadelo. Eu experimentei fazer isso, era verdade.

Os pesadelos nunca aconteciam quando ela dormia comigo. Mas eu estava crescendo, queria ficar no telefone com meu namorado até mais tarde ou ler revistas das quais minha mãe não sabia. Mesmo assim, não tinha coragem de proibi-la de vir ao meu quarto, mas a psicóloga havia dito que não era saudável ela dormir comigo com frequência.

Entre a terapia e os esportes que ela praticava na escola, os pesadelos aos poucos desapareceram. Ela estava crescendo rápido e a cada dia ficava mais bonita. Ao virar mais uma página ela surge com treze anos, experimentando vestidos. Papai queria nos levar ao evento beneficente do hospital, e ela estava animada. Seria a primeira vez que estaria vestida como uma mocinha e iria a uma festa de verdade.

Três fotos imortalizam aquele dia, e uma quarta, que eu tirei, é de Melanie dançando com meu pai.

Fico olhando para aquela por um bom tempo, sem conseguir seguir adiante. Meus olhos ficam grudados no rosto das duas pessoas de quem sinto tanta falta, mas há outro motivo. Sei o que tem ao virar aquela página.

Nada.

O resto do álbum está vazio.

Ninguém mais tirou fotos da família depois que Melanie morreu.

Devagar, eu fecho o álbum, então o guardo. Empurro a gaveta com cuidado, dolorosamente consciente do silêncio dessa casa, que meu pai construiu pensando no som das gargalhadas dos netos.

À distância, escuto um carro de polícia passar, a sirene diminuindo à medida que se afasta. Ainda me assusta: ainda tenho medo do dia em que virão me prender, mas estou satisfeita com o que fiz.

Podem até me crucificar, tirar tudo que eu amo de mim, tudo. Minha família, meu emprego, tudo pelo que lutei.

E ainda vou dizer que valeu a pena.

Aquele maldito não merecia viver.

Se eu soubesse como encontrar aquele homem do parque, teria ido atrás dele e... e feito alguma coisa... Não sei o que faria, mas faria alguma coisa. Pediria ajuda ao meu pai para fazê-lo pagar. Contudo, eu não sabia quem ele era, não sabia o nome dele nem nada, fora o que tinha visto aquele dia no parque com Melanie. Um homem começando a ficar calvo com cerca de trinta anos. Uma mancha que lembrava vinho na testa, no formato da letra R, com três gotículas que pareciam jorrar do lado esquerdo da letra. Não era algo fácil de se esquecer.

Agora sei o nome dele.

Espero que apodreça no inferno.

Empurro a cadeira e me levanto, levando a foto de Melanie comigo para colocar na bolsa.

Instantes depois, Derreck chega em casa. Eu o recebo de braços abertos e o convido para jantar fora, no restaurante chinês que adoramos.

Meu coração está pesado. Estou prestes a estragar o dia dele.

24

PRISÃO

Adam demorou três dias para conseguir informações do assassino de Simon Degnan. Paula nunca o viu tão determinado, feroz até. Fez vista grossa quando ele interrogou suspeitos sem luvas, algo que ela não se incomodava em fazer se era para conseguir o que os dois queriam. Mas, no fim, era o bom e velho trabalho de investigação que prevaleceu, não punhos à mostra e procedimentos da antiga.

Com Espinoza preso, Paula e Adam se debruçaram sobre os registros de visitantes e ligações feitas tanto de dentro da prisão do Condado como para fora. Ninguém o visitou além do defensor público com vários anos de carreira. Não era do tipo que Espinoza poderia convencer a arrumar alguém para encomendar um assassinato.

Os registros de ligações contavam outra história. Passaram a noite de terça e a maior parte da quarta-feira verificando antecedentes de todos que fizeram ou receberam ligações depois da detenção de Espinoza. Excluíram advogados, membros da família de detentos e chamadas gratuitas para serviços de referência de advogados e acabaram com uma lista de dezessete nomes e três celulares descartáveis que não conseguiram rastrear.

Então Adam começou a cavar, procurando alguém que se encaixasse no perfil. Para ser contratado por um reles marginal feito o Espinoza, o suspeito tinha que ser alguém do mesmo nível ou pior, sedento por uma grana rápida e com pouco ou nada a perder.

Três dos dezessete se encaixavam no perfil. Eram ex-detentos; o primeiro vivia em uma casa provisória para recém-saídos da prisão, o segundo era um viciado em drogas recém-liberto depois de cumprir sete anos por lesão corporal e o terceiro foi colega de cela de Espinoza quando tinha sido preso havia cinco anos. Adam não perdeu tempo com os dois primeiros, apostou no terceiro.

Na sexta-feira de manhã por volta das dez ele ligou para Paula para pedir um mandado. Ela o entregou pessoalmente.

Acharam o suspeito totalmente fora de si, jogado em um colchão sujo em um apartamento infestado de baratas três andares acima do de Espinoza. Havia quase dez mil em notas de cem dólares na bancada da cozinha, deveria faltar uma ou duas, provavelmente usadas para comprar a pizza de pepperoni grande com queijo extra com a qual as baratas estavam fazendo a festa quando Adam derrubou a porta.

Algemou o infeliz e o colocou em pé. Ele não voltou a si, o corpo cambaleando mole até Adam deixá-lo cair de volta no colchão com uma careta de nojo.

Paula encarou o suspeito, torcendo o nariz.

— Tem certeza de que é ele? — O fedor era insuportável.

Adam bufou e apontou para o monte de notas de cem na bancada.

— Quem mais?

Então ele começou a vasculhar o apartamento em busca da arma do crime. Passados alguns minutos abrindo e fechando armários com luvas, a encontrou escondida sob a pia do banheiro, enrolada em um jornal velho.

Ele a ergueu com apenas dois dedos e pisou em uma barata que caiu do jornal.

— Ah, que inferno... as coisas que a gente tem que fazer nesse trabalho — ele resmungou. Então se virou para Paula, sorrindo. — Achei. — Ele ejetou o carregador e puxou o ferrolho para trás até a bala presa no cano ser cuspida. Então a aproximou do nariz. — Foi usada há pouco tempo. Temos tudo de que precisamos.

Paula encarou o homem, caído e algemado, a cabeça contra o colchão e as pernas em uma posição tão estranha que só alguém entorpecido conseguiria. Não era o detido glamoroso que ela queria, mas era, apesar disso, o assassino de uma criança — um caso que seria noticiado. Uma boa oportunidade para atrair o sr. Prefeito de volta ao jogo.

— Pode me dar trinta minutos, Adam?

— Nesse lugar? Tá de brincadeira?

— Por favorzinho, vai — ela disse, a voz com uma pitada de firmeza.

— Certo, chefe — ele disse, gesticulando com as mãos. — Aproveita. Vou ficar aqui sentindo o cheiro de rosas.

Ela tirou o celular do bolso e hesitou, encarando o suspeito.

— Seria bom se ele estivesse sóbrio para a festa que vamos dar para ele. Bom, talvez não sóbrio. Eu me contentaria com acordado ou meio acordado. Tem como?

Adam rosnou, agarrou o braço do suspeito e o arrastou para o banheiro. Ali, ele ligou o chuveiro e molhou a cabeça do homem com água fria, segurando-o pelo colarinho na frente da banheira.

A primeira mensagem que mandou foi para o celular de Derreck. Só dizia: *estou prestes a fazer uma prisão que vai ser noticiada, o assassino de uma criança que iria testemunhar. Esteja aqui em trinta minutos, não posso esperar mais*. E o endereço. Então ligou para Hobbs. Por sorte, ele não atendeu. Ela ficou feliz em deixar uma mensagem, informando-o da prisão. Então deu uma conferida furtiva em Adam; ele ainda estava tentando despertar o suspeito. O máximo que conseguiu arrancar dele foram alguns palavrões resmungados.

Ela colocou o celular no bolso e pegou outro, um celular descartável com alguns números salvos e já programados para receber a mesma mensagem ao mesmo tempo: todos os principais canais de noticiário da região. Então digitou: *assassino de Simon Degnan prestes a ser preso em trinta minutos. Promotora está no local*.

Assim que terminou de digitar o endereço, o assassino estava acordando e xingando Adam de tudo que era nome. A primeira coisa que o suspeito fez foi soltar um jarro de vômito. Paula deixou Adam cuidar daquilo e saiu de lá para organizar seus pensamentos.

E se, apesar de tudo, Derreck aparecesse? Isso queria dizer que o acordo entre eles voltaria a ser como era antes, como se nada tivesse acontecido? Significava que ela poderia ter uma pontinha de esperança de que ele largasse a esposa um dia? Ou fazia tanto tempo assim que ela ultrapassara a linha entre bom senso e completa ilusão?

Dependia do quanto Derreck desejava ser prefeito em novembro.

Ela olhou através da janela, perto de uma lixeira que cheirava menos pior que o apartamento do suspeito. A primeira equipe de TV estava estacionando naquela calçada. Outra chegou alguns minutos depois. Nem sinal de Derreck. Ela olhou para o relógio e respirou fundo o ar limpo em comparação ao do interior do apartamento, então voltou.

— Como está indo aí? — Ela olhou para o suspeito que estava em posição fetal de um lado do piso, as mãos algemadas atrás das costas, gemendo.

— Está com uma puta de uma ressaca, mas está como você queria. Consciente. É o máximo que consegui.

O homem ergueu a cabeça, fuzilando-a com os olhos semicerrados injetados. Sua barba por fazer de mais ou menos três dias estava com pó e sujeira do chão. A camiseta de time dele, que um dia havia sido azul e laranja, estava toda manchada e completamente molhada. Ela pensou em pedir para Adam trocar as roupas dele, mas mudou de ideia. Era ela que precisava estar bem na TV, não ele.

— Tá bem, vamos lá — ela disse, passados exatos trinta minutos desde que tinha mandado a mensagem para a imprensa.

Quando saíram do prédio, a imprensa os rodeou, parando a uma distância respeitosa, provavelmente por causa do cheiro que emanava do homem algemado.

— Srta. Fuselier — uma repórter a abordou —, quem é esse homem?

Ela endireitou a postura e ergueu o queixo.

— A procuradoria do Condado de Cook emitiu um mandado de prisão do homem que atirou em Simon Degnan, um menino de onze anos, que testemunharia contra Vicente Espinoza pelo assassinato da esposa dele.

Eles exclamaram e se aproximaram, estendendo os microfones até ela.

— Qual delegacia ajudou na investigação?

— Esse caso nos comoveu. Por isso eu mesma e meu investigador, Adam Costilla, cuidamos pessoalmente dele.

Uma repórter com jeito de nerd deu um passo à frente, quase encostando nela com o microfone coberto de espuma.

— Isso não é incomum, srta. Fuselier?

Ela abriu um sorriso rápido que sumiu quase na mesma hora.

— Bastante. Mas há alguns casos que precisamos resolver por nós mesmos. Simon Degnan era uma testemunha importante para esse caso e nós...

— Não conseguiram manter ele seguro? — a repórter nerd perguntou.

— Como se sente a respeito, srta. Fuselier?

Estava prestes a responder quando viu Derreck a alguns metros dela, se aproximando com passos rápidos. Ela logo mudou o rumo da conversa, feliz em tirar a atenção de si mesma.

— A segurança dos cidadãos da nossa cidade é uma preocupação primordial de todos na procuradoria-geral. Trabalhamos junto com a prefeitura de Chicago para reduzir a onda de crimes que assola nossa cidade. Esperamos que essa parceria continue depois de novembro, mesmo sob nova gestão. — Ela acenou com a cabeça em direção a Derreck, e a imprensa seguiu sua deixa, voltando a atenção para ele.

— Não acredito, Paula — Adam resmungou baixinho. — É sério que trouxe seu amante aqui para isso?

— Cala a boca e sorria para as câmeras, Adam. Logo vai entender tudo.

Ela o acompanhou até o carro dele e o viu colocar o suspeito dentro enquanto Derreck tirava de letra as perguntas da imprensa. Parecia calmo rodeado de repórteres, sorrindo com tranquilidade, fazendo as afirmações que deveria, o enorme carisma dele forte e envolvente.

— Pode ir na frente, Adam, já te encontro. — Ele a encarou por um bom tempo, então sentou atrás do volante e saiu com o carro, abaixando a janela ao virar a esquina.

Ela esperou a alguns metros, fingindo estar fazendo mexendo no celular enquanto os repórteres faziam a festa com Derreck Bourke, favorito da candidatura a prefeito, segundo as últimas pesquisas. Quando se cansaram, foram embora um por um, se esquecendo totalmente dela. Era como se uma mulher nunca pudesse ficar no holofote quando um homem estivesse por perto, como se até a sombra dele a ofuscasse sem escapatória. Ela já tinha reparado nisso nas coletivas com Hobbs, até mesmo com outros promotores mais novos que ela. Assim que um homem aparecia, o foco deixava de ser ela.

Como se daria isso quando ela se candidatasse à procuradoria-geral do Condado de Cook, provavelmente contra Hobbs, se ele não virasse governador até lá? Quer ela gostasse ou não, ela precisava do apoio de um homem.

Sorrindo, ela se aproximou de Derreck enquanto ele terminava de falar com o canal de notícias da região. A câmera estava desligada depois da entrevista, e a repórter descaradamente dava em cima dele. Ele parecia gostar, mas ficou claramente desconfortável quando Paula se aproximou.

— Sr. Bourke — ela disse estendendo a mão. Ele a cumprimentou, ao que tudo indicava para manter as aparências, mas ela apertou a mão dele com força, segurando-a por um pouco mais de tempo do que ele gostaria. — Que surpresa te encontrar aqui.

A repórter saiu, deixando claro que não tinha gostado da interrupção. O cameraman a seguiu, e eles subiram na van do canal de TV.

— Sim, que surpresa — Derreck disse soltando a mão da dela.

— Não sabia se conseguiria chegar a tempo. — A voz dela era calma, dando abertura para que ele mantivesse as aparências. — Mas fico feliz que tenha conseguido.

— Aposto que sim.

Surpresa com o tom hostil dele, Paula o encarou bem nos olhos, confusa e preocupada. Estar ali significava que ele queria continuar com o acordo, certo? Do contrário, o que estava fazendo ali?

— Está tentando emboscar minha esposa? — ele perguntou em um sussurro ameaçador. — Colocou escutas na casa, está seguindo ela? O que está fazendo, Paula? Enlouqueceu de vez?

Ah... a sua querida Anne Wiley. Não havia nada que ele não fizesse por ela e esse pensamento fez Paula ranger os dentes. Uma onda de mágoa fez seu sangue ferver.

Era agora ou nunca. Ela não tinha tempo a perder com alguém que não a levava a sério.

— Me encontre hoje à noite e podemos discutir isso. — Ela sorriu, encarando os lábios dele por um instante. — No quarto de hotel da sua escolha. Você nunca decepciona.

Ele deu um tapa na testa, em um gesto frustrado.

— De jeito nenhum. Por sua causa preciso acalmar Anne. Não foi isso que disse que aconteceria, Paula. Disse que pegou esse caso para abafar, não para mandar seu investigador ficar na porta do escritório dela.

— Ela te conta tudo, né? — Por um instante ela invejou Anne por mais uma coisa, por ter uma pessoa em quem confiar.

— Foi você que quebrou as regras, Paula — Derreck disse e deu um passo em direção ao seu carro. — Não posso fazer nada.

Ele estava prestes a ir embora e largar Paula lá. De novo.

Ela teve essa única chance e falhou. Uma onda de ódio tomou conta do seu peito, brutal e sanguinário. Pelo menos dessa vez ela é que iria embora.

— Se eu fosse você, tomaria mais cuidado para não me irritar. — Ela passou por ele esbarrando de leve em seu braço. — O único problema em acabar com você é que vai ser fácil demais.

Ela foi em direção ao carro com confiança, os saltos batendo contra o asfalto da rua estreita, ecoando pelas paredes de concreto dos prédios da periferia. Ao alcançar o veículo, lançou um olhar rápido e discreto para trás. Ele ainda estava lá, a encarando, parecendo perplexo.

O jogo ainda não tinha terminado. Ela ainda poderia ganhar.

25
POR UM TRIZ

Meus dias quase voltaram ao normal, com uma agenda cheia de cirurgias e o número de pacientes aumentando no pós-operatório. Tudo parece excessivamente calmo, como a calmaria que precede a tempestade. Sei que ainda não acabou. Algo me diz isso.

Paula Fuselier não vai desistir nunca. Vi isso nos olhos dela.

Sinto um perigo iminente pairando sob mim o tempo todo, estarrecedor. O resultado são dias tensos no hospital e noites silenciosas em casa. Derreck tem passado mais tempo comigo, provavelmente deixando de fazer algo no trabalho para ficar ao meu lado, embora a gente não converse muito. Fica difícil conversar quando há o medo de que tenham colocado escutas na casa.

Derreck fez uma varredura na casa toda com um detector de escuta que ele comprou em uma loja de equipamentos de espionagem no centro, mas não achou nada. Acho que teria ficado mais aliviado se tivesse encontrado algo; agora ele está em dúvida da eficácia da varredura.

Seja como for, não temos mais paz, e nossa alegria de viver murchou, substituída de repente por preocupação e medo constante. Tudo por causa de Caleb Donaghy, como se ele já não tivesse causado estrago o suficiente à minha família. Como se precisasse nos machucar mais uma vez antes que eu o enterre de uma vez por todas.

Mas não acho que ele tenha sido enterrado ainda. Uma das coisas que continua me preocupando é saber que o corpo dele está lá no necrotério, no subsolo, sem data para sair. Se fosse outro paciente, eu perguntaria o motivo, mas nesse caso, quanto menos eu tocar no assunto melhor. Nunca se sabe quando outro detetive de Paula Fuselier pode estar à espreita, ouvindo, observando, reunindo provas para me prender.

Foi nesse nível que cheguei... de olhar para todos com suspeita mal disfarçada. Não consigo confiar nem nos meus colegas mais antigos, me perguntando de que lado eles estão: do meu ou do dr. Bolger? Fico me perguntando quem ligou para a procuradoria, o próprio Bolger? Ou teria sido outra pessoa? Evito olhar as pessoas nos olhos, com medo de que consigam ver por trás da máscara de boas justificativas e descubram que sou uma assassina.

O único lugar onde me sinto segura é na sala de cirurgia. Ali estou cercada de amigos e de um dos três bons anestesistas que sobraram depois da suspensão do dr. Bolger. Um alívio enorme, diga-se de passagem. Ninguém vai entrar de supetão para me levar algemada. Pelo menos vão me deixar terminar a operação pelo bem do paciente, não por mim.

Mal consigo respirar toda vez que saio da sala de cirurgia, na expectativa de que estejam esperando por mim.

Vai acontecer. Só não sei quando.

Talvez seja hoje.

Esqueço as minhas preocupações ao som da música "Anti-Hero" da Taylor Swift. Que irônico... *monster on a hill*, monstro da colina. Será que perdi a cabeça ao me permitir deixar que Donaghy morresse, pensando que era a coisa certa a ser feita? Por causa de Melanie, pelo que ele fez com ela sem nunca ter sido punido?

Quem é que me deu o direito de puni-lo, ou de ser a juíza, o júri e o carrasco desse homem?

Eu me torturo com esses pensamentos ao mesmo tempo em que me pergunto se ainda tenho alguma consciência, porque não sinto nenhum arrependimento. Não. Minha consciência saiu de férias ou pegou no sono, não dando nem sinal de vida quando eu tentava me culpar. Só penso em Melanie. O corpinho machucado dela. Os olhos amedrontados, chorando no parque ao ver seu estuprador. O corpo frio e flácido dela nos meus braços, breves cinco anos depois.

Estou pronta para começar a cirurgia de ponte de safena tripla na sra. Orlowski. Foi postergada por alguns dias já que a pressão dela estava oscilando. Ela parece ser bastante sensível ao estresse, mesmo depois de a mantermos medicada e em uma dieta rígida para estabilizar essa condição. Fizemos novos exames, procurando problemas metabólicos, tentando achar o vilão, e encontramos níveis um pouco abaixo do normal de TSH. Nada que não possamos consertar.

Tenho uma regra nova na sala de cirurgia. Antes de iniciar o procedimento, vou atrás da cortina para ver o rosto do paciente. Parece ser a coisa certa, por mais que não tenha outro Caleb Donaghy por aí. Ele era o único monstro no histórico da nossa família.

Atrás de mim, o dr. Dean está contando a história do que aconteceu na sua última escalada aventureira e dos planos de escalar a Cordilheira Absaroka na fronteira leste do Parque Nacional de Yellowstone ano que vem. Quase todo mundo ri quando ele conta de um percalço no acampamento em que o cachorro de outro trilheiro roubou a carne dele da grelha. Quase todo mundo. Estou tensa por algum motivo, e Lee Chen parece um pouco cansado. Para falar a verdade, faz tempo que não o vejo sorrir, a última vez foi na tarde de segunda-feira quando o comitê me inocentou. Ele deve estar passando por algum problema pessoal.

Volto para minha posição junto ao peito da paciente, ao lado do coração e estendo a mão. Madison coloca o bisturi na minha palma com a pressão exata. Estamos prontos para começar.

Depois da primeira incisão percebo que há algo errado. Embora tenha verificado os exames dela várias vezes, paro e espero, segurando a serra cirúrgica centímetros acima do seu esterno exposto. Franzo a sobrancelha ao ver filetes de sangue fluindo com rapidez, preenchendo a incisão sem o menor sinal de coagulação.

— Desligue — digo e Ginny sabe que me refiro à música. A conversa para no mesmo instante. Um silêncio tenso recai na sala, acentuado pelo ritmo do coração da paciente nos monitores. Coloco a serra cirúrgica na bandeja de instrumentos e olho para as bordas da incisão.

Nem sinal de hemostasia.

Deixei alguma coisa passar. O sangue dela não está coagulando.

— Transfusão profilática de plaquetas, agora — ordeno, poucos segundos antes do aviso estridente vindo do monitor.

— Pressão caindo rápido — o anestesiologista diz. — 95 por sessenta.

Ela vai morrer por hemorragia por causa do corte de quinze centímetros que fiz no peito dela.

Ginny vem correndo com a bolsa de plaquetas e Madison a engancha no suporte. Uma segunda transfusão de sangue puro é colocada no outro braço. Passados alguns momentos que parecem eternos, o monitor para de apitar.

— 105 e subindo devagar — o anestesista diz.

— Ginny, quero ver os fatores de coagulação dela outra vez. Estavam normais quando verifiquei. — A pressão dela era oscilante, mas não é o que vejo agora.

— Vamos fechar ela? — o anestesista pergunta.

— Ainda não — examino as bordas do corte que fiz, ainda sangrando bastante enquanto Madison faz a sucção. O sangue dela está coagulando um pouco melhor, mas ainda não rápido o suficiente.

Ginny abre o arquivo e o segura diante do meu rosto, longe da mesa de cirurgia, para que eu possa enxergar sem tocar nas páginas. Não posso acreditar.

Leio os valores dos fatores de coagulação como se tivesse engolido uma pedra de gelo, me lembrando que os vi rapidamente na segunda-feira, olhando só as letras em negrito que indicavam os resultados acima do normal. Porque minha cabeça estava em Paula Fuselier e na audiência.

Computadores são idiotas. Pessoas como eu que confiam demais em computadores para deixarem os valores acima do normal em negrito são mais idiotas ainda. O nível de trombócitos dela estava só cinco unidades acima do limite mais baixo.

A mesma coisa com o nível de fibrinogênio. O tempo de protrombina, um segundo abaixo do limite que o teria deixado em negrito, mostrando que ela não poderia fazer a cirurgia. Se eu tivesse visto esses valores teria postergado a operação até que suas plaquetas estivessem dentro do normal e o tempo de coagulação do lado mais rápido do regular.

Não consigo me perdoar. No meu trabalho, a desatenção é inaceitável, seja lá qual for o problema. M tinha razão. Precisava vir para o hospital pronta para dar meu melhor ou meu lugar não era ali. Vidas estavam em jogo.

Algumas horas depois, saio da sala de cirurgia, arranco o avental e o jogo na lata perto da pia. Visto meu jaleco e ando com determinação até a sala de M. Isso está acabando comigo. Preciso conversar com alguém sobre o que está acontecendo; ficar sem saber o que vai acontecer comigo quase custou a vida de uma mulher.

Entro de supetão na sala de M e a encontro ao telefone, conversando sobre a festa beneficente do mês que vem. Sobre a mesa, perto do telefone com um fio em espiral, há um porta-retratos com a foto dela segurando a mão de uma garotinha risonha de uns cinco anos. A filha dela? Ela já tem 47, então talvez não seja. Talvez ela já seja avó.

Na TV da parede perto da mesa está passando o noticiário das cinco, mas o som está tão baixo que não consigo ouvir nada. Ando de um lado para o outro, nervosa, olhando para o aparelho sem prestar muita atenção. Estão falando alguma coisa de uma prisão do assassino de alguma testemunha.

M olha para mim e imediatamente desliga.

— O que foi que aconteceu?

Minha garganta está seca, mas a vontade de despejar tudo é maior.

— Quase matei uma paciente — solto. — Não percebi que o fator de coagulação estava no limite e fiz o corte e... — Esfrego a minha testa e fecho os olhos, sem conseguir terminar. Como vou explicar em poucos minutos o turbilhão de culpa e ansiedade que me assola?

— Qual paciente? — M pergunta, seu olhar desviando para o computador. Ela devia estar com as cirurgias agendadas já aberta, porque depois de apertar algumas poucas teclas ela pergunta: — Orlowski, para a ponte de safena tripla?

Aceno com a cabeça, me sentindo fraca, mas o instinto de sobrevivência toma conta de mim por causa da pergunta e traz um tremor familiar aos meus músculos.

— Como ela está? — A voz dela é apressada, me pressionando. M está sempre com pressa. Hoje não seria diferente.

— Ela... ela está em pós-operatório — gaguejo. — Vai se recuperar.

— Abriu o peito de um paciente com fator de coagulação abaixo do ideal?

Aceno com a cabeça, sentindo meu rosto empalidecer.

— Fiz transfusão profilática de plaquetas e de sangue, tudo que podíamos fazer, bem ali na mesa de cirurgia. Era isso ou fechá-la e dizer que cometemos um erro e que teríamos que tentar outra vez em alguns dias, quando o nível de plaquetas subisse. — Encaro seus olhos, escuros, sérios e perspicazes, e um calafrio me toma. — Decidi continuar com a ponte de safena. Sei que era arriscado, me desculpe.

Ela olha fixamente para mim como se me analisasse. Os lábios estão contraídos, as mãos espalmadas na mesa, imóveis. Por um instante, a única coisa que escuto é o som baixo da TV.

— Tomou a decisão certa — ela diz enfim. — A paciente não morreu. Não fez o hospital correr o risco de ter de se responsabilizar pelo adiamento da operação depois de você já ter começado o procedimento. Ninguém precisa saber disso. Principalmente se sua equipe conseguir ficar de boca fechada. — Ela faz uma pausa, seus olhos com um brilho que não consigo decifrar. — Mas quero deixar claro que teve sorte hoje. E sorte é uma coisa que pode mudar de uma hora para a outra.

Ela se levanta e dá a volta na mesa com passos tão largos quanto sua saia lápis a permite, então senta no sofá e me convida para sentar dando um tapinha na poltrona ao lado. Eu me sento, desconfortável, bem no canto, sabendo que ela não costuma fazer aquilo. Já a vi naquele sofá com outras pessoas, doadores, palestrantes visitantes, mas não eu. Não sei o que pensar.

Na nossa frente uma repórter local comenta algo na televisão. Então começa uma propaganda de cream cheese.

— Anne, alguém na procuradoria está claramente atrás de você, não sei o motivo. — Eu só a encaro, sem uma resposta para dar. — Mas você vai dar a volta por cima, se quiser continuar sua carreira, seja aqui ou em outro lugar. Não preciso dizer que se perder outro paciente enquanto eles estiverem na sua cola é o fim da linha para a dra. Anne Wiley. Não vai mais conseguir ser médica, e se conseguir vai ser em um lugar inóspito no Alaska tratando queimadura de frio e abscessos perianais.

— Entendo. — As palavras duras dela me abalam, mas não me surpreendem. Fico grata pela bronca, pode ser a chacoalhada de que preciso para me recompor. Mesmo assim, meus olhos ardem com lágrimas. Aquele era o pior momento possível para eu ter uma crise de choro.

— É por causa dele? — ela diz apontando para a TV.

A campanha eleitoral de Derreck está passando, logo depois do comercial de um removedor de manchas.

Ele fica bem na televisão; parece ter nascido para estar ali. Por um instante, esqueço onde estou e assisto a propaganda como se nunca a tivesse visto. Ele usa um terno azul-marinho com uma camisa social de um azul-acinzentado da mesma cor que seus olhos e uma gravata xadrez Armani em tons mais escuros de azul. Está sentado confortavelmente em uma cadeira de ferro numa cafeteria, falando em um tom casual sobre a terceira cidade mais populosa dos Estados Unidos ter se tornado a nova capital do crime. Com gestos contidos e um tom melancólico, mas ainda prazeroso de ouvir, ele promete combater o crime, um posicionamento firme para lutar contra a zona de guerra que sua amada cidade se tornou. Pede por um voto de confiança e confiança na mudança, um jogo de palavras que eu disse para ele não usar alguns meses atrás, quando ele teve a ideia de usar a criminalidade para conseguir votos. Achei que o slogan piegas não funcionaria, mas as pesquisas de intenção de voto provaram que eu estava errada.

— Acha que o prefeito está atrás de você para atingir seu marido? — M pergunta quando a propaganda acaba.

Eu a olho sem perceber que estou retorcendo minhas mãos a ponto de estalar e machucar meus dedos.

— Para ser sincera, não sei, mas vai acabar prejudicando nós dois a não ser que...

M se inclina na minha direção, ansiosa para saber o que tenho a dizer:

— A não ser que o quê?

Meus pensamentos estão desconexos, não estão prontos para eu vocalizá-los. Mas estão começando a fazer sentido.

— Não entendo como souberam que Caleb Donaghy morreu.

Nesse instante M fica um pouco boquiaberta.

— Ah — ela diz. — Tem razão.

— Sempre achei que dr. Bolger tivesse ligado para eles, mas e se não tiver sido? Ele também era responsável pela cirurgia. Pensando bem, por mais que ele me odeie, seria burrice chamar atenção para um paciente que morreu enquanto ele estava lá.

— Mas e se foi ele mesmo? O machismo pode tê-lo cegado de tanto ódio por mulheres bem-sucedidas. Não pense que eu mesma já não provei do veneno dele. — Ela bufa com desdém.

Balanço a cabeça devagar.

— Duvido, por causa do timing. Ligaram para a procuradoria *antes* do resultado da autópsia, antes que ele tivesse certeza de que o erro não era dele. A ligação foi feita antes da audiência. — Consigo parar de retorcer as mãos, mas preciso de todo meu autocontrole. — Algo me diz que não foi ele.

— Então quem foi?

— Não sei. — É a única coisa que digo após um suspiro profundo. Minha resposta não mudou muito depois da audiência, quando ela me perguntou o mesmo pela primeira vez. — Pelo menos sei quais eram os motivos de Bolger. Por mais errados e odiosos que sejam, sei quais eram. Mas se não foi ele, não consigo pensar em mais ninguém que tenha um motivo para ter ligado.

M inclina a cabeça e sorri.

— Sei como podemos descobrir, se tivermos a sorte da ligação ter sido feita do hospital. Vou pedir um relatório do TI. Se soubermos quem foi, então você pode perguntar o motivo.

Aceno e me mexo inquieta, me perguntando por que ela não me mandou ir embora ainda.

— Quer tirar uma licença até tudo isso acabar? — ela pergunta daquele jeito direto de sempre.

— Não — respondo, deixando transparecer ansiedade e mágoa na voz. — Por favor, não tire as minhas cirurgias. Acabaria comigo. Meu trabalho é a minha vida, é tudo para mim. Não tire isso de mim.

O que não digo é que se eu tirar uma licença, a procuradoria vai ficar ainda mais cismada sobre a morte de Caleb Donaghy.

Ela ergue as mãos no ar.

— Tá bem, não vou. Mas não podemos ter mais erros como esse. Entendeu?

Eu me levanto.

— Entendido — respondo e em seguida ela gesticula para eu ir embora, provavelmente da mesma maneira que faria para mandar a neta ir escovar os dentes.

Ao voltar para a minha sala me pergunto o que M fará se descobrir quem ligou para a procuradoria.

26
MANDADO

Mais um final de semana quase em silêncio total passa rápido. Fingir que está tudo bem é uma das coisas mais difíceis que preciso fazer. Quero discutir a respeito com Derreck, sobre o que poderia acontecer e o que devo fazer. Mas pensar que podem ter escutas pela casa me deixa sem vontade de fazer nada. Somos feito autômatos, trocando meias palavras ou resmungando frases soltas, evitando conversar como se estivéssemos numa realidade ao estilo de *1984*.

Minha mãe quase não sai do quarto, fica lendo ou assistindo à TV. Ainda comemos todos juntos e Derreck fica o final de semana inteiro em casa. Domingo à noite ele me leva a uma pizzaria pequena onde ele conhece os donos, o que possibilita pedir uma mesa mais reservada.

Lá, quando juntamos a cabeça e começamos a sussurrar freneticamente, pergunto como vou saber que acabou. A procuradoria vai me ligar para dizer que a investigação foi concluída? Ele disse que nunca fazem isso. Pior ainda, algumas investigações podem não terminar em anos. Então ele me pede de novo para falar com Mitch Hobbs, o procurador-geral do Condado de Cook.

Digo que não, pensando que M não ia gostar nem um pouco se alguma coisa desse errado e a procuradoria pudesse acrescentar na lista de delitos a tentativa de influenciar a investigação. Derreck concorda com relutância e diz que provavelmente seja melhor assim, embora não pareça convencido disso. Como pouquíssima pizza, por mais que pareça muito saborosa e repleta daquele maravilhoso queijo derretido capaz de entupir veias.

Só consigo pensar em quanto tempo falta até eu poder respirar normalmente de novo.

Escuto Derreck explicar como funcionam as eleições para prefeito, mas sem prestar muita atenção. Alguns clientes da pizzaria o reconhecem e a apontam para ele ou nos cumprimentam; alguns sorriem e passam direto, nos encarando. Uma pessoa fecha a cara, deve ser fã do outro candidato.

Observar a reação dessas pessoas interrompe por um curto instante meu fluxo de pensamentos, presos no mesmo ciclo infernal intermitente em torno de uma única pergunta que ninguém pode responder: por que o coração de Caleb Donaghy não voltou a bater? Por que ficou tão inerte, completamente parado depois que o enxaguei com solução salina aquecida?

Talvez eu nunca descubra. Mas para mim isso é inaceitável.

Na segunda-feira de manhã, tenho um plano.

Não é o melhor plano do mundo, e provavelmente Derreck me daria um sermão se soubesse, mas eu *preciso* entender o motivo de o coração dele não ter voltado. Desde que mandei Caleb Donaghy para o necrotério, há duas semanas e três dias, senti extrema ansiedade e muita angústia, que me levaram à uma crise existencial.

Sou ou não sou uma assassina? Eu o matei mesmo, ou só estava disposta a matá-lo?

Alguns podem dizer que não importa, já que agi como se o coração dele estivesse viável, eliminando as chances de que voltasse a bater. Depois de ver o rosto dele, a massagem que fiz no músculo nunca teria ajudado, já que menos de dois minutos depois me apressei em declarar sua morte, receosa de que ele vivesse.

Por isso preciso saber se o coração dele ainda estava viável. Preciso. Do contrário, a dúvida vai me enlouquecer aos poucos.

Eu me sento diante do computador, assim que termino de fazer as visitas aos pacientes, e começo a escrever um e-mail para o médico-legista do condado de Cook que fez a autópsia em Caleb Donaghy. Depois de me apresentar e expor meus motivos, listo em um parágrafo sucinto os exames que gostaria de fazer no corpo de Caleb Donaghy para investigar o motivo do coração dele não ter voltado a bater.

Sim, é absurdamente idiota, como chutar um vespeiro. O relatório de autópsia me inocentou e estou muito grata por isso. Qualquer pessoa com um pingo de bom senso deixaria isso para lá.

Então, resolvo salvar o e-mail como rascunho para pensar melhor por alguns dias. Talvez pense em uma forma melhor de descobrir se o coração estava viável, sem cutucar a onça com vara curta. Ou quem sabe eu possa enfim aceitar que, coração viável ou não, minhas ações é o que fizeram de mim uma assassina, e parar de buscar absolvição. Por mais que a lei discorde. Se um homem morrer num acidente de carro, por exemplo, e em seguida for esfaqueado por alguém que acha que ele está vivo, a pessoa com a faca só pode ser culpada por profanação de cadáver. Não seria considerado, em termos técnicos, um assassino.

Talvez eu também não seja. Mas quem estou tentando enganar? Com certeza não a mim mesma.

Quando ergo os olhos da tela, vejo Paula Fuselier, com um sorriso torto para mim, pela parede de vidro da minha sala. Meu sangue congela.

Não acredito que ela voltou. Derreck tinha razão. Poderia levar um bom tempo até estarmos livres. É provável que seja bem depois de novembro, se é que essa caça às bruxas tenha relação com as eleições.

Então um pensamento me atinge enquanto a promotora entra na minha sala. Talvez alguém tenha feito outra ligação sobre o ocorrido com a sra. Orlowski na semana passada. Mas logo tiro isso da cabeça. Ninguém sabia do ocorrido além da minha equipe, o novo anestesista e M. Apostaria minha própria vida que nenhum deles ligaria para a procuradoria para falar de mim.

Eu me levanto e a encontro perto da porta. Não a quero perto da minha mesa outra vez.

— Srta. Fuselier, não é? — Olho bem nos olhos dela sem sorrir.

— Sabe que sim.

— Sinto muito, mas não posso falar com você sem a presença do jurídico. Perdeu a viagem.

— Mas pode ouvir — ela diz, fria, passando por mim e sentando pesadamente em uma das cadeiras na frente da minha mesa. Ela cruza as pernas e balança o pé de um jeito ritmado, quase o batendo na minha mesa.

Quero ela fora daqui.

Mas ela não vai embora. Por instinto, eu a encaro enquanto cruzo os braços e me encosto na parede.

Ela abre um espelhinho e dá uma olhada demorada nele, por fim fala:

— Estou aqui como um favor, para avisar que temos um mandado pendente para todos os vídeos das suas cirurgias.

Me controlo para não perguntar por que e até quando. Segundo Derreck, perguntas também podem ser usadas contra você no tribunal. Não só afirmações.

Ela tira um caderninho do bolso e dá um sorrisinho sem graça.

— Desculpe, algumas coisas são difíceis de lembrar. — Ela limpa a garganta e continua. — Até onde sei, seu tempo médio de ressuscitação de um paciente com o coração em ECMO era de 43 minutos antes de declarar a morte.

Dou de ombros:

— Nunca declarei a morte de um paciente antes de Caleb Donaghy. Você não tem ideia do que está falando.

Mas os números por ela mencionados são exatamente os mesmos que M disse na audiência. Então foi mesmo uma delação do dr. Bolger, não uma, mas duas vezes. Ninguém mais estava presente tanto na cirurgia de Donaghy como na audiência.

Meu coração fica pesado. A última coisa de que preciso é essa mulher carregada de informações dadas pelo dr. Bolger.

— Ah, sim, me equivoquei. Aqui diz tempo médio de 43 minutos antes de RS. Achei que isso fosse jargão médico para decidir quando alguém estava morto.

— RS quer dizer ritmo sinusal. Ou seja, vivo, não morto. — Não posso evitar o sarcasmo na voz. Devia ficar quieta.

— Ah, certo, faz sentido. Então teremos um mandado para descobrir como essa cirurgia... não, como essa *ressuscitação* foi diferente. Vamos comparar e detalhar tudo com outras gravações, mostrar cada passo diferente que você deu. Por exemplo, aqui, diz que você costuma injetar epinefrina direto no coração do paciente, mas que dessa vez, não fez isso.

A sensação de que algo ruim está por vir da qual praticamente acabei de me livrar volta e se espalha por todo meu corpo, fazendo com que eu me sinta fraca. Quem mais saberia desses detalhes fora o dr. Bolger? M jamais colocaria a reputação do hospital em risco mesmo que ela quisesse me prejudicar. Quando ela quer atingir alguém, ela demite essa pessoa, e em geral é bem-merecido, é mais uma reprimenda do que uma agressão. Ela não é uma sociopata, não precisa de nada além do poder que seu cargo já lhe confere.

A promotora estava prestes a me fazer outra pergunta quando Madison entra de supetão na sala.

— Sra. Molinari precisa de você no pós-operatório, agora — ela anuncia, segurando a porta aberta. Faço uma careta por um instante, surpresa por ela usar o nome de um paciente homem precedido por "senhora".

Então percebo que ela veio me resgatar com um motivo fictício.

Saio de lá, sabendo que ela vai tirar Paula da minha sala ou, se não conseguir em menos de três segundos, vai chamar a segurança, conforme instruções claras de M.

Ando apressada até as salas de tratamento perto do centro de cirurgia. Encontro uma vazia e entro, trancando a porta e fechando as cortinas. Então me jogo numa cadeira, minha respiração pesada, engasgando com lágrimas e desespero.

Isso não vai acabar.

Preciso correr, sair dali, ir para um lugar seguro, nem que seja só por uma hora.

27
ESCRITÓRIO

Quando fui embora do hospital sem avisar ninguém, achei que estava saindo mais cedo, mas já estava escuro lá fora. Mesmo assim, fui de cabeça baixa até o estacionamento, receosa da promotora me ver. Na verdade era eu que não queria vê-la, só isso: a personificação de um avestruz com a cabeça enterrada na areia, enquanto o enorme corpo emplumado ficava à vista. É por isso que, apesar de estar com a cabeça baixa, vários colegas me deram boa-noite enquanto eu caminhava até meu carro.

Mas não a vi, não nos encontramos e, até onde sei, ela não sabe que fugi dela.

Assim que fecho a porta e ligo o carro, meus olhos enchem de lágrimas, e um leve choramingo escapa do meu peito. Sabia que isso aconteceria, mas isso não facilita.

Não estou pronta. Aceitei o que fiz, o que me tornei, mas não consigo enxergar um futuro em que fico atrás das grades, longe de tudo que amo: minha família, meu emprego. Isso acabaria comigo. Mas ao me deparar com o trânsito caótico do começo da noite, um pensamento perturbador serpenteia pela minha mente. As pessoas são mais fortes do que imaginam. Acham que não vão aguentar se isso ou aquilo acontecer, mas aguentam, sim. A natureza dá um jeito de fazer com que sigam em frente mesmo indo contra seus próprios pensamentos e vontade, porque sobreviver a qualquer custo está no nosso DNA. Não, posso dizer que eu aguentaria muito anos de dor, sofrimento e até desespero antes de morrer na prisão.

Esse pensamento é terrível. Por um instante avassalador penso em tirar minha própria vida enquanto ainda posso.

Então respiro fundo. *Ainda não acabou*, falo para mim mesma até acreditar naquilo.

Paro no semáforo de uma rua pequena e espero ficar verde. Está chovendo e ventando, mas não o suficiente para ligar o para-brisa. Folhas e galhos batem no vidro de tempos em tempos, carregados por rajadas fortes. O som é desconfortável, como uma trilha sonora de um filme de terror. Mas então vejo um galho no para-brisa segundos antes de ser levado pelo vento. Tinha um broto na ponta, pequeno, mas já verde, a promessa de que a primavera está por vir.

Não parei para admirar árvores em mais de duas semanas. Também não tenho corrido pela manhã. Minha vida saiu do eixo assim que vi a mancha de nascença de Donaghy. Parei de viver no mesmo momento em que ele, como uma simetria poética surrealista.

O carro de Derreck não está na garagem quando chego em casa. Não esperava que estivesse: é raro ele chegar antes das seis, ainda que ele tenha conseguido chegar antes das seis e meia nesses últimos tempos.

Assim que entro na sala, vejo minha mãe no fogão, mexendo uma panela fervendo de macarrão. O ar cheira a coentro, cebola refogada e queijo parmesão recém-ralado. Ainda não há carne para o jantar; é o jeito da minha mãe mostrar que se importa. Não precisava, mas aquece meu coração e me sinto grata.

Dou um abraço demorado nela, mas chega de chorar. *Preciso saber.* A incerteza está me enlouquecendo, ainda mais com essa promotora mordendo meus calcanhares, na esperança de que eu tropece e vire uma presa fácil para ela destroçar.

— O que houve, querida? — ela pergunta, se afastando o suficiente para conseguir me ver. Ela parece preocupada. Sorrio e beijo sua bochecha.

— Nada demais — digo, deixando a bolsa na cadeira. — Tem uma coisa que preciso fazer antes do jantar.

— Vou manter tudo quente — ela diz e volta a mexer o macarrão. Um instante depois o alarme do celular dela dispara e eu a escuto desligar o fogão enquanto entro no escritório.

Encontro a paz tão almejada no cômodo silencioso, confortável, cheio de lembranças e da força do meu pai. *O que ele diria? Que conselhos me daria?*

Eu me afundo na cadeira de couro e fecho os olhos por um instante, me imaginando tendo uma conversa com ele. Meu pai fala comigo em um tom firme que deixa transparecer seu orgulho e diz que a morte de Donaghy foi *justiça sendo feita, mesmo que tardia.* Não estou perdendo a cabeça, sei que a conversa é fruto da minha imaginação e que o roteiro foi escrito por mim. Mas eu o escrevo na voz dele, tentando colocar o máximo de sabedoria possível em suas palavras. Então continuo ouvindo, de olhos fechados, enquanto minha mente divaga, pronta para colocar as ideias dele em prática.

Tente descobrir tudo primeiro, ele diz, *antes de tirar conclusões precipitadas. Você ainda não sabe o que aconteceu. E se você não sabe, como essa promotora poderia saber?*

Abro bem os olhos. Ele tem razão. Ninguém sabe quem Caleb Donaghy é, exceto eu e Derreck, e ele nunca me trairia assim. Se Paula Fuselier quer provar que cometi um crime, ela tem que encontrar um motivo. Vou confirmar com Derreck, mas tenho quase certeza de que é isso mesmo.

Ligo meu laptop e espero impaciente até a tela ligar. Abro uma janela de busca e digito o nome de Donaghy, então começo a digitar o nome de Melanie, mas meus dedos param sobre o teclado.

E se eu estiver sendo observada e isso incluir as buscas que faço na internet? E se a procuradoria não sabe qual a relação entre Caleb Donaghy e a minha família, mas ao fazer essa busca mostro que é algo que deveriam investigar?

Enquanto Paula Fuselier achar que Caleb Donaghy faleceu na mesa de cirurgia do mesmo jeito que outros pacientes cardíacos às vezes morrem, a única coisa que ela pode tentar fazer é tirar minha licença médica. E tenho uma boa chance de não ser presa. A não ser que eu faça alguma coisa idiota e entregue mais provas a eles.

Será mesmo que estão me observando? Há mesmo escutas na casa? Alguém faria isso com gente como nós sem um mandado? Derreck está à frente nas pesquisas eleitorais para prefeito; um ataque como esse desencadearia consequências.

Mas não se a esposa dele for declarada culpada de assassinato, o advogado do diabo na minha cabeça se apressa em responder.

Um mar de preocupação recai sobre mim feito um banho gelado. Se há escutas na casa, não sabemos desde quando. Pode ter sido desde antes de eu contar para Derreck, e isso significa que ela sabe.

Tento me lembrar da minha conversa com Derreck aquela noite enquanto chorava nos braços dele, com palavras desconexas. O que eu disse? O que foi mesmo que eu disse...?

Sim. Eu disse. Confirmei que o conhecia. Não desde o princípio, mas eu sabia quem ele era, disse também que me apressei em declarar a morte dele. Mas não pude explicar quem ele era... Lembro que comecei a chorar nos braços de Derreck e não precisei explicar para que ele entendesse quem era o paciente.

Ficar sem saber está me enlouquecendo. Ocupa todos os meus pensamentos, faz minha cabeça girar feito o cata-vento na tela do meu Mac quando a tela trava.

Essa mulher parece ter um motivo pessoal. Não é possível que tenha sido apenas a ligação que recebeu do hospital, como M supõe. Vi uma raiva profunda nos olhos dela, alimentada por algo que não consigo entender. Talvez ela conhecesse Caleb Donaghy, mas o corpo dele continua não reclamado no necrotério do hospital. Se aquele monstro sem coração fosse alguém que ela amasse, ele já teria tido um funeral decente.

— O jantar está pronto. — Escuto a voz da minha mãe da cozinha. — E Derreck chegou.

Fecho a janela do navegador, mordendo meu lábio, frustrada. Não há nada que eu possa fazer nem na suposta privacidade da minha própria casa: descobrir se tem alguma coisa por aí, circulando pela internet que pode provar que existe uma ligação entre Donaghy, Melanie e eu.

Quando apago as luzes e saio do escritório, sinto uma pontada de ansiedade ao lembrar do rascunho escrito para o médico-legista no computador do meu escritório pedindo para investigar mais a fundo o coração de Donaghy.

Preciso deletá-lo assim que chegar amanhã, antes de ele ser enviado por engano e lido pelas pessoas erradas.

Não deveria ter escrito aquilo.

28

CORRA

Estou deitada de olhos abertos fixos no teto, observando sombras se moverem enquanto a lua brilha através do topo de um pinheiro lá fora. O vento ainda sopra, movimentando os galhos longos de um lado para o outro, roçando-os contra a janela de vez em quando.

Mas não é barulho que me mantém acordada.

Derreck dorme feito uma pedra ao meu lado, seu hálito fresco soprando de leve no meu rosto, me lembrando de que não estou sozinha e de que sou amada. O braço dele está em cima da minha barriga, mas não me importo. Não consigo fechar os olhos, então o máximo que posso fazer é ficar parada para não o acordar. Ele tem andado cansado, retraído, com olheiras que prejudicam sua imagem de força e compostura.

Seria absurdo pensar que o que está acontecendo comigo não o afetaria.

Resolva isso logo, meu pai teria dito, *pelo bem dos dois*.

Lembro quando ele me ensinou a resolver as coisas, ou, nas palavras dele, a fazer um "diagnóstico diferencial, versão vida real".

— É uma questão de fazer apostas racionais — ele disse, seus olhos brilhando com entusiasmo como sempre acontecia quando ensinava algo. — Se está saudável, você não apostaria que passaria por uma cirurgia no ano que vem. Mesmo assim pode acontecer, se algum imprevisto surgir, mas sua melhor aposta seria que continuaria saudável. Vá para onde as probabilidades apontam, faça apostas racionais com suas suposições e sempre — ele deu ênfase balançando o dedo em riste — *sempre* seja sincera com você mesma.

Está na hora de resolver as coisas antes que aquela cachorra raivosa de promotora resolva por mim.

Com os olhos estatelados, repasso a cirurgia de Caleb Donaghy, cada detalhe, cada instante. Não é difícil, depois de ter assistido às gravações tantas vezes. Ao reconhecê-lo, me lembro de sair de trás da cortina, minha mão pairando acima do peito dele, um pouco trêmula.

Minha vontade era arrancar o coração dele com as próprias mãos por Melanie. Mas não fiz isso. Fiquei calma e fingi continuar as tentativas de ressuscitação por mais dois minutos, antes de desistir.

Ninguém notou que eu estava só fingindo fazer a ressuscitação, nem mesmo o dr. Bolger, do contrário já estaria presa.

A minha melhor aposta é que Paula Fuselier não tem prova nenhuma. É para onde a lógica e o bom senso apontam. A Navalha de Occam também, em sua versão médica: *se escutar galopes, pense em cavalos, não em zebras*.

Vou voltar à minha vida normal, como se nada tivesse acontecido, como se aquele galope fosse só mais um cavalo comum. A promotora não vai saber que era uma zebra a não ser que eu mesma desenhe listras nele. Chega de me atrapalhar na sala de cirurgia ou de sair correndo do hospital de cabeça baixa. Não vou mais ficar mandando e-mail para médico-legista ou tendo surtos de culpa chorosos na sala da M. Acabou essa porcaria toda.

Certo, essa é apenas uma resposta para uma grande questão.

A segunda continua sem resposta por enquanto.

Sim, queria que aquele monstro morresse depois de ter visto seu rosto, mas, antes disso, preciso entender o porquê do coração dele não ter voltado. Se for algo que possa me salvar, pode me ser útil. Ou se for algo que possa me prejudicar, vou saber como ficar o mais longe possível disso.

No despertador de Derreck os dígitos grandes e verdes mostram que são 3:37 da manhã.

É o horário perfeito para uma corrida matutina.

Deslizo por baixo do braço de Derreck, que solta um gemido baixinho e se vira para o outro lado. Espero alguns minutos até a respiração dele ficar estável e tranquila, então saio de fininho da cama.

Pulo o banho que sempre tomo pela manhã por ora, com medo de que o barulho o acorde. Só pego minha roupa de correr e meu par de tênis favorito. Penso melhor e coloco um cachecol quentinho por cima do monte de roupas. A manhã escura ainda deve estar fria.

Corro pelo meu percurso habitual de cinco quilômetros no Lincoln Park completamente vazio, exceto por uma pessoa que dorme em um dos bancos. Minha respiração ofegante forma um vapor no ar a cada passo meu e me esforço para conseguir terminar minha corrida depois de quase três semanas parada. Chega a ser assustador o quão rápido nos acostumamos com hábitos ruins.

Assim que termino, dirijo até o hospital, ainda com roupa e tênis de corrida, onde posso tomar um banho e me trocar com a muda de roupa que deixo lá para essa finalidade. Os corredores do hospital estão vazios. Uma ou outra enfermeira passa apressada de vez em quando com seus sapatos de sola de borracha, mal me notando a caminho da minha sala.

A primeira coisa que faço é ligar o computador e deletar o rascunho que iria para o médico-legista. Ainda estava lá... e então não está mais: deletado uma vez e depois outra, da pasta de arquivos excluídos.

Tomar banho e trocar de roupa não leva mais de quinze minutos, então estou pronta para resolver minha próxima tarefa do dia. Tenho menos de três horas até começar a fazer as rondas e então às dez tenho uma plastia valvar em um rapaz de dezenove anos.

Talvez não dê tempo de fazer tudo que preciso.

Pego minha pasta vermelha de Donaghy e a abro, fazendo uma linha do tempo a lápis da estadia dele no hospital, em um papel da impressora de Madison. Anoto tudo o que acontece quando uma pessoa fica no hospital, com base em uma rotina que conheço bem. Refeições. Exames de sangue. Visitas médicas. A coisa toda.

Assim que mapeio todos esses eventos, procuro nos arquivos do hospital qual foi a duração da estadia dele. Quais quartos ele ocupou. Quem trocou os lençóis. Quais assistentes de enfermagem o ajudaram a tomar banho. Tudo que ele comeu e quem serviu suas refeições. Todos os remédios que foram administrados a ele. Por quem. Onde. Com que frequência, qual a dosagem e quais efeitos colaterais apresentados, caso tenha tido algum. E, por fim, quem o preparou para a cirurgia naquela manhã, raspando seu peitoral e sua barba.

Seja lá o que for que comprometeu o coração daquele filho da mãe, vou descobrir mais cedo ou mais tarde.

29
HOBBS

A mesa de Paula estava cheia de livros jurídicos, alguns deles tirados das caixas, onde os havia guardado com tanto cuidado em preparação à mudança para o quinto andar. Alguns ainda estavam abertos. Outros fechados marcados de forma improvisada com um *post-it* cheio de anotações.

Adam tinha passado lá algumas vezes, provavelmente verificando quais eram as prioridades dela, mas Paula o dispensou com um gesto vago todas as vezes sem falar com ele. Ele não poderia ajudá-la com seu problema; não era advogado. Só um policial.

Ninguém poderia ajudá-la. Teria que ajudar a si mesma dessa vez, e não conseguia encontrar uma maneira. Ela odiava perder. Na verdade, não *sabia* perder. O destino bater a porta na sua cara não era um desfecho que ela aceitaria para a investigação de Anne Wiley.

Rangendo os dentes, ela revisava suas anotações, em busca de qualquer brecha na lei que a ajudasse a conseguir o mandado para a gravação da cirurgia da dra. Wiley. Juiz nenhum assinaria do jeito que estava agora. Qual motivo ela poderia alegar? Uma intuição? Qualquer juiz em sã consciência cairia na risada na cara dela e a expulsaria do plenário.

Mas tinha visto uma pontada de medo nos olhos de Anne quando mencionou o mandado. Percebeu que ela empalideceu enquanto lia suas anotações quanto ao tempo que passou fazendo a ressuscitação de outros pacientes. Paula sabia que tinha alguma coisa ali, mas ainda não tinha como provar.

Desde sua volta do hospital no dia anterior esteve buscando desesperadamente precedentes jurídicos pelos quais conseguiria arrumar um mandado, caso o pedisse para um juiz mais amigável ou alguém que lhe devesse um favor. Usando as mesmas roupas e tendo dormido só alguns minutos no sofá do seu escritório, ela precisava dar-se por vencida.

Não tinha nada que pudesse usar.

Anne Wiley se safaria por matar um paciente e Derreck nunca deixaria a esposa. Por que deixaria, quando o dinheiro da sogra rica financiou sua campanha eleitoral para prefeito? Como Paula competiria com isso?

Paula pegou o livro *Leis e procedimentos criminais do estado de Illinois*, uma edição brochura de capa azul e o jogou do outro lado do escritório com um urro de frustração. A edição bateu na parede e caiu no chão, suas páginas farfalhando até pararem abertas em um ponto específico, culpadas por não proporcionarem uma escapatória para seu impasse jurídico.

Instantes depois, Marie apareceu na porta.

— Tá tudo bem?

Ela se controlou para não gritar com a assistente.

— Sim, Marie, estou bem. Só deixei uma coisa cair.

Marie olhou em dúvida para o livro, então para Paula, mas não disse nada. Ela o pegou do chão e o levou para a mesa de Paula.

— Hobbs quer você na sala dele — ela anunciou, pegando duas canecas vazias com vestígios do café da noite anterior.

— Quando? Agora?

— Acabou de ligar. — Ela lançou um olhar preocupado para o corredor. — Ele parecia nervoso.

Merda.

— Tá bem — Paula respondeu, ajeitando o cabelo e colocando a camisa para dentro antes de vestir o blazer.

Passou batom rápido, então pegou uma pasta marcada em alto-relevo com uma prancheta cheia de folhas, uma caneta e saiu andando, passando por Marie.

— Adam quer falar com você também, quando puder — Marie gritou atrás dela. Paula apenas ergueu a mão com o dedão para cima sem se virar. Cuidaria de Adam depois.

O tempo do elevador chegar até o quinto andar não era o suficiente para que ela pudesse pensar no motivo pelo qual seu chefe queria vê-la. Era provável que fosse sobre uma audiência que ela tinha marcado para dali a algumas horas naquela tarde. Torcia para que fosse isso, mas seu estômago revirava a cada mudança de andar.

Hobbs estava andando de um lado para o outro na sala quando ela entrou, seu paletó cinza-chumbo largado na cadeira, as mangas da camisa dobradas, a gravata afrouxada. Sua testa estava franzida, formando sulcos profundos, que continuaram ali quando ele a viu. Hobbs gesticulou para uma das cadeiras em frente à sua mesa, e ela se apressou em sentar, esperando algo ruim.

Ele parou a alguns passos dela e a encarou por um instante. Um silêncio tenso permeou o escritório.

— Antes de dizer o quanto estou decepcionado, quero informá-la de que está sendo oficialmente investigada por abuso de poder enquanto promotora. Está suspensa, a partir deste momento.

Ela congelou, sem palavras por um instante. O que diabos aconteceu?

— Posso saber o porquê? — ela esforçou-se para manter um tom calmo, sem deixar transparecer muito nervosismo.

— Por usar os recursos deste ministério para o que parecem fins pessoais. Ela o encarou, pasma.

— Senhor, posso garantir que...

— Estou falando da sua suposta investigação sobre a morte de um paciente no Hospital Universitário Joseph Lister durante uma cirurgia feita pela dra. Anne Wiley. — Seus olhos tinham um brilho metálico. — Soa familiar?

Ela ficou em silêncio, pensando no que fazer para contornar esse desastre. Mas Hobbs não tinha terminado.

— O nome deve soar familiar já que está dormindo com o marido dela, Derreck Bourke. Durante o expediente de trabalho, inclusive.

Ah, era *muito* pior do que ela imaginava.

Maldito Adam. Como pôde fazer isso comigo?

Ele tinha se virado contra ela. A dor da traição era aguda, rasgando seu peito feito uma infecção. Ninguém mais sabia o que ela andava fazendo. Adam Costilla, seu colega de trabalho e amigo mais fiel, a dedurou, abrindo o jogo para Mitch Hobbs, um homem que poderia acabar com ela como um inseto.

Aos poucos digerindo o ocorrido, ela balançou a cabeça, se perguntando se ainda poderia se salvar e manter alguns de seus planos futuros. A legenda de um meme que tinha visto recentemente rodeou sua cabeça. *Se está no inferno, abrace o capeta.* Tinha rido na hora, então precisou concordar que fazia sentido. Sábio, até. Não importa o quão difícil fosse sua situação, ela precisava seguir adiante. Como se estivesse coberta de razão em suas atitudes e intenções.

Hobbs grunhiu e se recostou na mesa, cruzando os braços.

— Para piorar a situação, convidou seu amante, o marido de alguém que estava investigando, para comparecer diante da imprensa com você em uma prisão noticiada. — Ele desviou os olhos dela por um momento, claramente desgostoso. Ela podia vê-lo apertar a mandíbula com força. — Ele está concorrendo contra o atual prefeito, Paula. Nosso ministério não *pode* se envolver de jeito nenhum. Perdeu o juízo?

Ela tentou se levantar, mas ele a impediu com um gesto da mão.

— Senhor, posso explicar.

— É mesmo? — Ele coçou o couro cabeludo que começava a retroceder. — Então você é uma advogada e tanto, porque não faço ideia de como isso é possível. Interrogou funcionários do hospital sem ter sequer um caso protocolado e sem a presença de advogados, mesmo depois de ser avisada pelo jurídico do hospital para não fazer isso. Vamos começar por aí... como explica isso?

Ele não a deixaria falar. Estava no seu tom de voz a sede para vê-la sangrando por tê-lo envergonhado, por manchar a reputação do seu ministério. Mesmo assim, ela precisava tentar.

— Não precisava da presença de advogados. Não era um interrogatório de acusação. E posso explicar por que...

— Essa linha que está traçando é bem fina, Paula. Não sou um idiota que não sabe de nada. — Ele fez uma pausa enquanto ela baixava os olhos. — Está tentando me dizer que o que disseram não pode ser usado contra eles em um tribunal?

— Sim, mais judicialmente...

— Não *ouse* tentar explicar como funciona a lei para mim! — ele gritou. Ela se calou. — Se esse seu caso fantasma chegar a um tribunal, tudo que descobriu não vai valer de nada porque você escolheu interrogar funcionários sem a presença de um advogado depois de ter sido avisada para não fazer isso.

Ela acenou com a cabeça, não querendo arriscar a abrir a boca de novo. Queria se levantar por se sentir frágil com a imponente estatura alta de Hobbs sobre ela. Era psicológico. Não temia que ele fosse agredi-la, mas o efeito era desconfortável, fazendo com que se sentisse pequena e desprotegida.

Como se tivesse lido seus pensamentos, Hobbs voltou a andar pelo escritório, passando a mão pelos cabelos uma ou duas vezes, parecendo preocupado com algo que não tinha contado a ela. Então sentou atrás de sua mesa com um suspiro profundo e demorado.

— Parece que sua motivação para interrogar a dra. Wiley era puramente pessoal, fruto de ciúmes. Também tenho a informação de que o hospital inocentou a dra. Wiley de qualquer erro em uma audiência de revisão por pares. O médico-legista do condado de Cook fez ele mesmo a autópsia do paciente e não encontrou nada. Gostaria de explicar isso?

Ela esperou, dando a ele tempo para mudar de ideia e continuar seu interrogatório, mas ele apenas a encarou, apertando os olhos, irritado.

— Sim, estou tendo um caso com Derreck Bourke, o marido da cirurgiã — ela disse em tom calmo, sem erguer a voz, como se não tivesse nada a esconder ou do que se envergonhar. — Ao longo do caso fui informada de que a morte do paciente não foi por acaso, e sim proposital.

Hobbs envolveu os dedos no queixo.

— E como exatamente ficou sabendo disso?

Ela hesitou por um instante.

— Hum... enquanto conversávamos na cama, senhor... Eu estava...

— Também conhecido como testemunho indireto. — A voz dele era desdenhosa. — O marido da cirurgiã é advogado, não médico. Não acredito que ele esteja apto para dizer o motivo pelo qual um paciente morre durante uma cirurgia cardiovascular.

— Minha intenção era sondar para saber se havia mesmo um motivo para preocupação. Tudo o que fiz foi para tentar...

— Se livrar da concorrência? — Ele bufou, sua voz cheia de desprezo. — Isso não seria ótimo? Ter o futuro prefeito de Chicago preso na sua teia de mentiras, não é? — Ele inclinou a cabeça por um instante, pensativo. — Tenho que admitir, é genial. Por um lado está ajudando a carreira dele fazendo-o aparecer na televisão. Por outro está fazendo a limpa, se livrando da esposa. Pensou o quê? Que ela veria uma dessas entrevistas na TV e ficaria sabendo que o maridinho estava de conluio com a promotora que está tentando prendê-la? — Ele soltou um assovio, dissimulando estar impressionado. — Se eu fosse essa mulher, meteria um pé na bunda dele assim que visse.

Sim, esse era seu plano, mas não importava agora. Seus objetivos tinham ido pelo ralo e isso fazia seu sangue borbulhar de raiva.

— Está bem, já ouvi o suficiente — Hobbs disse, parecendo cansado de repente, exaurido e decepcionado. — Vai ter que prestar contas de todas as vezes que foi ao Joseph Lister nos horários pagos pelo governo, dar um motivo para cada interrogatório e um resumo do que foi discutido. Por escrito, em um relatório que vai apresentar até o final dessa semana. Também precisa prestar contas de cada hora que não esteve no escritório ou no tribunal no período de um ano antes do dia de hoje.

— Um ano? — Ela reagiu antes que pudesse se controlar. — Como vou lembrar...

— Não tem uma agenda? — Hobbs perguntou, sua voz repleta de sarcasmo. — Ou talvez você não tenha anotado para não deixar pistas de todos os interrogatórios que vocês tiveram na cama em hotéis chiques?

Ela abaixou a cabeça, sentindo-se humilhada. Seu rosto queimava.

— Sua promoção foi postergada por um ano — Hobbs acrescentou em um tom frio — e vai depender do resultado da investigação de conduta. Se você for considerada culpada por abuso de poder, será demitida por justa causa.

Tudo estava desmoronando. Tudo aquilo por que trabalhou, tudo que planejou com tanto cuidado, tudo ruindo feito um castelo de areia.

Mas ela tinha um fio de esperança de que ainda pudesse fazer tudo dar certo. Se ela conseguisse prender Anne Wiley por assassinato.

— Então não tenho nada a perder ao pedir isso — ela soltou, olhando para Hobbs com uma expressão clemente. — Por favor, me dê mais dois dias para provar que isso não foi por ciúmes ou vingança, nem um plano para fazer com que meu amante se divorciasse da esposa. Se algum dia já teve uma intuição tão forte que não conseguiu dormir à noite, sabe do que estou falando. Sei que essa cirurgiã fez algo que não deveria. Aposto minha carreira que ela matou um homem. Não por acidente ou pelo simples fato de que algumas pessoas morrem durante uma cirurgia, mas de propósito. Ela assassinou um paciente atrás da cortina de fumaça de uma operação de risco. Só preciso encontrar um pouco mais de provas e posso levá-la ao tribunal. — Paula fez uma pausa para respirar. — Por favor, senhor. É só o que eu peço, dois míseros dias. Se não conseguir, vou te poupar o trabalho de precisar me demitir, eu mesma peço demissão.

Os olhos analíticos de Hobbs estavam cheios de irritação, desagrado e algo mais, talvez curiosidade.

— Isso não basta — ele sussurrou entre os dentes. — Se não conseguir, vou fazer com que seja expulsa da Ordem dos Advogados. — Paula prendeu a respiração. — Você tem 24 horas.

30
CONSELHO

Estou deitada nua nos braços de Derreck, exausta, mas inquieta, com o joelho sobre as pernas dele, a cabeça aninhada em seu peito. Ele percorre os dedos pelos meus cabelos, me hipnotizando, tentando prolongar o estado de deleite no qual deve achar que estou imersa. Mas não... estou internamente atormentada, sua ternura indo de encontro ao meu anseio pelo estalar do cinto e a dor ardente na minha pele. Essa dor me acalma, alimenta minha necessidade de sentir o que Melanie sentiu, mesmo sabendo que nunca chegarei nem perto do que ela passou. Mas não ousei pedir para que Derreck fizesse isso, não hoje, não quando nossa vida virou de cabeça para baixo por minha causa.

Eu me forço a continuar deitada, imóvel e por um momento adormeço, a transição entre a vigília e o sono difícil de resistir.

Acordo num pulo logo em seguida, meus pensamentos acelerados que não querem ceder na luta contra as horas escuras da noite. Eu me viro devagar e abro os olhos, como se já fosse manhã, e não quase meia-noite.

— O que foi, amor? — Derreck pergunta baixinho. — Sonho ruim?

Dou uma risada triste.

— Realidade ruim.

Tenho vontade de contar a ele tudo o que sinto em relação a essa loucura que tomou conta da minha vida e que está acabando comigo, mas lembro que já não é seguro dizer nada em casa.

Derreck percebe qual é a minha preocupação.

— Contratei uma equipe de segurança para verificar a casa toda, a garagem, tudo. Não tem escutas na casa. Segundo eles, nunca teve. Eles verificaram até o seu carro no estacionamento do hospital.

Eu me ergo um pouco, me apoiando no cotovelo.

— Alguém os viu?

— São profissionais, Anne, os melhores que um aspirante a candidato pode conseguir. — Ele abriu um sorriso tranquilo, apaziguador.

Volto a me deitar, e meus dedos percorrem o peitoral dele enquanto processo a informação, feliz de saber que nossas palavras não foram gravadas, nossa vida não foi invadida, pelo menos não aqui, na nossa casa.

— No que está pensando? — ele pergunta, sua voz sonolenta. Ele está caindo de sono, mas ainda quer falar comigo, me ouvir. Um pequeno sorriso de gratidão se desenha em meus lábios; sou tão sortuda por ter me apaixonado pelo jovem estudante de direito naquela época, em vez de um médico chato, egocêntrico e megalomaníaco. Solto uma leve risada ao pensar que ter me casado com um advogado em vez de um médico também me trouxe grandes vantagens no trabalho, já que não preciso desconfiar de jovens enfermeiras bonitas com ciúmes e preocupação.

— Me diga o que é.

— Hã-hã — digo para não alimentar o ego dele. Ele já se acha o suficiente.

— Amo você. Não precisa saber de mais nada além disso. — Me aproximo e beijo seus lábios. Ele me envolve nos braços e fecha os olhos. Os meus ficam bem abertos. Não vou conseguir dormir muito esta noite.

Usei toda oportunidade que tive hoje para analisar acontecimentos, operações e pessoas envolvendo Caleb Donaghy. Procurei um padrão, tentei encontrar alguma coisa, se é que houve, por menor e insignificante que pudesse ser, de errado desde sua entrada no hospital. Mas não encontrei nada que pudesse explicar por que o coração dele não voltou a bater.

— Vai, desembucha — Derreck diz, se ajeitando para se apoiar nos travesseiros. Ele me olha como se eu fosse uma criança machucada.

Desvio meus olhos por um instante, sem saber o que dizer já que ele sabe tudo que passa pela minha cabeça. Mas talvez não seja questão de mantê-lo informado, de contar cada ocasião e acontecimento. Ele não precisa saber todas as minúcias a respeito do coração de Donaghy e cada preocupação minha.

— É essa mulher ficar no meu pé que me preocupa. Não entendo qual o motivo dela para atormentar a minha vida.

O corpo de Derreck fica tenso enquanto falo. Estou estragando o momento.

— Ela falou com você de novo? — Os olhos dele ficam ansiosos, perscrutadores.

— Não depois de ontem.

Ele se desencosta dos travesseiros e senta apoiado na cabeceira, soltando um palavrão.

— Que inferno! Ela deveria falar com o jurídico do hospital, não é? Não com você!

— Sim, é verdade. Mas ela foi na minha sala ontem e tinha números, Derreck. Estatísticas das minhas cirurgias, coisas que ninguém mais sabia além de...

Paro no meio da frase vendo o quão irritado seu olhar ficou. Sei que o que estou dizendo não é nada agradável, mas não esperava que ele fosse ficar tão bravo. Vejo uma veia pulsando em sua testa, indicando hipertensão venosa sistêmica. Sua mandíbula tensiona e as pupilas dilatam muito mais do que a pouca iluminação do quarto justificaria.

— Essa mulher, inacreditável — ele resmunga.

— Eu não a conheço, então não pode ser pessoal — digo, expondo pensamentos que rodopiam na minha cabeça há dias. — Parece ser uma promotora qualquer que está usando o meu caso para conseguir uma promoção. Pelo menos é o que eu acho. Sabe, já que sou a garota do coração e tudo mais. — Solto uma risada breve, mas não tem graça nenhuma.

— Escuta — Derreck diz, me encarando com uma intensidade assustadora. — Não quero que diga nem mais uma palavra para essa mulher. Nem uma palavra, entendeu? Não sem a presença do jurídico do hospital. E acho que está na hora de eu fazer umas ligações.

Passo vários minutos o convencendo a prometer que não vai fazer nenhuma ligação. Tenho certeza de que só vai piorar as coisas. Piorar e muito.

Ele enfim dorme, e eu acabo caindo no sono também, querendo colocar meu despertador para me acordar cedo, mas acabo deixando para lá, por causa de Derreck.

Quando abro os olhos outra vez ainda está escuro lá fora. Sombras dançam pelo teto, mais devagar do que na noite anterior; as rajadas de vento deram uma trégua. O relógio na mesa de Derreck mostra que são 3:07 da manhã.

Hora de levantar.

Repito a rotina de ontem, com um planejamento melhor. Levo a roupa e o tênis de corrida comigo, mas também uma muda de roupas, com algumas camisetas e um par de sapatos confortáveis.

A corrida de cinco quilômetros no ar frio refresca minha cabeça e revigora meu corpo. Já não é tão penosa quanto ontem, meus músculos gratos por voltar à minha rotina de exercícios. Então vou direto para o hospital.

Há mais uma coisa que preciso ver e quanto menos pessoas souberem, melhor.

Primeiro vou ao subsolo, onde fica o escritório da segurança do hospital, bem ao lado do necrotério. O corredor está deserto, o zumbido de lâmpadas fluorescentes baratas ecoam por ele. Cheira a umidade e mofo aqui embaixo. Enquanto caminho apressada até o escritório da segurança, reparo numa goteira pingando de uma tubulação grande de água quente na parede. Condensação.

Bato duas vezes na porta do escritório de segurança então entro. É uma suíte, quase totalmente escura. Não são nem cinco da manhã. Bem ao fundo, no canto esquerdo, vejo monitores azuis piscando e escuto o barulho de um pacote sendo aberto. É para lá que tenho que ir.

O guarda de segurança é um jovem de vinte e poucos anos. Está recostado na cadeira ergonômica comendo um KitKat com uma das mãos e jogando cartas on-line com a outra, e nem percebeu que entrei.

Eu limpo a garganta e abro um leve sorriso.

Ele se levanta num pulo, seu rosto contorcido pelo susto por um instante.

— Mas que...? — Continuo sorrindo e a expressão do rosto dele volta ao normal, substituída por um sorriso que vai se ampliando. — Ah, é você. — Ele sorri mais um pouco, em busca de um lugar para jogar fora a embalagem, e acaba decidindo jogar no lixo embaixo da sua mesa. Então limpa as mãos nas calças. — A garota do coração — ele acrescenta. Está inquieto, deve esperar um aperto de mão. Não o decepciono, embora muitos médicos evitem apertos de mão hoje em dia. Uma ótima tradição, só que deixou de ser sábia depois de algumas mutações de vírus.

— Sou Mike. — A mão dele está um pouco suada, deve ser resultado da minha visita repentina, mas seu aperto é firme e animado. — Como posso ajudar, doutora? — Ele se mostra prestativo, assim como seu colega no necrotério na semana passada. Provavelmente são amigos.

— Deve ter ouvido falar que perdi um paciente há algumas semanas. — Ele acena com a cabeça, sem tirar os olhos dos meus. — Quero ter certeza de que nada fora do normal aconteceu com ele na noite antes da cirurgia. Será que conseguiria verificar por aqui?

— Ah, claro — ele diz empolgado, orgulhoso do sistema de segurança como se ele mesmo o tivesse inventado. — Deixa eu te mostrar. Gravamos tudo e mantemos arquivado por dois meses. Seu paciente morreu quando?

Digo a data e ele começa a procurar os arquivos no sistema.

Ele parece tão animado com meu interesse que começa a me explicar tudo o que está fazendo:

— Mantemos a informação guardada por data, depois por andar e número do quarto. Os corredores são nomeados C01 e assim por diante, elevadores E01, o estacionamento tem código por níveis em vez de unidades, porque é um único estacionamento, mas tem vários andares. Os do subsolo são nomeados com S e quanto mais alto o número mais profundo o nível do subsolo.

— Entendi. — No entanto, mal dou atenção para o que ele diz. Quase não consigo respirar, impaciente para ver se alguém se aproximou de Caleb

Donaghy na noite antes de ele morrer. Ele estava bem ao ser preparado para a cirurgia na manhã seguinte, mas... quero ter certeza.

Dou a ele o número de quatro dígitos do quarto onde Caleb Donaghy passou a noite antes da cirurgia e assisto à tela, minhas mãos juntas com tanta força que os nós dos meus dedos ficam brancos.

Não esperava que a gravação fosse tão nítida e colorida. Deve ser um sistema bem atual. Quando a gravação começa, vários botões aparecem na tela. Alguns são símbolos de controle que reconheço por passar anos revendo fitas cassetes, como avançar e começar, mas outros não entendo. Eu o observo mexendo na interface.

— As gravações ficam salvas em segmentos, em geral cada um tem oito horas. O próprio sistema já faz isso, pra gente não precisar se preocupar; há milhares de câmeras no hospital, nunca daríamos conta. Está vendo aqui? — Ele aponta o cursor para um dos botões que não sei o que é. — Esse botão adianta para o próximo segmento, muito útil se quiser investigar alguma coisa que sumiu. Primeiro você precisa saber em qual lote está o que quer ver, certo? — Aceno com a cabeça e sorrio, pelo visto é tudo o que me cabe fazer no momento. — Então que horas quer começar?

— Digamos antes de oito da noite.

Ele clica na tela e muda para o segmento anterior, então faz uma busca pelo código da hora e posiciona a gravação bem onde preciso.

Observo meu paciente, deitado e dormindo, provavelmente sedado.

Ainda não foi barbeado e está usando o boné. O quarto está pouco iluminado e a TV desligada.

Mike aperta o botão de avançar várias vezes, acelerando cada vez mais a velocidade da gravação.

— Já que não tem nada se mexendo nesse ângulo, dá para fazer isso bem rápido.

Olho para o meu relógio, preocupada. O "bem rápido" de Mike ainda leva um tempo. Quero sair do subsolo sem que ninguém me veja para não começarem a fazer perguntas.

Quando o celular dele toca, dou um pulo e paro de olhar para a tela por um instante. Ele desliga o alarme rápido e me lança um olhar envergonhado.

— Não é nada. Está na hora do meu intervalo, mas posso...

— Não quero te atrapalhar — eu digo. — Pode ir, vou ficar aqui, assistindo ele dormir.

Ele acena e bate as mãos nos bolsos, escuto o barulho de um pacote de celofane de cigarro lá dentro. — Se encontrar alguma coisa, anote o código do tempo e quando voltar te ajudo. — Ele sai andando, então logo se vira e diz, apontando para a tela: — Não encoste nesses dois botões. A tesoura deleta um segmento e o quadradinho importa um segmento no lugar. Dá um problemão se você mexer neles.

— Não vou encostar neles, prometo — respondo. Por que alguém colocaria essas funções num sistema de segurança?

Minha expressão deve ser bem transparente, porque ele solta uma risada sem jeito e acrescenta:

— É para treinamentos e caso alguém muito importante venha aqui ou o Tom Cruise. — Ele abre um sorriso orgulhoso e endireita as costas de uma maneira sutil. — Minhas credenciais são altas. Virei gerente de turno semana passada.

— Meus parabéns — eu digo, então volto a olhar para a tela.

Ele vai embora e em seguida escuto a porta da suíte se fechar.

O resto da gravação não mostra nada, exceto meu paciente se revirando e a enfermeira agendada entrando às duas para verificar os sinais vitais. Quando ela sai do quarto, porém, vejo pela porta aberta uma silhueta que reconheço imediatamente. Paro a gravação e encaro a tela enquanto um calafrio percorre meu corpo.

Fecho a tela dessa gravação e abro a do corredor no mesmo código de tempo. A enfermeira veste o uniforme azul do hospital e parece estar indo direto para a sala de emergência. Ela usa luvas, máscara e touca, mas uma mecha de cabelo loiro escapa, caindo nos seus ombros. Ela vai devagar, reconheço seu modo de andar, e passa direto pelo quarto de Donaghy.

De uma câmera para a outra, acompanho seu trajeto. Ela não para até chegar onde ficam as salas de cirurgia, então não consigo mais vê-la quando ela entra na que Donaghy morreu.

— Ah, não, por favor, não — resmungo em um sussurro embargado. Ofegante, mudo para a câmera na sala de cirurgia e assisto com a mão cobrindo minha boca, respirando ofegante.

Na tela, a enfermeira se aproxima do ECMO e abre o compartimento refrigerado onde a solução de cardioplegia fica armazenada, à espera da próxima cirurgia. Ela tira uma seringa grande do bolso e a destampa. Está de costas para a câmera, mas não tenho dúvida de que esteja injetando seja lá o que foi que trouxe no compartimento da solução de cardioplegia. Então ela guarda a seringa de volta no bolso e deixa tudo do jeito que estava.

Não tenho muito tempo, mas é uma decisão fácil. Escolho o botão com a tesoura e a tela me pede para confirmar se tenho certeza de que quero deletar aquele segmento. Aperto sim e aparece uma estática na tela, mas o botão com o quadradinho ainda está ali. Eu o pressiono e importo um segmento de alguns dias antes. Termino e dá tudo certo, enfim respiro aliviada.

Então lembro que ela passou por alguns corredores e provavelmente deixou o carro no estacionamento. Um por um, substituo o máximo de segmentos que consigo, prestes a deletar mais um quando Mike volta.

Minhas mãos estão trêmulas e não consigo acalmar minha respiração.

— Procurando alguma coisa? — ele pergunta ao me ver na sessão de segmentos.

— Sim — eu digo com a voz muito mais calma do que me sinto. — Queria ver o vídeo da noite anterior. Lembrei que ele esteve no hospital por dois dias.

Ele pega o mouse e encontra para mim com rapidez, então coloca para passar dez vezes mais rápido.

— Qual sua suspeita?

Solto um suspiro e uma pontada de alívio começa a relaxar meus músculos tensos.

— As pessoas mentem para nós o tempo todo, sabe. Falamos que não podem comer sal antes de uma cirurgia, e eles escondem dois pacotes de salgadinhos na mochila.

— Ah, entendi. — Então ele sorri e diz: — Achei que estava procurando um assassino sangue-frio. — Sua risada preenche o cômodo e eu rio junto, escondendo a descarga de ansiedade que tomou conta de mim ao ouvir aquelas palavras. — Sabe, quero virar policial algum dia — ele acrescenta e ficamos um tempo falando sobre a carreira dele, enquanto a gravação demora uma eternidade para terminar.

O vídeo da noite anterior não mostra nada. Ninguém entrou no quarto do paciente e ele não comeu salgadinho.

Não que isso importe. Poderia tê-lo visto se envenenando com rosquinhas cobertas de digoxina na gravação que não contaria para alguém por nada nesse mundo.

Tem coisa demais em jogo.

31
NOME

Quando chego na minha sala às 8:15, cumprimento Madison e então me sento à minha mesa, apoiando a testa nas mãos com os dedos abertos e o cotovelo na pasta vermelha de Donaghy. Olho para as fotos de Melanie, a que tenho há séculos e a que trouxe na semana passada, agora em um porta-retratos prateado igual ao da outra. Minha irmãzinha sorri para mim na foto com olhos de uma criança cujos sonhos se realizaram. É uma válvula de escape que dura pouco, então a realidade me atinge feito um raio.

Ainda não consigo acreditar no que vi. No que fiz. Deletei de propósito provas de um sistema de segurança. Um crime pelo qual posso ser presa, além de sofrer acusações de adulteração de provas e obstrução da justiça. Se descobrirem, nunca mais verei a luz do sol.

Madison me traz um café bem quente, e eu o pego como se estivesse me afogando em alto-mar e a caneca fosse uma boia salva-vidas. Aquece meus dedos e acalma meus nervos que estão aos frangalhos. Ansiosa para ter um pouco de cafeína circulando pelo meu corpo eu o assopro por um instante, então me queimo ao tomar um gole.

Não consigo prestar atenção em Madison, que repassa a agenda do dia; meus pensamentos estão em um turbilhão, analisando o que acabei de ver. E deletar. Fico repetindo para mim mesma que ninguém nunca vai descobrir o que fiz. Engraçado como estou me comprometendo cada vez mais, mas não tive escolha.

M entra de supetão pela porta, como de costume, interrompendo Madison. Ela a dispensa com um gesto, então se apoia na minha mesa, seu rosto a centímetros do meu.

— Você está com um baita problemão — ela diz, seu tom de voz baixo. Ela nunca fala assim.

Meu estômago afunda.

— O que aconteceu?

— A segurança ligou. Descobriram quem ligou para a procuradoria. — Mal consigo respirar. Ela não espera que eu pergunte. — Lee Chen. Dá para acreditar? — Ela bate uma mão na outra, demonstrando estar perplexa.

Volto a respirar, aliviada por isso não ser sobre minha visita matutina ao escritório da segurança, então a ficha cai. *Lee?*

Não esperava por isso. Fico arrasada ao saber que alguém da minha própria equipe foi capaz de fazer isso.

Mas fico contente em saber como a tempestade chamada Paula Fuselier começou. Não há nada pior do que não saber.

M, rápida como sempre, diz:

— Chame Lee Chen aqui, agora — ela grita para Madison. Minha assistente pega o telefone enquanto M se senta em frente à minha mesa e cruza as pernas. Então ela me lança um olhar de advertência: — Deixa que eu falo, tá bem?

Quando Lee Chen entra com Madison ao seu lado, ele está pálido e parece prestes a vomitar no meu carpete. M gesticula para Madison ir embora, mas ela não vai além da mesa dela, com apenas uma porta de vidro entre nós e ela.

— A única coisa que quero que me diga agora é o porquê — M diz, inclinando-se para frente como se estivesse prestes a pular no pescoço dele. — Sei que foi você que fez as ligações para a procuradoria. Só não entendo o motivo.

Ligações? Então teve mais de uma? Meu coração afunda. Olho para Lee extremamente desapontada.

O queixo dele treme, e ele parece mal conseguir ficar em pé.

— Eu sinto muito — ele diz, enfim, suas palavras não mais que um sussurro. — Não tive escolha. Eles me pegaram, sabe, e minha mãe não tem visto.

— Te pegaram pelo quê? — pergunto e M me fuzila com os olhos por desobedecê-la.

— Por dirigir embriagado. — Ele soluça abertamente. — Mas sabiam da minha mãe. Me ofereceram um acordo e eu aceitei. Minha mãe não pode voltar para a China. Ela morreria se voltasse. — Ele me lança um olhar de súplica. — Fiquei tão feliz quando te inocentaram. Por favor, me desculpe.

— Eles quem? — pergunto e dessa vez M não me lança um olhar de reprovação. — Quem te ofereceu um acordo?

— A promotora que tem vindo aqui. Paula Fuselier.

Não. Não acabei de ouvir isso. Isso quer dizer que ela estava atrás de mim muito antes da cirurgia de Donaghy. Mas por quê? Um tremor de medo permeia minha pele.

— Quando isso aconteceu?

— Ano passado, em outubro.

Isso não faz sentido.

— O que ela pediu para você fazer?

Ele abaixa os olhos e entrelaça as mãos diante de si.

— Ligar para ela sempre que alguma coisa desse errado com um paciente seu. Só liguei para ela uma vez, eu juro. Não liguei para contar do incidente de coagulação da Orlowski.

Fico boquiaberta e sem palavras.

— Está mentindo. — M solta. — Se tem uma coisa que não tolero nos meus funcionários é desonestidade.

— Na segunda vez foi *ela* que me ligou. Me mandou encontrar alguma coisa que ela pudesse usar no histórico de casos da dra. Wiley. Eu sabia o que você tinha falado na audiência e como defendeu tão bem sua decisão, então passei para ela suas estatísticas de ressuscitação. Essa foi a segunda ligação, eu juro.

M leva a mão à sua testa. Entendo como se sente... minha cabeça também está girando.

— Como diabos você soube o que aconteceu na audiência?

Ele dá de ombros, mas não ergue os olhos.

— Todo mundo está comentando. Foi porque o dr. Bolger é um babaca e a nossa dra. Wiley...

— Chega! — M grita, erguendo a mão. — Se reporte ao laboratório no andar de baixo e pegue os turnos da noite até eu resolver o que fazer com você. Pode ir.

Lee segura a maçaneta da porta como um sonâmbulo, então se vira para mim e diz:

— Por favor, me perdoe, dra. Wiley. Saiba que nunca vou me perdoar. — Ele faz uma reverência com a cabeça e então some. Na sala ao lado, Madison está boquiaberta.

M se levanta e faço o mesmo, ainda que sinta que a sala está girando cada vez mais rápido. M, porém, me lança uma piscadela.

— Vou providenciar para que ele não nos deixe na mão. Precisamos de Lee ao nosso lado se isso acabar no tribunal. O testemunho dele pode provar que foi tudo armado. Ah, preciso conversar com o jurídico sobre o visto da mãe dele. Se resolvermos isso, não podem mais manipulá-lo. — Então o sorriso dela some. — Se eu fosse você descobriria o que raios está acontecendo e por que a promotora está distribuindo acordos por aí para tentar te pegar. Não quero esse tipo de complicação prejudicando o meu hospital. Estamos entendidas?

Ela não espera pela minha resposta, se vira e vai embora deixando para trás um turbilhão do qual não faço ideia de como escapar. Ela acabou de me colocar em aviso prévio, simples e direta.

Preciso resolver esse caos logo, do contrário vou perder meu emprego.

Não sei nem por onde começar.

32
VERDADE

Termino meu dia da forma mais rápida e eficiente que posso, postergando várias tarefas administrativas ou as delegando para Madison. Ela fica feliz em ajudar, seu lábio superior levemente projetado depois do que descobriu sobre Chen. É visível o quanto ela chateada. Provavelmente nunca mais vou conseguir confiar em alguém, mas isso não é minha principal preocupação agora.

Quando saio do hospital ainda não anoiteceu, uma visão rara nesses últimos dias. Está nublado, um dia cinza com uma chuva leve, parecendo o início do inverno, mas agradeço por ainda estar claro. Mesmo que isso não melhore em nada meu humor.

Ao chegar em casa encontro minha mãe deitada no sofá com uma revista de moda no colo. Ela se levanta, me abraça e me dá um beijo na bochecha. Dessa vez eu logo me solto dela e a observo, buscando respostas em seus olhos para não ser obrigada a perguntar.

Ela sorri com a bondade de sempre e uma pontada de tristeza, então coloca uma mecha de cabelo atrás da minha orelha, como fazia quando eu era criança. Fecho os olhos por um instante, querendo voltar a ter cinco anos. Quando volto a abri-los ainda sou uma adulta, uma mulher de 41 anos enfrentando problemas que jamais poderia imaginar.

Não sei como contar a ela o que vi. Ela espera, sentindo que algo está errado, pacientemente me dando o tempo de que preciso para organizar meus pensamentos. Nos olhos dela e na firmeza de sua mandíbula vejo a mesma força na qual me ancorei minha vida toda.

Lágrimas fazem meus olhos arderem.

— Você sabia — sussurro. — Sabia quem era o meu paciente.

Ela lança um olhar rápido para o escritório e seu sorriso enfraquece. Pela porta aberta vejo meu laptop na mesa.

Ela segura minha mão com seus dedos trêmulos cheios de nódulos e senta comigo no sofá.

— Sim. Mas sabe por que importava?

Engulo em seco, me lembrando dos machucados nas pernas de Melanie. As palavras do relatório de autópsia rodopiando pela minha cabeça.

— Sim, eu sei.

Minha mãe leva meus dedos gelados ao seu rosto e apoia a bochecha neles.

— Ah, querida, nem me passou pela cabeça que você soubesse de Melanie.

— Desde o dia em que ela veio para casa com a gente — sussurro, não querendo dizer tais coisas em voz alta, rompendo o silêncio sinistro que permeia a casa.

— E não falou nada?

Sorrio entre as lágrimas.

— Eu era uma adolescente boba, mãe. Ouvi você chorar à noite e achei que queria mandar Melanie embora.

Ela arqueja e cobre a boca com a mão.

— Como pôde pensar isso?

— Só por alguns dias, não se preocupe. Acho que estava com medo de a perder, era só isso. Ela era toda minha, sabe. Minha nova irmãzinha. — Minha mãe aperta minha mão e se encosta, fechando os olhos. Sentada assim, parece indefesa e frágil. Nunca havia reparado nesse lado mais frágil dela... acabou me pegando desprevenida. — Entendo porque chorou naquela noite. Mas por que estava brigando com papai?

— Não estávamos brigando — ela diz, baixinho. — Estávamos discutindo o que fazer. Era óbvio que a pobre criança tinha sido abusada sexualmente. Queríamos que ela fosse examinada, mas sem a traumatizar de novo. Quando dei aquele banho nela e vi seus ferimentos achei que fosse morrer. Ela me viu chorar, a coitadinha, e ficou tão envergonhada. Me implorou para não ficar brava com ela. — Ela limpa as lágrimas com a ponta do dedo. — Dá para acreditar?

— Então o que fizeram? — Tenho me perguntado isso há quase trinta anos, mas nunca me atrevi a perguntar a ela.

— Bill a sedou. Foi um risco enorme, mas ele não a queria traumatizada de novo. Nós mesmos a examinamos, enquanto você estava dormindo. Você não imagina... — Sua voz falha e ela faz uma pausa. — No dia seguinte fomos à polícia. Eles conversaram com Melanie, mas ela se recusou a falar. Estava tão envergonhada e apavorada, como se de alguma forma fosse culpa dela.

Não fazia ideia de que eles a tinham levado até a polícia. Por mais que tente, não consigo me lembrar dela não estando ao meu lado, mas é possível; não duvido disso. Só gostaria que tivessem me contado.

— Eles investigaram os outros pais adotivos, mas sem o testemunho dela e um exame médico oficial, não podiam fazer nada.

— Poderiam sedar ela outra vez para o exame médico...

— Não importava — ela interrompe com amargura. — Já tinha passado tempo demais para conseguirem extrair um DNA válido, e, mesmo assim, não se falava muito em DNA naquela época como hoje. Não tinham provas. — Seus lábios tremem por um instante. — Mas descobrimos o nome do pai adotivo dela. Caleb Donaghy. Eu jamais conseguiria esquecer esse nome. — Sua voz fica ríspida quando ela diz o nome dele. — A polícia investigou vários pais adotivos dela, porque não foram poucos. Sabíamos que os ferimentos dela eram recentes demais para terem sido infligidos por outra pessoa, a não ser os últimos, que estavam com ela meros dias antes de a adotarmos. Não só isso, como também o fato de ela ter fugido da casa deles. Duas vezes, na verdade. E ninguém se preocupou em perguntar o motivo, nem sequer olhar para os ferimentos da pobrezinha.

— Mas e se esse monstro violentou outras menininhas também? Pedófilos não mudam. Eles nunca param. Alguém se deu o trabalho de falar com as outras meninas que ele adotou?

Ela balançou a cabeça sob o peso da sua impotência e culpa.

— Não podíamos fazer nada. Bill chegou até a contratar um advogado, que por sua vez contratou um detetive particular, esperando que ele fizesse algo ilegal, para que conseguíssemos manter ele longe de crianças. — Ela aperta minha mão. — Nós tentamos, querida. Isso me manteve insone por anos e me assombrava em pesadelos. — Ela funga e desvia o olhar por um momento, então volta a me encarar. — Só depois de quatro anos do seu pai implorando para que o escutassem, fazendo ligações e pedindo favores é que ele conseguiu tirar aquele homem do sistema de adoção. Foi só isso que conseguimos fazer.

O silêncio se estende, repleto de monstros do passado e o difícil acerto de contas do presente. Em algum lugar entre nós, em um espaço translúcido de nossas memórias, minha irmãzinha sorri para nós, me apoiando, dizendo que vai ficar tudo bem.

— Então uma noite fui te levar um chá e você estava revisando anotações dos casos dos seus pacientes — ela continua, me contando a história baixinho, a voz de alguém no final de uma estrada longa e cansativa. — O nome dele estava bem na sua tela. O nome que me assombrou todas as noites durante toda a minha vida desde o que aconteceu com Melanie. Por alguma brincadeira de mau gosto do destino, ele tinha que ser seu paciente. — Ela solta um suspiro profundo e seu olhar deixa transparecer sua aflição. — Eu sinto muito que ele tenha morrido na sua mesa de cirurgia, querida. — Ela sufoca um soluço que faz seu peito subir e descer. — Mas ele tinha que morrer.

Ela coloca os braços ao redor do meu pescoço e me deixo ser trazida para mais perto, afundando meu rosto no seu cabelo e inalando seu perfume.

— Sim, ele tinha que morrer — sussurro, então a abraço enquanto ela chora, nossas lágrimas se misturando. — Eu me certifiquei disso.

33

CULPA

Quatro palavras pequenas e sinto que até minha alma está mais leve, mais do que imaginava ser possível. Esconder toda essa história da minha mãe tem sido um peso enorme.

Trago uma taça de vinho para ela depois de passar um tempo brigando para abrir a garrafa suada de Pinot Noir. Então me sirvo uma também com bastante generosidade e me sento ao seu lado no sofá.

Preciso ficar um pouco sozinha para pensar em como isso tudo me faz sentir. Os acontecimentos das últimas três semanas me fizeram me questionar quem eu sou e do que sou feita.

Penso em nós duas, sentadas no sofá, bebendo vinho e me pergunto: *quem somos nós de verdade? Como o que fizemos muda quem somos e como viveremos de agora em diante?*

Não é uma pergunta fácil.

Minha mãe dá um gole no vinho e coloca a taça na mesa de centro.

— Me diz uma coisa, como sabia quem seu paciente era?

Meus olhos encaram o nada por um instante.

— Sabia que tinha alguma coisa errada no dia em que a adotamos. Ela tinha aqueles machucados… mas eu também era uma criança. Não entendi muito bem. Achei que tivesse apanhado ou que ela mesma tinha se machucado de alguma maneira. Você chorou a noite toda e por um tempo fiquei com medo de que alguma coisa estivesse muito errada. — Levo a taça aos lábios, mas não bebo. — Só não sabia o quê. — Abro um sorriso de gratidão para minha mãe. — Então Melanie começou a fazer terapia e foi aí que concluí pela primeira vez que ela tinha sido espancada ou violentada.

— Não fazia ideia que você estava tão consciente de tudo — minha mãe sussurra, encarando suas mãos com artrose. Elas as esfrega devagar para tentar aliviar a dor o máximo possível. — Devia ter dito algo.

Sim, deveria. Crianças, principalmente adolescentes, são bobos assim. Carregam o peso do mundo nos ombros sem necessidade ou pelo menos antes da hora.

— Então fomos ao parque um dia, e ela começou a chorar quando o viu sentado num banco. Eu me lembrava da marca de nascença, só. É bem singular.

— Era por isso que ela não queria mais ir ao parque? Ela começou a chorar muito quando eu quis levar vocês lá em um domingo. — Aceno com a cabeça. Ela leva a mão ao peito, como se tentasse acalmar seu coração. — Queria ter sabido disso.

— Não sabia qual era o nome dele na época. Não sabia quem ele era até ver aquela marca de nascença outra vez, quando ele estava deitado na minha mesa de cirurgia com o peito aberto. — Balanço a cabeça, a lembrança daquele dia ainda fresca na minha memória. — Vi um programa de TV quando tinha uns dezesseis anos que abriu meus olhos para a possibilidade de Melanie ter sido estuprada por ele. Ela tinha todos os sintomas, o mesmo comportamento quando a levamos para casa, tudo apontava para o fato de que seus ferimentos não eram só físicos. — Giro a taça na minha mão, a luz refletindo no vidro em lampejos rubis. A inquietação do líquido se assemelha à turbulência em meu coração. — Lembra como ela ficou com medo do papai? Não queria que ele a tocasse ou segurasse sua mão.

— Levou cerca de um ano para Melanie entender que seu pai não era nada como aquele homem. O dia em que ela estendeu a mão para segurar a dele seu pai chorou de alegria.

É um sentimento agridoce saber disso sobre os dois, um pedacinho precioso de sua vida curta conosco que de alguma maneira perdi. Fico feliz por eles, décadas depois. A desolação do tempo e da vida que perdemos me assola, me deixando trêmula feito uma folha numa ventania.

— Prometi a ela mãe — sussurro em uma voz chorosa que não parece ser minha. — Naquele dia no parque, prometi a ela que a protegeria para sempre. — Balanço a cabeça, descrente, revivendo lembranças dolorosas demais para serem expressas em palavras. — Ela dormiu na minha cama naquela noite e várias vezes depois daquele dia e jurei que aquele homem nunca chegaria perto dela outra vez.

— Fico feliz por ela ter tido você. — Minha mãe aperta minha mão com seus dedos retorcidos e trêmulos. — Por tudo o que você fez por ela. Você era o anjo da guarda dela.

Pego sua mão na minha depois de colocar a taça de vinho na mesa de centro. — Mas eu *não* estava lá, mãe — confesso. — Prometi a ela que aquele homem nunca mais a machucaria de novo... e ele a machucou.

— Não, querida, não foi culpa sua. — Lágrimas escorrem por suas pálpebras enrugadas, apertadas enquanto falo.

— Foi sim. — Ergo a minha voz. — Devia ter previsto que aquilo aconteceria. No dia em que ela morreu, eu já tinha idade suficiente para saber de tudo. Poxa, eu já estava na faculdade. Era adulta, já namorava, já fazia sexo, sabia de coisas que ela não sabia. — Abaixo a cabeça para esconder minhas lágrimas. Algumas mechas de cabelo caem no meu rosto, e ela as afasta como se eu fosse criança.

— Não, meu amor, não foi culpa sua.

— Devia ter previsto que aquilo aconteceria — repito, com teimosia, não permitindo que ela me perdoe sendo que nem eu mesma ainda me perdoei. Solto minha mão da dela e me levanto, começando a andar de um lado para o outro feito um animal enjaulado. Meus punhos estão cerrados e erguidos diante do meu peito como se estivesse me preparando para lutar pela minha vida, mas estou lutando contra mim mesma. — Quando ela me disse que ia sair para o primeiro encontro dela, fiquei tão feliz. Feliz em pensar que ela poderia ter uma vida normal, com um namorado e depois um marido, uma família, filhos. — Bufo com desdém e encaro minha mãe como se fosse ela que tivesse feito algo de errado. — Sabe o que eu fiz antes de ela sair naquela noite? Arrumei o cabelo dela e a maquiei. O *cabelo* dela, mãe!

Ela me escuta e olha para mim com gentileza, compreensão e uma enorme tristeza. Não pergunta nada, não tenta me impedir de falar. Ela está ali por mim, como sempre esteve.

— Deixei que ela fosse com a minha saia rodada, aquela azul, e minha blusa branca com babados. Ela adorava aquela saia, lembra? — Ela acena com a cabeça e limpa uma lágrima do canto dos olhos. — Ela girava e ria, ria tanto que dava para ouvir aqui de baixo. E depois fiz o cabelo dela. — O sorriso que fez meus olhos brilharem pela lembrança dela girando em uma onda de chifon azul se esvai, substituído por raiva. — Nem por um minuto pensei em avisá-la para tomar cuidado com garotos.

O peso da minha falha é tão grande que mal consigo falar nisso. Ando de um lado para o outro mais um pouco, tentando encontrar as palavras certas.

— O namorado dela era um ano mais velho e parecia legal, mas, mesmo assim, era um garoto. Ele ia acabar tentando alguma coisa em algum momento, né? Beijá-la, passar a mão na perna dela, nos peitos dela... eu sabia disso! E nem passou pela minha cabeça dizer para ela que nem todos os homens eram como Caleb Donaghy. — Gesticulo irritada. — Ainda não sei como me perdoar por isso.

Minha mãe me encara, seus olhos imersos em agonia, marejados. Ela cobre a boca com as mãos trêmulas outra vez, silenciando o choro.

— O pior de tudo é não termos falado para você aonde ela estava indo. Ela queria manter aquilo em segredo e eu fui... — Minha voz falha e preciso me acalmar antes de prosseguir. — Eu estava tão feliz a vendo dançar daquele jeito, se arrumando para o primeiro encontro, um pouco apaixonada por um menino. Queria tanto acreditar que ela ficaria bem, que se curaria dos traumas, que talvez ela não se lembrasse mais do que aquele homem fez com ela quando era pequena. — Respiro fundo enquanto lembranças obscuras invadem minha mente, me rasgando sem misericórdia em pedaços cheios de culpa, mágoa e raiva.

— Vem, senta aqui comigo — minha mãe diz, mas não estou pronta ainda. Minhas pernas tremem de uma maneira que me fazem querer sair correndo dali, mas não tenho para onde ir. Vou carregar esse peso comigo pelo resto da minha vida.

— Deveria ter conversado com ela... — Reprimo um choro que faz meu peito inchar. — Ainda não consigo entrar no quarto dela, sabe. Tivemos momentos tão felizes ali. Ainda posso ver Melanie rindo. Fecho os olhos e a vejo rodando feito um dervixe, girando na minha saia azul, balançando os braços como se quisesse voar. Ela girou até ficar tonta e então caiu no chão em um mar de babados, cores e felicidade. — Engulo em seco, sem conseguir parar de infligir dor em mim mesma com cada palavra que digo. — Então me lembro do seu corpo, do peso dele, como foi pegá-lo nos braços, frio, sem vida, tão pesado. Eu a levantei, mas era tarde demais. Eu a deixei por dez minutos, fui só tomar banho.

Paro de andar, olhando para a porta do quarto dela, um pedaço do carvalho envernizado no andar de cima. Ainda há retalhos de lembranças sombrias que não coloco em palavras. Minhas súplicas por ajuda quando a encontrei, pendurada na pilastra da cama. Os passos apressados do meu pai, então seu olhar atônito ao tirar o corpo dela dos meus braços, abrindo minhas mãos para que eu a soltasse. O choro de partir o coração da minha mãe, gutural e rouco. Em meio àquele turbilhão, minha voz chamando seu nome, me recusando a soltá-la.

— Eu nem percebi o quanto ela estava chateada quando chegou em casa. Nunca a teria deixado sozinha. Nem passou pela minha cabeça que ela tiraria a própria vida. Fico relembrando aquelas horas, aquele dia, e me pergunto como fui tão cega.

Outra lágrima escorre pela bochecha da minha mãe.

— Ah, meu amor... não foi, não. Eu me lembro muito bem, e ela não parecia estar chateada. Conversamos com o namorado dela alguns dias depois do enterro e ele contou que ela tinha começado a chorar no meio do filme a que estavam assistindo e pediu para ir para casa. Ele deve ter tocado nela, como você disse, o que engatilhou todos os tipos de emoções ruins e lembranças que ela tinha reprimido, ou talvez tenha sido algo no filme.

Mas nada disso é culpa sua. Caleb Donaghy matou a nossa Melanie no primeiro dia em que a violentou.

— Sabe, digo isso para mim mesma o tempo todo. É mais fácil do que ter que admitir o quão horrível eu fui com ela. Poderia ter conversado com ela, talvez se tivéssemos ido todos juntos, eu e meu namorado também, ou perguntado para a psicóloga dela qual era a melhor maneira de lidar com aquilo. Sim, Caleb Donaghy matou minha irmã, disso não tenho a menor dúvida, mas me faltou bom senso também, fui uma espectadora inútil e egoísta, deixando que aquilo acontecesse bem diante dos meus olhos.

O queixo da minha mãe se projeta um pouco para a frente. Ela alcança sua taça de vinho.

— Fico feliz que ele esteja morto — ela sussurra.

Me sento ao seu lado e pego minha taça da mesa. O vinho esquentou, mas não me importo.

— Eu também.

— Devem ter gravações — ela sussurra olhando para sua taça. — De mim, sabe, no hospital.

— Não tem mais — respondo, casual, como se estivesse contando que tinha colocado o lixo para fora. — Quase tudo. As piores partes, pelo menos.

Eu a encaro e não vejo preocupação alguma em seus olhos, só paz. Não a vejo em paz há muito tempo.

— Agora é só ficarmos quietas até a tempestade passar.

Ela acena com a cabeça e seu cabelo loiro ondula nos ombros. Ela sempre teve cabelos tão lindos.

Preciso perguntar, senão vou passar noites em claro me revirando na cama.

— O que tinha na seringa?

Ela não se ofende com a minha pergunta, só fica surpresa, como se eu já devesse saber.

— Potássio, o que mais poderia ser?

Ergo meus olhos em uma gratidão silenciosa ao ouvir o carro de Derreck estacionando na garagem, os feixes do farol se infiltrando pelas cortinas. A solução de cardioplegia também contém potássio, mas em uma concentração mais baixa. Ninguém conseguiria detectar a concentração inicial na autópsia, depois de eu ter enxaguado o coração com solução salina por dois minutos. Uma concentração muito alta de potássio foi o que fez com que o coração não voltasse a bater, envenenando-o durante a cirurgia.

Ergo minha taça e sussurro:

— À justiça.

Minha mãe ergue a dela:

— E à Melanie.

Ao entrar, Derreck nos encontra com os olhos cheios d'água e de mãos dadas no sofá. Ele parece preocupado.

— O que aconteceu?

Minha mãe responde, calma.

— Nada demais. Papo de mulher e acabamos ficando um pouco emotivas com algumas lembranças.

Ele olha para mim como se repetisse a pergunta. Sorrio para o homem por quem sou tão apaixonada.

— Nada, amor, tá tudo bem.

Não sei até que ponto devo contar a ele o que aconteceu hoje. Alguns segredos não me pertencem e não cabe a mim revelá-los.

Não sei o que vai acontecer, já que essa Paula Fuselier parece tão determinada em me destruir. Ela poderia encontrar a bolsa de solução de cardioplegia, na qual minha mãe injetou potássio. Será que eles guardam essas coisas depois da morte de um paciente? Percebo que sou ignorante sobre o assunto. Talvez esteja no escritório do médico-legista do condado de Cook, em alguma mesa de laboratório forense. Uma análise básica mostraria que a concentração da solução estava alterada. A partir disso, eles poderiam checar os vídeos e se procurarem bem vão achar as gravações que eu não deletei. Então Mike, o recém-promovido gerente de turno, comentaria casualmente que eu fui lá no início do dia, que fiquei assistindo às gravações, e que ele me deixou sozinha só por alguns minutos.

Mas tem uma coisa da qual tenho certeza e que me apavora.

Essa pode ser a última noite que passamos juntos.

34
VÍDEO

A TV ESTÁ LIGADA E ESTAMOS DE VOLTA AO SOFÁ, DEPOIS DE UM JANTAR leve que Derreck fez para nós — uma salada grega deliciosa com azeitona Kalamata e bastante tomilho, servida com bolacha água e sal e uma omelete de queijo.

Não comi muito, meus pensamentos repletos de uma ansiedade tão insuportável que mal consigo estar presente com minha família. Recito a sigla MEDO na minha cabeça feito um mantra secreto, na esperança de que faça tudo isso desaparecer. *Modificação de Evidências Derivando em Ônus da prova. Isso que é ansiedade.*

Talvez não seja isso que faz um calafrio percorrer minha espinha. As provas que tenho são bem reais e a polícia pode bater na porta a qualquer instante.

Enquanto Paula Fuselier continuar sua investigação, todos nós estamos em perigo.

Por fora parecemos calmos, até tranquilos, assistindo à TV juntos e tomando vinho. Derreck enche as taças com uma segunda garrafa de Pinot Noir que ele abre com facilidade. Começa pela minha, e eu a estendo para que ele a encha quase até a borda. Álcool é péssimo para ansiedade, mas me ajuda a relaxar. E não estou ansiosa... o que tenho é uma preocupação real com minha segurança, com a da minha mãe, com o nosso futuro e até nossa vida.

Estamos assistindo a um programa de crimes e investigação. Não costumo ter tempo para assistir a essas coisas e já tinha começado quando liguei a TV. É mais a preferência da minha mãe do que minha. É o tipo de programa que faz o telespectador torcer para que a polícia prenda um criminoso desprezível e mau. *É isso que sou? O que minha mãe é?* Se outras pessoas assistissem à minha vida como se fosse um entretenimento, torceriam para Paula Fuselier?

Ou concordariam que um monstro foi impedido de machucar outras meninas? Parece que o vinho não faz melhorar em nada minha crise existencial.

Começa o intervalo comercial, e Derreck aproveita para trazer salgadinhos. Ele deve estar com fome ainda. Ao contrário de nós, o estômago dele não está revirando com medo de a polícia irromper porta adentro a qualquer momento.

Outra propaganda se inicia e reconheço a trilha sonora. É a de Derreck, que passa sempre e que menciona o empenho dele em diminuir pela metade a taxa de criminalidade, deixando Chicago segura outra vez. Já conheço cada detalhe, então fecho os olhos e entro em devaneios, explorando meus monstros internos por um momento, implorando-os para que me deixem respirar outra vez.

— Como está indo? — minha mãe pergunta quando Derreck volta. — Está ganhando? — Olho para ela, surpresa com o interesse. Ela está sorrindo, parece bem tranquila, como se nada tivesse acontecido. — O que as pesquisas dizem?

Os olhos dele brilham, apesar das olheiras.

— Estou na frente agora, com uma vantagem de sete por cento do prefeito no cargo. Não é muita coisa, mas... já é bom para o começo de abril. — Ele leva a mão dela aos lábios, feito um cavalheiro. — Não teria conseguido sem você. Seu apoio financeiro e moral tem sido maravilhoso.

— Ah, para com isso — ela responde, com um amplo sorriso. Posso ver que ficou lisonjeada pelas palavras dele. — Você é o melhor filho que eu poderia querer, Derreck. Tenho certeza absoluta de que vai ganhar.

Ele ergue a taça.

— Tim-tim!

Tomamos um gole, e tento silenciar as vozes na minha cabeça. Pode ser que ele ganhe mesmo, a não ser que a esposa dele acabe presa, e a sogra também.

— Eu ficaria muito feliz em dar uma festa beneficente aqui para você. — Minha mãe oferece. — Posso deixar tudo bem arrumado, colocar algumas bandeirinhas no corrimão da escada e do segundo andar. Talvez ali em cima também. — Ela aponta para as janelas grandes da sala. — Acho que o Dia dos Ex-combatentes seria perfeito, não acha? — Ele assente, então se ajeita inquieto no lugar. Parece desconfortável, mas acho que minha mãe não nota. — Conheço alguns médicos endinheirados que apoiariam um posicionamento forte contra o crime.

— Isso é ótimo — ele responde, assim que a propaganda termina. Ele não parece à vontade discutindo o assunto com minha mãe e isso é um pouco estranho. Mas não fico pensando nisso, afinal todo mundo tem dias ruins e tenho outras coisas mais graves com que me preocupar.

— Esqueci de te falar, descobri quem ligou para a procuradoria para falar do meu paciente — digo, tentando manter meu tom de voz descontraído, embora saia tenso, quase ríspido. Os dois me olham com atenção, Derreck franze o cenho. — Foi Lee Chen, alguém que eu nunca poderia supor. O enfermeiro da minha equipe — explico caso Derreck não se lembre.

— Então alguém ligou mesmo para a procuradoria, hein? — ele murmura, mais para si mesmo. Por algum motivo estranho, ele parece até aliviado. Ele vira o resto do seu vinho e pega a garrafa para encher a taça de novo.

— Sim, alguém ligou, mas parece que Lee não teve escolha. Ele foi chantageado.

— O quê? — O rosto de Derreck se anuvia. Minha mãe parece estar prendendo a respiração.

— Pegaram Lee dirigindo bêbado e ofereceram um acordo para ele — ao dizer isso, reparo que cada palavra que sai da minha boca irrita Derreck cada vez mais. — É isso que não entendo, mas M está investigando junto do jurídico do hospital. Lee disse que ofereceram um acordo em troca de alguma informação que pudesse me incriminar, *meses* antes do meu paciente morrer. Desde outubro passado.

Derreck levanta num pulo e vai até a cozinha. Lá, ele abre a geladeira e fica olhando o interior como se procurasse algo. Passado um tempo, ele volta com uma garrafa de Grey Goose e alguns copinhos de dose. Ele os coloca na mesa e me oferece um, mas eu recuso, reparando mais uma vez o quão furioso ele está. Ele enche um e o vira de uma vez. Então enche de novo.

— O que te preocupa, amor? — pergunto, mas já sei a resposta. Descobrir que sua esposa está sendo perseguida pela procuradoria como se fosse uma mafiosa não deve ser fácil. Em momentos como esse queria que ele trocasse a política por alguma coisa ainda significativa, mas mais tranquila. Estou sendo egoísta.

— Tudo — ele resmunga, esfregando a testa. — Vou começar a fazer algumas ligações. — Ergo minha mão para impedi-lo, mas ele responde com outro gesto. — Eu preciso. Isso já saiu do controle e não pode continuar. É a minha carreira, tudo bem, mas também é sua vida, *nossa* vida. Não dá para ficar de braços cruzados só observando.

Antes de responder meu celular apita com uma mensagem, mas o ignoro. Um instante depois ele volta a apitar. Pode ser uma emergência.

Alcanço o aparelho e vejo uma mensagem de M. É a primeira vez que ela me manda uma em todos esses anos em que trabalhamos juntas. A mensagem diz: *assista a isso agora* e um link. A segunda mensagem só repete a palavra *agora* seguida de pontos de exclamação.

— O que foi? — minha mãe pergunta.

— M me mandou um vídeo, não faço ideia do que é. — Percebo que estou com medo de abrir o link.

Derreck coloca a cabeça ao lado da minha.

— Quero ver também — ele diz —, a não ser que seja alguma coisa médica.

No meio deles, não posso mais protelar. Clico no link e um artigo de notícia abre com um vídeo. É de quatro dias atrás e fala de uma prisão de um caso de assassinato de um menino. Lembro então que já tinha ouvido falar na notícia: o menino seria testemunha em um caso de assassinato. Olho por um momento para Derreck, me perguntando o que aquilo tem a ver comigo. Por que M me mandou isso?

Ele está pálido, a testa coberta com pequenas gotículas de suor. Derreck olha para a tela falhando em esconder o pavor que está escrito bem na sua cara, como se estivesse assistindo a um acidente de carro em que todos morrem. Ele se esforça para não demonstrar, mas está lá: as pupilas dilatadas, a tensão na mandíbula, as mãos tão apertadas que suas juntas empalidecem.

— Aperta o play, querida — minha mãe diz.

Aperto, me perguntando o que Derreck estaria agonizando em antecipação. O vídeo é uma entrevista com ninguém menos que Paula Fuselier na frente de um prédio caindo aos pedaços no centro, em uma rua por onde eu nunca passaria. Não há tantos jornalistas assim. Ela está respondendo às alegações de que a vítima seria uma testemunha importante que a procuradoria falhou em proteger. Na verdade ela *não* está respondendo, está falhando em desviar do assunto e se contradizendo.

Então o vídeo corta para Derreck respondendo perguntas sobre criminalidade e sua campanha para prefeito, dos mesmos repórteres.

Ele estava lá. Com aquela mulher.

Mal consigo respirar e uma descarga de adrenalina faz meu coração bater forte. Assisto ao vídeo, receosa do que está por vir a cada segundo que passa. Na tela pequena, Derreck responde às perguntas da imprensa, então corta para um ângulo distante dele conversando com Paula: só por alguns segundos. Ver a mulher que está tentando acabar comigo tão perto de Derreck é como um soco bem na boca do estômago. Ele parece distante na gravação, irritado até, e um pouco tenso. Normalmente, quando ele quer deixar as pessoas mais à vontade, ele se inclina um pouco para frente, para não ficar tão acima delas. Com ela não, ele está o mais ereto possível.

Quando ergo a cabeça da tela vejo minha mãe me encarando com um olhar doloroso.

— Quem é aquela, querida?

Olho para Derreck, mas ele está com a cabeça abaixada.

— É a promotora de que te falei. Paula Fuselier.

— Ah, você conhece ela? — Minha mãe pergunta para Derreck com um tom inocente. — Acho que acabei não sabendo.

Quando ele olha para mim está calmo, controlado, seu tom reconfortante.

— Te falei que sabia quem ela era. Nós nos encontramos em algumas ocasiões. Não posso controlar com quem acabo trombando da procuradoria em cenas de crimes e entrevistas. Mas me ofereci para conversar com ela e você me disse para não fazer isso. Ainda posso, se quiser.

Qualquer suspeita que tenha passado pela minha cabeça se esvai. Ele realmente falou aquilo tudo.

— Não, ainda acho que M me demitiria se eu interferir de qualquer maneira.

Derreck parece aliviado. Talvez algum dia ele me conte o motivo.

Hoje não é dia para colocá-lo contra a parede. Mas tem uma coisa que posso perguntar, não para ele, para M.

Abro o aplicativo de mensagem do meu celular e respondo a mensagem dela. *Como conseguiu isso?*, pergunto.

Instantes depois, vem sua resposta que faz meu sangue gelar.

Remetente anônimo.

35
UM BEIJO

Ninguém impediu Paula de entrar na sala de Anne naquela manhã de quarta-feira. Ela tinha feito bem sua lição de casa. Anne e sua fiel escudeira, Madison, estavam numa cirurgia até por volta das onze. Paula tinha chegado com cerca de meia hora de antecedência, já que não queria perder a oportunidade de matar a médica de susto logo depois da cirurgia.

Ela não tinha um bom plano. Não tinha plano nenhum, na verdade, só uma ideia, uma última esperança de dar a volta por cima, pensando no baque emocional que Anne teria depois de ver seu amado marido conversando e dando entrevistas junto com a mulher que estava tentando a destruir. Então, quando ela estivesse no seu estado mais fragilizado, voltaria a interrogar a cirurgiã na esperança de que dessa vez conseguiria algo que pudesse usar.

Era uma esperança bem pequena. Tão pequena que quase não existia, menor que uma teia ao vento, mas não havia mais nada que pudesse tentar. Se esse plano não desse certo, Hobbs com certeza a faria ser expulsa da Ordem dos Advogados e sua carreira acabaria. Já Derreck... ele já era. Se algum dia ele a amou, isso era passado e fazia muito tempo. Ela estava completamente errada em relação a ele. Derreck Bourke gostava de ser montado na cama, mas apenas ali. Ele a atirou longe das suas costas feito um cavalo selvagem em um rodeio.

Toda a sua estratégia tinha ido por água abaixo, não sobrando nada além de cinzas do que sua vida fora. Ela colocou a mão no bolso do blazer de risca e sentiu o metal frio da arma. Pelo menos ela tinha isso... de um jeito ou de outro, Anne Wiley pagaria pelo que fez.

Ela se sentou na cadeira de Anne e colocou os pés em cima da mesa. Odiava tudo naquela sala: a janela panorâmica atrás dela por onde a luz do dia entrava, a estante de livros de medicina empilhados com sinais de terem sido manuseados várias vezes, o aroma leve de lavanda do aromatizador e de café, o couro fino da cadeira. Derreck a olhava de um porta-retratos onze por catorze na última prateleira. Ele sorria amorosamente na foto, seu lindo rosto tranquilo, alguns anos mais jovem.

Ele nunca havia sorrido para ela daquele jeito.

Algumas pessoas têm tudo. Mesmo sem merecer.

Um arquivo vermelho com o logotipo do hospital era a única coisa na mesa de trabalho além do laptop. Ela abriu a tampa e tentou fazer login, sem sucesso; estava protegido por senha. Já esperava por isso. Mas ela o deixou ligado e aberto: mais uma coisa para usar ao tentar desequilibrar Anne. Se houvesse algo a esconder naquele computador, Paula saberia pela reação da cirurgiã.

Fora aqueles dois itens, o resto eram coisas pessoais. Uma pinha grande envernizada, sabe-se lá de onde ou que significado tinha. Mas se Anne a deixava ali, então devia ser importante para ela. Ela teve vontade de pisar no objeto com os sapatos de salto.

Havia dois pequenos porta-retratos no lado esquerdo da mesa. Paula os observou por um bom tempo, analisando cada detalhe com amargura. Odiava o rosto de Anne até quando ela era adolescente. Quem foi que disse que ela poderia rir no sol daquele jeito, com seus cachos compridos e loiros e seus dentes brancos e alinhados de quem tinha usado aparelho? Ela pegou a foto e encarou o rosto de Anne, com vontade de arrancar seus olhos, mesmo que fosse só na foto. Um vidro fino protegia a imagem e ela não queria quebrar nada, pelo menos ainda não. Ela o colocou no lugar com cuidado exagerado, sem conseguir tirar os olhos do retrato. Então olhou para a outra foto e congelou. Pasma, ela a pegou para ver mais de perto, sem ar e boquiaberta.

Passos de alguém se aproximando interromperam seu fluxo de pensamentos. Ela colocou o porta-retratos no lugar e se acomodou na cadeira, esperando Anne entrar. Mas foi Derreck quem entrou de repente.

Por instinto, ela colocou a mão no bolso, sentindo e agarrando com força o cabo da arma. Se fosse sua última opção, ela puxaria o gatilho.

— Desgraçada — Derreck resmunga enquanto a encara do meio da sala. — Não dá para acreditar que está fazendo isso, Paula. Está jogando sua vida toda fora. E para quê? Por causa da merda de um caso?

— É só isso o que eu era, então? Um caso? — Paula sussurra, se esforçando para não deixar transparecer seus sentimentos.

Derreck a encara por um instante:

— O que está fazendo aqui?

— Meu trabalho — ela responde com frieza, dando a volta na mesa e parando a alguns passos dele. Podia sentir o cheiro da sua loção pós-barba, o aroma lhe trazendo lembranças de noites ardentes e promessas quebradas. — Sua mulher infringiu a lei, Derreck e não tenho por que deixar isso passar, já que você e eu terminamos. — Ele nem pisca continuando a encará-la como se ela fosse louca. Paula odiava aquilo, quase tanto quanto odiava ser descartada, jogada fora como lixo. Inspirou devagar, enchendo os pulmões de ar para que a frustração que a corroía por dentro não a fizesse se descontrolar.

— O que *você* está fazendo aqui? — Ela sorriu como fazia quando estavam os dois nus sob os lençóis. — Não esperava ter o prazer da sua companhia.

Ele bufa e gesticula com desdém para mostrar que esse não era o caso.

— Fui ao seu escritório atrás de você e seu investigador, Adam Costilla, disse que estava aqui, depois de Hobbs ter dado ordens bem específicas para que não fizesse isso. Ele me implorou para impedir que você faça seja lá o que esteja querendo fazer. — Ele passa a mão rápido pelos cabelos, nervoso. — O que raios *está* querendo fazer, Paula?

Ela encarou com intensidade os olhos frios e azuis em busca de qualquer rastro de ternura, talvez até desejo. Trocaria num estalo o ódio e a frieza por desejo. Talvez aquilo tivesse mesmo sido apenas um caso e ela tenha se enganado, mas foi bom enquanto durou; pelo pouco tempo que durou, pelo menos, ela se sentiu sortuda, bonita, desejada e mimada, igual à maldita esposa dele devia se sentir todo dia. Então tudo acabou, por causa de Anne. E ela nem sequer sabia do caso.

Bem, quem sabe não era hora de ela descobrir? Um pequeno sorriso se desenhou nos lábios de Paula.

— Fiquei sabendo que chantageou um funcionário para dar informações de Anne para você — Derreck sibilou, olhando cuidadosamente de um lado para o outro. — Que merda foi essa?

Ela soltou uma risada amarga, sem tirar os olhos do corredor que conseguia enxergar pelas paredes de vidro. Dando um passo para o lado e então se virando, ela se aproximou de Derreck. Ele deu um passo para trás, mas ao fazer isso ficou com as costas voltadas para a parede de vidro. Ele não conseguiria ver Anne chegando.

— Vai dizer que é a primeira vez que ouve falar de um acordo em todos os seus anos como advogado? Promotores sempre deixam passar ofensas menores em troca de informação de criminosos mais perigosos.

— E é isso que acha que minha esposa é? Uma criminosa perigosa?

— Mal sabe você — Paula respondeu, tranquila, olhando para o relógio na parede. Anne voltaria a qualquer minuto. Se Madison chegasse primeiro, então ela teria um problemão e seu plano iria por água abaixo de novo. — Não sabe nada sobre a mulher com quem se casou, sr. Prefeito.

— Não me chame assim.

— Mudou de ideia? Não vai mais se candidatar? — Ela inclinou a cabeça para o lado e brincou com uma mecha de cabelo, piscando os olhos, flertando descaradamente.

Ele ignorou o que ela estava fazendo, mas a situação parecia estar o atingindo. Ele ajeitou o nó da gravata e colocou as mãos na cintura.

— Paula, vou te falar o que vai acontecer. Vai sair daqui comigo agora e nunca mais voltar. Nem que você tenha um ataque do coração vai vir aqui atrás de assistência médica. Isso, seja lá o que for, acaba agora.

— Ahh, adoro um homem que sabe o que quer — ela sussurra assim que vê Anne chegando. Ela fica na ponta dos pés e coloca os braços ao redor do pescoço dele, então o beija com fervor.

Ele tenta se afastar, mas ela havia entrelaçado os dedos atrás do seu pescoço e manteve a boca dele perto da sua enquanto arqueava as costas, se esfregando nele, seu corpo completamente encostando no dele no que parecia ser um abraço quente.

Derreck consegue se soltar, a empurrando para longe, mas Anne já tinha visto o que Paula queria que ela visse.

A porta se abre e Anne entra. Ela parece pálida. Paula sorri, passando a língua nos lábios com lascívia. Pelo menos essa batalha ela venceu. Por um momento delicioso ela degustou a dor aguda que lia nos olhos da outra, absorvendo-a como se fosse alimento para alguém que passou décadas faminto.

— O que está acontecendo aqui? — a cirurgiã pergunta, olhando para Derreck que limpava a boca com a manga. — O que significa isso, Derreck? — Sua voz sai aguda e um pouco trêmula.

Paula tira a arma do bolso e aponta para o peito de Anne, tendo o cuidado de se virar para não ser vista do corredor.

— Senta, dra. Wiley.

36
NA MIRA

Eu me sinto... *eviscerada*.

Nunca imaginei que tamanha dor pudesse me ser infligida tão rápido, com tanta intensidade e ainda continuar em pé, respirando.

Havia alguma coisa na maneira como essa mulher se encostou no meu marido — como seu corpo se encostou no dele como se fossem velhos conhecidos — e sei que isso vai ficar marcado na minha memória para sempre. Ele a empurrou, sim, mas depois de um segundo de hesitação. Se Paula Fuselier nunca tivesse encostado nele antes, ele a teria empurrado com força, e ela teria batido as costas na estante a ponto de ficar ofegante. Não estaria sorrindo para mim com um ar vitorioso, feito um saqueador levando tudo da minha vida embora.

Não o meu Derreck. Não. Isso não pode estar acontecendo.

A arma na mão de Paula Fuselier não me assusta tanto. Outras coisas, sim, como perder o amor e a devoção de Derreck, nossa vida juntos. Como éramos nessa manhã se foi para sempre e nunca mais voltará, por mais que eu tente esquecer, perdoar ou fazer de tudo para salvar o que sobrou do nosso amor.

Meus joelhos enfraquecem, luto para me manter em pé. *Onde está Madison? Por que está demorando tanto?* Assim que ela vir através da porta de vidro vai entender que algo está errado. Vai chamar a segurança e isso vai acabar em segundos.

Eu me lembro de ter me perguntado há algum tempo quando sabemos que faremos alguma coisa pela última vez. Um jantar tranquilo. Fazer amor. Dizer "olá" para alguém amado. Nunca sabemos. Não existe essa coisa de premonição. Eu teria sentido esse pesadelo chegando. Que Melanie estava prestes a tirar a própria vida. Pressentiria *qualquer coisa*, em vez de me deixar ser arrastada pela vida, sem controle e sem conseguir mudar a trajetória, à deriva, me afogando na correnteza implacável.

Um pensamento faz um calafrio percorrer meu corpo. Eu *realmente* senti algo ontem à noite ao ver aquele vídeo. Talvez tenha sentido antes e resolvi ignorar, não dando importância para meu sexto sentido gritando, por não querer dar o braço a torcer e reconhecer seu valor. Seu atávico, resquício daquele instinto que impedia nossos ancestrais de pisar numa cobra ou acabar dando de cara com um leão. Não tenho que me preocupar com leões em Chicago, mas meu instinto não sabe disso. Ele nos conta de outros tipos de cobras. Se o escutarmos.

— Senta — Paula diz, apontando com a arma para minha cadeira. Dou a volta pela mesa devagar, meus joelhos ainda fracos.

Uma vez sentada me sinto mais confiante, a cadeira comportando o peso do meu corpo. Meus joelhos podem fraquejar o quanto quiserem agora; não importa. A única coisa que sei é que não posso me dar ao luxo de ser fraca, não mais.

— O que você quer, Paula? — Eu vejo nela os olhos de uma pessoa perturbada, desvairada e nervosa; como se precisasse mesmo confirmar esse diagnóstico e a arma apontada para o meu peito não fosse o suficiente.

Mas não consigo olhar para Derreck. Não tenho forças para encará-lo, embora sinta seu olhar em mim.

Ele dá um passo à frente e coloca a mão no ombro dela, provavelmente tentando desviar a atenção dela de mim.

— Só para constar, fiz uma reclamação formal de assédio contra você hoje de manhã. Eu me encontrei com seu chefe, Mitch Hobbs. Ele me ouviu com muito interesse. Seja lá o que estiver fingindo investigar aqui, acabou.

Ela aperta os olhos com raiva, volta a arma para ele e se aproxima, apertando a arma contra seu peito.

Ah, não. Prendo a respiração. Se ela puxar o gatilho agora, a bala vai perfurar o coração dele e Derreck estará morto antes mesmo de cair no chão.

— Seu filho da mãe — ela sussurra devagar, uma palavra por vez. — Vou acabar com você.

Eu me levanto me apoiando na borda da mesa e pergunto:

— O que você quer? — Uma tristeza enorme aperta minha garganta, no pior momento possível, fazendo minha voz sair um pouco trêmula.

Ela volta a atenção para mim e aponta a arma na minha direção, longe de Derreck. Consigo respirar outra vez.

— Está bem na sua cara e ainda não consegue enxergar, né? — Sua voz carrega tanto ódio que chega a me assustar. O que foi que fiz para essa mulher?

Por instinto, olho para Derreck. Ele está na minha frente, a única coisa diante de mim com a qual ainda me importo.

— Não ele. — Ela ri. — Ela. — Ela aponta para uma das fotos de Melanie, a que eu trouxe recentemente. Eu a encaro, incrédula, mas ela estende o braço até a mesa e pega o porta-retratos.

— Tira a mão da foto da minha irmã — digo baixo e em tom de ameaça.

— *Sua* irmã? — Ela ri histericamente. O cano da arma sobe e desce com seus movimentos. — Queria tirar algo de você assim como tirou de mim. Esperei um ano até alguém morrer na sua mesa de cirurgia, para você cometer o menor dos erros, para poder arrancar tudo seu do mesmo jeito que fez comigo. — Ela fez uma pausa de um silêncio tenso. — Melanie!

Fico boquiaberta sem acreditar.

— Melanie? — sussurro, aquele nome acrescido de milhões de perguntas.

— Procurei minha irmã por 25 anos depois de você aparecer e a tirar de mim. Todos esses anos e a única coisa que eu tinha era a lembrança do seu rosto com seus cachos dourados, dentes brancos e seu sorriso de quem não tinha uma preocupação sequer. Não sabia seu nome, nada que me pudesse ajudar a encontrar ela, só seu rosto. Estudei Direito, decidida a virar promotora para ter acesso aos papéis de adoção dela. Mas não, nem como promotora consegui convencer o juiz a me deixar ver seus papéis para saber quem a tirou de mim.

— O que Melanie era sua? — pergunto, embora já saiba pelo frio que percorre minhas veias.

— Ela era *minha* irmã! *Minha*, não sua. Não era sua para a levar embora! — Ela ergue a voz, mas percebo que sai com uma pontada de dor. — Ela era minha única família. Maldita seja você, Anne Wiley!

Um turbilhão de pensamentos me assola. Fico tonta e nauseada. A mulher que está apontando uma arma para mim é irmã de Melanie. Sangue do seu sangue. Por um instante, tenho vontade de a envolver nos braços e abraçá-la, como se alguma parte de Melanie pudesse voltar à vida depois de todos esses anos.

Então uma lembrança que me era tão querida volta, a mudança em seu significado fazendo meu sangue congelar mais uma vez.

Me lembro de uma carta de Melanie para o Papai Noel no primeiro Natal em que ela passou com a gente. Ela pediu para passar um tempo com a irmã; cantar para ela; pentear seu cabelo com seu pente novo e enfeitado; para dormir com a irmã na noite de Natal. E eu fiquei tão feliz, encantada até, achando que ela estava falando de mim.

Não estava.

Ela estava pedindo ao Papai Noel para ver a irmã verdadeira mais uma vez.

Meu coração se estilhaça ao me lembrar da pequena Melanie me entregando a carta para enviar com tanta esperança nos olhos. Queria tanto acreditar que era *eu* quem ela amava tanto. Agora só queria que ela tivesse dito alguma coisa.

— Eu não sabia que Melanie tinha uma irmã — sussurro, tentando engolir as lágrimas. — Ninguém nos avisou. Só falaram que ela sempre fugia dos pais adotivos e que uma outra menina a ajudava.

Com um sorriso invertido, triste, que mais parece uma careta, Paula coloca a foto na minha frente e bate com a ponta da unha no vidro, perto do rosto de Melanie.

— Essa sou eu. Vê como somos parecidas, agora? Estava bem na sua cara e você não viu.

Meus joelhos fraquejam outra vez e por isso preciso me sentar lentamente, sem largar a beirada da mesa até me sentir amparada pela cadeira. Pego a foto e a aproximo do rosto, analisando cada detalhe que já conheço de cor. Em primeiro plano está Melanie, no dia em que a adotamos, rindo e olhando para nós. Atrás tem várias crianças brincando, correndo; algumas agachadas, mexendo na terra. Mas uma menina de uns doze anos está olhando para nós e para Melanie perto de um tronco de árvore. Algumas mechas soltas de seu cabelo castanho comprido estão no seu rosto, seus lábios cheios amuados. Sua expressão mostra uma enorme tristeza, algo que tinha reparado antes e descartado, pensando que era por ela não ter sido adotada e Melanie sim.

Eu estava certa, mas, ah, muito errada.

A mulher na minha frente tem os mesmos lábios cheios, um pouco mais finos agora e cobertos de gloss rosa. Seu cabelo continua comprido e no mesmo tom de castanho, mas agora preso com cuidado de um jeito elegante e profissional. Seus olhos são do mesmo tom de castanho que os de Melanie, cheios de tristeza e inundados de raiva.

— Fiquei 25 anos procurando, perguntando, revirando meio mundo atrás de você, para poder ver minha irmã de novo. — A voz dela agora sai fria, objetiva, a emoção se esvaiu, mas a raiva ainda está lá. — Então um dia, presa no trânsito da rodovia estadual, perto do bairro de West Loop, eu vejo você. Sorrindo com seus dentes perfeitos, me fazendo lembrar de toda a minha vida por causa de um outdoor na avenida. — Ela solta um riso de desdém. — Quase bati em um caminhão naquele dia, tentando ler seu nome de longe, dra. Anne Wiley.

Fico com o coração partido ao ouvir aquilo, mesmo que ela tenha infernizado a minha vida.

— Eu não sabia...

— Cala a boca — ela grita, gesticulando ameaçadora com a arma. — Acha que me importo com qualquer coisa que tenha a dizer? — Eu me inclino, consternada. — Primeiro você leva Melanie embora, depois a mata!

Eu a encaro com os olhos arregalados, pasma. Derreck está andando de um lado para o outro, esfregando a testa com força como se tentasse arrancar as rugas na marra. Faço sinal para ele ficar longe.

— Nós não...

— Você *não* fazia ideia pelo que ela estava passando — ela grita, se inclinando na mesa até ficar a centímetros do meu rosto. Posso sentir seu hálito quente na minha pele. Eu me afasto por instinto, mas isso a irrita mais ainda.

— Fiquei 25 anos procurando, então enfim te encontrei — ela diz —, seu endereço, o hospital, descobri tudo que precisava sobre a sua vidinha perfeita. Então fiz uma busca do seu sobrenome e endereço, e o que acabei encontrando foi o certificado de óbito de Melanie. — Ondas de emoção transformam seu rosto: luto não elaborado, amargura, dor. — Dá para imaginar? — ela pergunta, me encarando, seus olhos marejados. — Tinha até comprado um ursinho de pelúcia para ela, igualzinho ao que você não a deixou levar quando a roubou de mim. — Seus lábios tremem com um choro reprimido. — Cinco anos, foi o tempo que ela durou com você. — Ela se levanta e endireita a postura, se controlando para tentar parecer calma, mas ela está bem longe disso. — Naquele dia jurei que arrancaria tudo que você tem na vida e te esmagaria com minhas próprias mãos depois de você perder tudo.

Cada palavra dela é como uma facada bem no meu coração. Tudo que achava que sabia de Melanie estava errado. Meus pais jamais separariam irmãs, teriam adotado as duas, e eu adoraria ter mais de uma irmã. Se nós soubéssemos disso.

Lembranças de como ela começou a chorar assim que a colocamos no carro, antes de irmos embora do abrigo, partem meu coração agora que sei o motivo. Quando era subitamente acometida pela tristeza, ainda mais nos seus primeiros dois ou três anos com a gente, o jeito que às vezes ela olhava pela janela... tudo tem outro significado agora que sei que Paula era sua irmã.

Paula deveria ficar satisfeita: ela arrancou quase tudo da minha vida, tudo o que eu mais amava. Derreck... e agora Melanie. As lembranças que tenho dela agora se descolorem.

— Você nem desconfiava — Paula bufa com desprezo. Deve ter interpretado a dor no meu rosto. — Como pode ser tão sem noção? — Ela me lança um olhar como se eu não valesse nada, um pedaço de lixo no meio do caminho. — Mas isso não importa. Você a matou, sabendo ou não que ela tinha uma irmã.

Olho para ela com tristeza.

— Fizemos de tudo para que ela fosse feliz. Ela fez terapia, teve tudo que precisava, uma boa escola...

— Você não entendia com o que ela estava tendo que lidar! — ela grita, batendo os punhos na mesa. — Como saberia? Sem passar pela mesma coisa, nunca vai entender. Eu entendia. Eu ficaria com ela, ajudaria ela a lidar com isso.

Suas palavras ecoam pela minha mente, semeando dúvida e uma culpa maior ainda do que eu já carregava. Ela teria razão? Se não a tivéssemos adotado, Paula a entenderia melhor que eu?

Seja como for, ela tem o direito de saber.

— Nós sabíamos — digo em voz baixa. — Sabíamos que ela foi abusada desde sua primeira noite em casa.

A mão direita de Paula, ainda segurando a arma, cai alguns centímetros.

— Sabia? — Um soluço faz seu corpo todo tremer. Ela respira para se recompor, então a raiva volta. — Não importa, assim como não estou nem aí para o seu paciente idiota. Mas pela morte de Melanie, você vai pagar. — Ela aponta a arma para mim outra vez, firme e sem titubear.

— Por favor, largue essa arma, vamos acabar com isso — sussurro. — Nós duas a amávamos tanto. Adoraria…

— Não se atreva a achar que temos algo em comum. Odeio tudo relacionado a você, até o ar que respira. Eu o odeio por te manter viva.

—.... te mostrar fotos dela crescendo — continuo sem me deixar abater. Em algum lugar sob a casca endurecida por amargura e raiva está alguém do mesmo sangue de Melanie. Nunca poderia odiá-la, ficar magoada ou desejar algo de ruim para ela. — Tem vídeos também.

— Acha que isso importa agora? Acha que vamos sair disso e virar melhores amigas? — Seu tom de voz alto e irônico chama a atenção de alguém que passa pelo corredor. Ele olha para nós, mas não diminui o ritmo. — Prometi que arrancaria tudo que importava para você e estava falando sério. Esse babaca — ela aponta com a cabeça na direção de Derreck com desdém — foi só o começo.

— Espera aí — Derreck diz, como se não estivesse vendo a arma.

Lanço um olhar significativo para ele, pedindo para que não interfira. Talvez eu ainda consiga convencê-la.

— Ele foi um alvo fácil, seu Derreck — Paula acrescenta e eu queria que ela parasse de falar. — Ele está dormindo comigo há sete meses, logo depois do evento beneficente que você organizou. — Ela olha para minha expressão boquiaberta e ri. — Sim, eu estava lá. Vendo, observando tudo que você amava, fazendo uma lista. Uma lista de ouro.

— Sua maldita! — Derreck diz e se aproxima dela, mas ao ter a arma apontada em sua direção ele congela no lugar.

Sete meses! A sala começa a girar, cada vez mais rápido.

— Como se sente agora, dra. Wiley? — Ela solta uma risada frenética. — Quer que chame um médico? Vai ter um ataque do coração? Isso seria fácil demais, né? Terminaria o que vim fazer aqui e Derreck e eu podemos voltar para o nosso quarto favorito no LondonHouse para uma trepada e um brinde com canapés.

— Chega, não quero saber de mais nada — peço, agarrando o colarinho da minha camisa que me sufoca.

— E o mais engraçado é que foi você que pagou todos aqueles quartos de hotel, não foi? Ele era liso quando te conheceu, um molenga e covarde metido a besta com um diploma em Direito, endividado com a faculdade até o pescoço. Mas você é cheia da grana, você podia pagar a conta das ambições dele. É *claro* que ele ama você. — Ela ri outra vez enquanto sinto que estou morrendo por dentro, pouco a pouco. — Desejo toda a felicidade do mundo a vocês dois.

Eu me curvo, com vontade de agarrar meus joelhos e ficar naquela posição.

— Ah, espera, não tem como isso acontecer — ela diz, lançando uma piscadela para Derreck. — Hoje é seu último dia de vida, dra. Wiley.

O corpo de Derreck fica tenso como se estivesse pronto para pular no pescoço dela. Faço um pedido silencioso ao olhar para ele e seus ombros caem um pouco.

Juntando a pouca força que ainda me resta, olho para Paula com compreensão.

— Nós amamos a mesma menina, de todo nosso coração. Não deveria me odiar por amar a sua irmã.

— Por quê? — ela pergunta, inclinando um pouco a cabeça.

— Porque ela também me amava muito. Posso te mostrar. — Meu comentário faz Derreck ficar agitado. Ele dá um tapa na cabeça e bate o pé no chão.

— Cala a boca — Paula grita, mas sua voz deixa transparecer que está prestes a chorar.

Parecendo irritada com a própria fraqueza, ela então derruba tudo da minha mesa com um só movimento. As fotos de Melanie caem no chão com o som de vidro se espatifando. A pinha que ela me deu no meu aniversário de catorze anos sai rolando e para aos pés de Derreck. A pasta de Caleb Donaghy cai aberta, seu conteúdo se espalhando pelo chão.

Estou tão perto de conseguir convencê-la, apesar do olhar de reprovação de Derreck. Mas ele perdeu o direito de aprovar ou não alguma coisa depois de passar os últimos sete meses me traindo.

Estava prestes a tentar convencê-la mais uma vez quando reparo no seu comportamento. O rosto está pálido, as mãos trêmulas, a arma parece pesada demais. Sigo a direção do seu olhar apavorado e vejo a foto de Caleb Donaghy, a que tirei no necrotério.

Não entendo, ou talvez entenda, sim, mas não faz sentido.

— Quem é esse? — ela pergunta em um sussurro que mal consigo ouvir.

— Como pode perguntar isso? Ele é o paciente que tem me acusado de matar.

— *Esse* é Caleb Donaghy? — Ela se agacha e pega a pasta e os papéis espalhados, um pouco sem jeito, sem soltar a arma. — Só vi a foto da carteira de motorista dele — ela sussurra, mais para si mesma do que para mim. — Estava usando uma peruca horrível, barba e óculos. Não sabia que...

Eu me levanto e me aproximo dela, estendendo a mão para ela me dar a pasta.

— Esse é o homem que morreu na minha mesa de cirurgia — falo com gentileza. — Achei que sabia.

Quando ela me encara, não a reconheço mais, embora encontre um pouco de Melanie nela: aquele mesmo olhar de pavor ao vê-lo no banco do parque.

Enfim entendo.

Melanie não foi a única vítima do homem no necrotério. Só uma dentre muitas.

— Sinto muito que tenha passado por uma coisa tão horrível — sussurro, com gentileza. — Você e Melanie eram jovens demais, desamparadas nas mãos daquele...

— Cala a boca — ela grita, mas sua voz já não está tão fria e ameaçadora. Ela pega a foto de Caleb e leva até a fragmentadora de papel perto da parede. O barulho dura poucos segundos e então a foto desaparece. — Que bom que ele morreu.

Dou a ela um imenso voto de confiança.

— Eu também acho. Por Melanie. — Uma pausa de silêncio tenso. — E por você também.

Ela dá um passo para trás, desvia os olhos para baixo e então para Derreck, a raiva neles indo e voltando enquanto trava ela uma batalha interna.

— Minha irmã está morta e alguém vai pagar por isso. Achei que esse alguém deveria ser você, a menina mimada e rica que tirou Melanie de mim. — Seu rosto se vira em direção à Derreck, embora continue me encarando. — Foi ele que abriu a porta para mim e facilitou o processo de acabar com a sua vida.

— Quer dizer então que me usou para conseguir se vingar? — Derreck grita e então tenta pegar a arma. Ela se afasta, mas não tem para onde ir, a mesa contra suas costas.

— Derreck — grito, meus olhos arregalados e assustados ao ver a briga entre eles. Já vi os resultados de disputas envolvendo uma arma carregada muitas vezes na ala de emergência. — Não! Se afaste dela.

Ele não me escuta.

— Você me usou — ele diz, por entre os dentes, agarrando a arma com as mãos. Ela não aperta o gatilho, só luta contra ele. Ele é bem mais forte que ela e está lívido de raiva. Por fim, ele agarra o pulso dela e o gira, mas a arma dispara e Derreck grita.

— Derreck! — chamo de novo, querendo correr até ele, mas ele ainda está em pé, ainda luta com Paula pela arma. Agarrando o pulso dela com uma só mão, ele o vira contra ela e o pressiona em seu peito.

A arma dispara outra vez, eu grito, ao mesmo tempo que policiais entram na sala, todos apontando armas para Derreck.

Paula cai aos pés dele, com uma expressão estranha, o ferimento em seu peito sangrando muito.

— Largue a arma, senhor — ordena um dos policiais. Ele está com um uniforme da SWAT, seu equipamento fazendo barulho quando se movimenta. — Agora, ou vou atirar.

Derreck se agacha, coloca a arma no chão, então ergue as mãos. Está sangrando do lado esquerdo do abdômen. O rosto está pálido e a testa suando frio.

Madison entra de supetão e diz:

— Equipes de emergência estão vindo. Desculpe a demora.

Eu me ajoelho ao lado de Paula e verifico a pulsação. Está ali, mas fraca e descompassada. Ela está perdendo muito sangue e está prestes a entrar em choque hipovolêmico. Precisa ser socorrida agora.

Um dos policiais agarra o braço de Derreck de um jeito um pouco ríspido, forçando-o a se levantar. Ele tenta se desvencilhar, mas o policial o segura firme.

— Não pode fazer isso comigo! Sabe com quem está falando?

Não acho que o policial saiba quem Derreck é.

Sou casada há catorze anos com ele e eu mesma não sei.

37
COMEMORAÇÃO

Algumas horas atrás, Paula estava se recuperando na uti, dormindo, algemada ao trilho da cama e eu estava ao seu lado. O quarto estava tranquilo, persianas verticais não deixavam passar os raios de sol. Só o barulho dos aparelhos interrompiam meus pensamentos.

Fiquei ao seu lado, ainda com a roupa cirúrgica. Permaneci ali por algumas horas assim que ela saiu da cirurgia. Não fui eu quem a operou, foi o dr. Seldon — por causa da regra de nunca operarmos conhecidos.

Ela vai se recuperar. A bala perfurou o pericárdio e acabou se alastrando nas costelas, mas não danificou a espinha. O dr. Seldon conseguiu retirar a bala e remendar tudo muito bem. De todos os lugares para se levar um tiro, é provável que um hospital com um Centro de Trauma Tipo I seja o melhor. Acompanhei a cirurgia, toda uniformizada, mas não toquei em nada, conforme o dr. Seldon solicitou.

Mas eu também não queria... Só queria estar ali com ela e a bondade do dr. Seldon me permitiu ficar. Sei que é o que Melanie gostaria que eu fizesse. Fiquei com Paula desde o instante em que ela caiu no chão da minha sala, durante o tamponamento cardíaco do qual cuidaram na emergência enquanto a sala de cirurgia estava sendo preparada, na cirurgia em si e depois de algumas horas enquanto ela se recuperava na uti.

Quando ela se virou dormindo, me levantei e peguei sua mão, apertando-a de leve.

— Sinto muito termos tirado sua irmã de você — sussurrei, mesmo que Paula ainda estivesse desacordada. — Mas não lamento por ela ter entrado em nossa vida.

Verifiquei o pulso dela mais uma vez e fui embora.

Não queria estar ali quando ela acordasse, receosa de que minha presença causaria um estresse indesejável. No entanto, ninguém sabe o que pode acontecer no futuro. Por mais que seja ilógico ou até contra qualquer bom senso, espero que, de alguma maneira, ela e eu possamos manter contato. Gostaria de pensar que sou uma boa pessoa, alguém que não guarda mágoa e que tenta entender o que o trauma e a perda podem fazer com uma pessoa. Alguém capaz de perdoar.

Enquanto saía do quarto, procurei no meu interior e não encontrei nada. No final das contas não sei se posso ser essa pessoa mais evoluída. Pensar nela nos braços de Derreck me causa uma dor insuportável. Não sei se algum dia vou conseguir superar isso.

Ela vai enfrentar acusações pelos seus atos, e elas são bem sérias.

O policial que ainda estava na minha sala quando voltei falou em tentativa de homicídio e ficou surpreso pela minha angústia ao ouvir tais acusações. Seu olhar demorado e a inclinada de cabeça me mostraram que ele me achava um pouco doida. Logo, porém, foi gentil comigo e me ajudou a sentar quando meus joelhos fraquejaram. Madison cuidou de tudo dali em diante, e o acompanhou para fora como se fosse um garotinho na escola.

Paula poderia passar o resto da vida na cadeia. Consultei um advogado do hospital, e ele me explicou coisas que só entendi em partes a respeito de como premeditação, invadir um local e disparar uma arma depois de manter pessoas como reféns era uma acusação grave e significava anos extras na prisão sem fiança.

Sentada ao seu lado, procurando traços de Melanie no seu rosto, jurei para mim mesma que lutaria contra suas acusações o máximo que pudesse.

Ela terá os melhores advogados e eu pagarei por eles, e terá especialistas médicos que falarão sobre as consequências dos efeitos em alguém que foi abusado sexualmente quando era criança. Vou testemunhar *a favor* dela, não contra, e o promotor que inferir que eu faria o contrário vai ter uma surpresa desagradável.

Ela já sofreu o suficiente.

Infelizmente, agora é a minha vez. Minha vida virou de cabeça para baixo deixando um rastro de destruição. O ferimento de Derreck foi superficial, mas o que tínhamos acabou, do nosso casamento só restaram as cinzas.

DIRIJO ATÉ MINHA CASA EM UMA ESPÉCIE DE TRANSE. *É QUARTA-FEIRA E minha mãe está fora nas noites de quarta-feira.* Fico aliviada ao me lembrar disso, percebendo que preciso muito ficar um pouco sozinha, para pensar, chorar, processar tudo que aconteceu hoje.

Mas tem uma coisa que preciso fazer primeiro.

Assim que entro em casa, subo as escadas e paro em frente à porta do quarto de Melanie. Fecho os olhos e encosto a testa nela, deixando a mente vagar. Passados alguns instantes, o som baixinho de sua risada invade meus pensamentos, uma lembrança bem-vinda e querida de nossa vida juntas. Com isso bem fresco na memória, seguro a maçaneta e a giro.

A porta se abre e me vejo no antigo quarto de Melanie. Os móveis estão cobertos com lençóis, mas tudo está igual. O chão está limpo, o tapete recém-aspirado. Minha mãe deve ter mantido tudo assim, sem me dizer nada, nem uma palavra. Esperando até eu estar pronta.

Não tem nada para mim aqui. Melanie sempre estará viva no meu coração. Ela deixou esse quarto há 22 anos.

Antes de sair, há uma coisa que preciso fazer. Vou até a janela grande e abro as cortinas para que o sol entre. Partículas de poeira giram e dançam nos raios, me lembrando da saia rodada azul e da blusa branca com babados.

Quando desço, no quarto de hóspedes, o cheiro da loção pós-barba de Derreck me atinge em cheio e eu paro, encarando o armário aberto.

Sei o que preciso fazer. Mas não sei se consigo.

Ele ainda não chegou em casa. Depois que suturaram seu ferimento leve no hospital, ele foi levado para a delegacia do centro para dar um depoimento. Ele não está sendo acusado de nada; sua alegação de legítima defesa vai ser aceita. Sua última mensagem dizia que ele estava esperando pelo advogado.

Não o respondi. Não quero nunca mais responder nada para ele.

Quero que vá embora, suma da minha vida para sempre.

É até possível pensar brevemente que ele foi vítima do plano de vingança de Paula. Pode até ter sido, mas ninguém o obrigou a me trair. Ele podia ter dito não. Mas não disse. Isso para mim, é um crime doloso sem perdão.

Não tem como perdoar sete meses de traição.

Ao pegar a mala e abri-la sobre a cama, percebo que meu instinto já tinha me contado havia muito tempo sobre o caso dele, quando percebi que ele chegava em casa com cheiro de sabonete mesmo depois de passar doze horas fora. Ele, na verdade, vinha para casa depois de dormir com ela, cheirando ao sabonete do hotel onde tomava banho.

Mistério resolvido.

Agora tenho que pensar na melhor forma de desatar nossa vida. Sinto um arrepio ao me lembrar das palavras zombeteiras de Paula sobre meu marido. E se fossem verdade? E se ele não quiser sair de bom grado de casa, meses antes de ser eleito prefeito? Ele tem muito a perder.

Solto um suspiro doloroso e me sento na cama ao lado da mala vazia.

Dinheiro. Essa costuma ser a resposta. Vou oferecer dinheiro para ele ir embora, e manter tudo debaixo dos panos até as eleições. Depois entro com o divórcio e vou garantir que ele não saia com muita coisa. Graças à Paula tenho como provar sua infidelidade. Sei que basta procurar contas em hotéis chiques na fatura do cartão de crédito.

O som da porta da lavanderia sendo aberta me leva até a sala. Achei que minha mãe tivesse chegado cedo, mas é Derreck.

Fico paralisada, encarando-o como se fosse um fantasma.

Ele está sorrindo, usando todo o charme naquele seu sorriso de sempre, ele me entrega uma dúzia de rosas vermelhas e me dá um beijo nos meus lábios frios. Eu pego as rosas, o farfalhar do papel-celofane parece alto em contraste com o silêncio tenso da casa, mas não consigo me mexer. Devia levá-las até a cozinha e colocá-las num vaso. Devia gritar pedindo ajuda. Devia mandá-lo ir embora.

Há algo no olhar dele que nunca vi: uma determinação fria, o pulso firme que eu sempre admirei, agora mais visível, fazendo medo fluir pelo meu corpo. Eu o encaro, percebendo o quanto minha intuição fala mais alto agora.

Só que dessa vez estou ouvindo.

— Ei — ele diz, desatando o nó da gravata até conseguir tirá-la pela cabeça. — Sei que deve estar chateada. — Ele joga a gravata no encosto da cadeira, então tira o paletó com um gemido de dor. Sua camisa tem um buraco sangrento nela, mas posso ver que ele está usando uma roupa limpa por baixo. Ele tira a camisa, amassa em forma de bola e a joga no lixo. — Todo mundo comete erros, Anne.

Ele pega as rosas de mim e as coloca no balcão, então coloca as mãos nos meus ombros. Sinto um calafrio.

— Às vezes fazemos coisas que não podemos explicar. Em outras, fazemos coisas pelas quais preferiríamos não ter que pagar. — Sua voz é suave, mas não me engana. Minha intuição está gritando. — Como seu paciente, por exemplo. Como era o nome dele? Caleb Donaghy?

E lá está, o nome da espada de Dâmocles que paira sobre a minha cabeça, me fazendo de refém. Ele não vai aceitar de bom grado algo que pode prejudicar sua carreira política. Fui tola de cogitar isso.

Sinto lascas de gelo subindo e descendo minha espinha ao me lembrar de tudo que contei para ele sobre Caleb Donaghy. É irrelevante se o que o matou não foi o momento em que resolvi declarar sua morte. Não posso contar para ninguém quem realmente o matou. E agora ele sabe mais ainda, ao ouvir o que eu contei para Paula sobre Melanie, depois de ela ter visto a foto de Donaghy. Acabei de dar provas para meu marido advogado que tinha motivo para matar Caleb Donaghy.

Ele nem pisca.

— Perdoar é algo que se pode aprender. O tempo cura todas as feridas, até mesmo a dor intensa que deve estar sentindo agora. Tempo apaga a memória das pessoas, sabe, principalmente se essas pessoas querem muito esquecer. E eu quero. — Ele me olha bem nos olhos até que eu desvie o olhar para fugir dele. A oferta foi feita em alto e bom som.

— O que quer fazer, então? — pergunto, olhando para ele com toda a minha determinação. Não vou aceitar isso de bom grado, também.

Ele se levanta, fazendo uma careta e tocando na lateral onde a bala o pegou de raspão.

— O que acha de comemorarmos um pouco? — Ele vai até a geladeira e volta com uma garrafa de vinho, uma das mais caras. Derreck a abre e enche duas taças enquanto fico ali, parada, o encarando, incrédula. Então me entrega uma e ergue a dele. — A nós, querida esposa, você e eu, juntos para sempre.

Ergo a minha taça e bato na dele, me sentindo enjoada e fraca.

Enquanto o observo bebendo, um sorriso se desenha nos meus lábios. Meu querido marido acha que vai ficar impune por tudo o que fez.

Mas, pensando bem, Caleb Donaghy também pensou. Até acabar na prateleira número seis do necrotério, no subsolo do hospital.

Nada dura para sempre.

NOTA DA AUTORA

Um agradecimento enorme e do fundo do meu coração por ter escolhido ler *A cirurgiã*. Se gostou e quer saber mais dos meus lançamentos futuros, se inscreva no link a seguir. Seu e-mail não será divulgado e você pode cancelar a inscrição quando quiser.

www.bookouture.com/leslie-wolfe

Quando escrevo um livro novo, penso em você, o leitor: no que gostaria de ler depois, como gostaria de passar seu tempo livre, e qual a parte mais valiosa para você ao ficar na companhia dos personagens que crio, enfrentando com eles os desafios que coloco à sua frente. É por isso que amo falar com você! Gostou de *A cirurgiã*? Quer ver mais histórias parecidas? Sua opinião é muito valiosa para mim, adoraria saber o que achou. Você pode entrar em contato comigo pelos canais listados abaixo. O melhor é por e-mail: LW@WolfeNovels.com. Nunca vou divulgar seu e-mail e prometo que você receberá uma resposta.

Se gostou deste livro e não for pedir muito, deixe uma avaliação e recomende se puder *A cirurgiã* para outros leitores. Resenhas e recomendações ajudam outros leitores a descobrirem livros e autores novos; faz uma diferença

enorme e fico muito grata por todas elas. Obrigada por todo seu apoio e espero que consiga manter seu interesse na minha próxima história. Até breve!
   Obrigada,
   Leslie

www.LeslieWolfe.com

facebook.com/wolfenovels
amazon.com/stores/author/B00KR1QZ0G
bookbub.com/authors/leslie-wolfe

LEIA TAMBÉM

TAYLOR ADAMS
ÚLTIMAS PALAVRAS

DE ONDE UM AUTOR BUSCA INSPIRAÇÃO PARA SUAS HISTÓRIAS SOMBRIAS?

FARO EDITORIAL

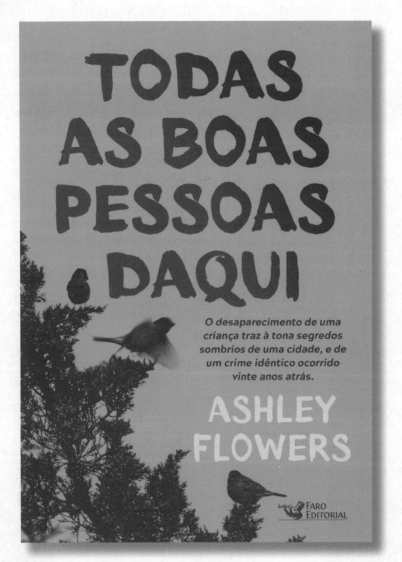

ASSINE NOSSA NEWSLETTER E RECEBA
INFORMAÇÕES DE TODOS OS LANÇAMENTOS

www.faroeditorial.com.br

CAMPANHA

Há um grande número de pessoas vivendo com HIV e hepatites virais que não se trata. Gratuito e sigiloso, fazer o teste de HIV e hepatite é mais rápido do que ler um livro.
FAÇA O TESTE. NÃO FIQUE NA DÚVIDA!

ESTA OBRA FOI IMPRESSA EM
JUNHO DE 2024